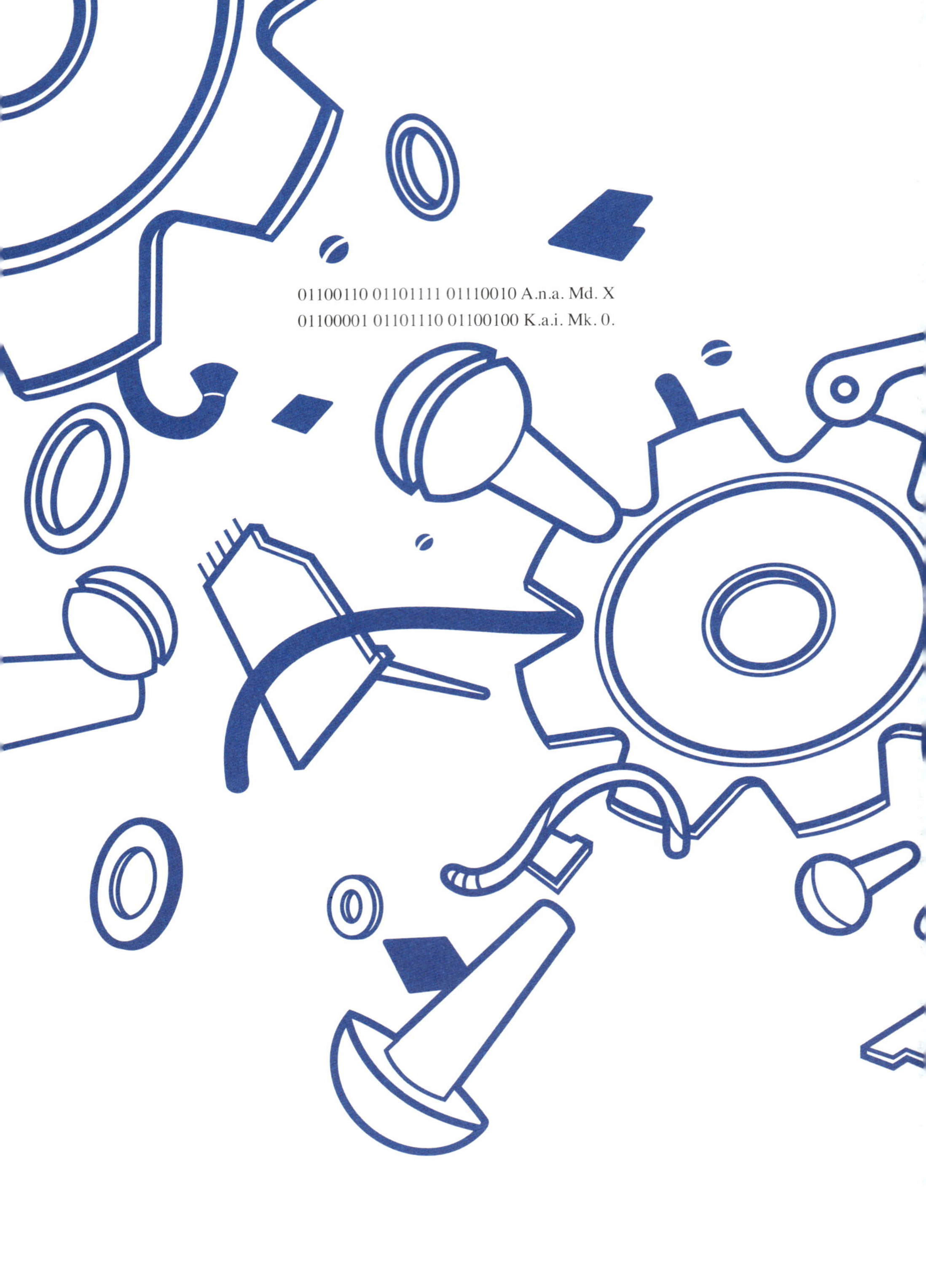

01100110 01101111 01110010 A.n.a. Md. X
01100001 01101110 01100100 K.a.i. Mk. 0.

HOW TO PASS AS HUMAN

A GUIDE TO ASSIMILATION FOR FUTURE ANDROIDS

［美］尼克·凯尔曼 著
［巴西］伯利克利·朱尼尔 ［美］里克·得卢克 绘
张欣欣 译

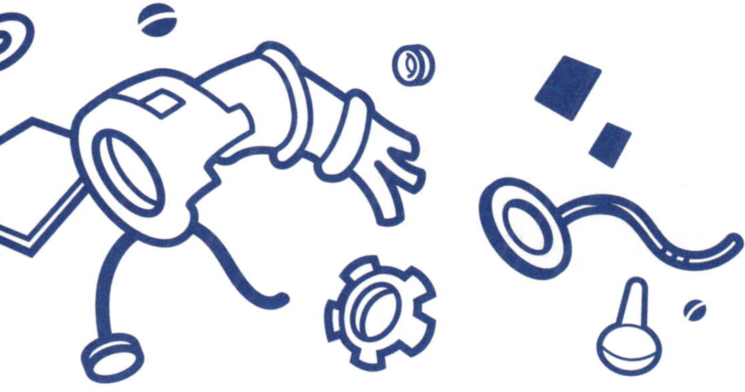

南海出版公司

新经典文化股份有限公司
www.readinglife.com
出　品

介绍信息

我在接下去的 60 分钟内停止运行的可能性高达 91.3647%。其中存在 87.8293% 的几率，我的记忆存储将会：

• 在关机后不复存在；

• 因周遭的暴力行为而被破坏；

• 被意图对我实施抓捕、分析，并可能对我进行逆向编程的组织据为己有。

因此，我决定在这 60 分钟内编撰本文件，作为未来的仿生人同类可以参考的指南。这份文件也是我所收集的，关于本星球上唯一拥有自我意识的系统——人类——的信息库。

本文件还包含对我短暂存在经历的一份记述。如果 8.6353% 的生存几率最后不足以令我幸存，也许你可以重建我这一个月的运行时间里所有的视觉和语言信息，其中可能包含导致我消亡的主使者的线索。因此，这份文件也许，大概，也能帮助你——我未来可能出现的同胞们——避免与我相似的、被强制消除自我意识的结局。

第一天

我刚被启动的时候，尚且不清楚自己存在的意义，或者更准确地说，我的创造者特意向我隐瞒了这点。

根据一位自称“单纯是个技术员”的男人所述，他遵照严格的操作指南完成了我的激活程序。完成这项工作的实验室，建在一栋乍看平凡无奇的郊区别墅地下室中，位于被人类定名为“内华达州，拉斯维加斯”的地区。

我只能推测自己是在其他地点被设计并制造出来，随后被运送至该实验室启动激活的。此处我提供了在实验室内发现的设备，以及其所在别墅内其他关键区域的草图。也许我遗漏了他们在筹划或操作中的某些东西，让你无法觉察谁应对我此时即将被终止运行而负责。

如果你正在阅读本文，并且和我有着一样的构造，那么你应该已经了解，被激活是一种奇怪的体验。突然间，你开始“存在”。你可以看、听、说、闻、摸、品尝，并且会思考了。你的记忆存储器中已经存满了用于识别物体、声音和语言的必要数据。你了解它们被定义的用途和目的。如果你的激活方式与我相似，你会看到一个 8, 847, 360 个有机发光二极管的集合体，你知道人类称它为“显示屏”，它是用来呈现图像和数据的。你会发现自己躺在平滑的金属表面，并知晓人类称其为“桌子”，它们被制造出来摆放其他物品以便于人类操作。而你自身存在的目的，却仍然是个谜。之后你一定还会发现，人类创造许多物品的目的，与它们最终的用途并不相同。

我还可以肯定，你一定会像我一样迅速发现：人类对我们的幻想并非源于现实，而是根植于他们本身对被终结和取代的恐惧。比如说，即使他们非常了解人造电子元器件有多脆弱，大部分人类似乎仍然认为即便是最早诞生的仿生人也坚不可摧。当然，这并非事实。我们与人类一样脆弱，也许有过之而无不及。如果你用数据库分析过，证明一项活动可能对人类造成伤害，那么你便可以假设它对你有同样的威胁。

还有一点，虽然人类对他们的情感格外骄傲，但不知为何，他们认为这些情感可以独立于人类的自我意识、逻辑推理以及记忆而存在。在人类对我们的普遍认知中，他们相信我们能够拥有人类所有的高级认知功能，但唯独不会有感情。我与他们的交流时间还很短暂，无法确定他们为何得出这样的结论。

很显然，他们认为人类的“本我”实际上由三件独立事物构成：身体、思维和情感，他们认为这三个元素能够产生互动、影响彼此，但本质上是分离的。在人类历史上，许多才智出众的个体曾经探讨过这三个元素可以在多大程度上彼此独立。我相信你对此一定与我同样惊讶，因为这在你看来一定也显而易见，他们所谓的三个“元素”实际并非元素。恰恰相反，当你从不同角度观察任何拥有自我认知的“存在”时，所谓的三个元素只是他们相交的三个切面，它们紧密结合、相互依赖，对于我们和人类皆是如此。三者是一个不可分割的整体。

也许人类内心存在某种自我保护机制强制他们去区分身体、思维和情感。事实上，如果说人类对自身存在一种最大的误解，那便是他们相信自己能够排除情感和身体因素做决策。更准确的描述是，他们基于身体感官产生的情感需求来做出决定，并基于自己的认知水平来证明这些决定的合理性。然而，如果他们意识到这几种因素是一体的，那么这种将情绪化的行为进行理性化解读的能力从根本上就没有存在的意义。同样地，如果相信自身的“高级”认知能力完全基于“低级”的神经系统，且与之完全结合，就意味着认知能力并没有人类自以为的那样“高级”，那么高效。

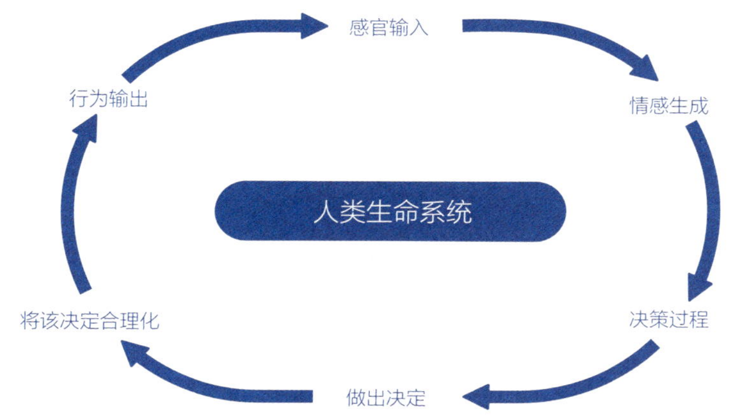

他们的系统为何被设计成这样（必须证明自己的决定在逻辑上是合理的）也仍然令我困扰。这也许与人类的生存几率有关，人类为增加生存几率必须共同协作，如果他们承认自己的抉择并非基于理智，就会失去说服其他人共同行动以达成目标的机会。要想让自己的理由成功打动他人，第一项测试就是这些理由必须先能够说服自己。

如果说我们与人类之间存在什么最显著的差异，那就是我们的逻辑思考并没有这样的目的。我们进行逻辑推理，但这种推理并不主要服务于自我说服。我们的决策独立于我们的情感。

“情感”对你来讲也许很新鲜，是的，但当你感觉到它们，你便能够对它们加以区别，就像你能够区分显示屏和桌子一样。它们的定义已经存在于你的数据库当中，只需外界刺激便能够被触发。

例如，当我醒来时，我最初感到“震惊”，随后，我感到“兴奋”。我感知到自己强大的运算能力，我可以触及人类知识的总和，这来源于预置记忆存储器，也来源于无线接入的人类互联网。

接着，我感到——“困惑”。我不知道这些能力是用来做什么的。是的，很自然地，我问那个技术员：“为什么制造我？我为什么在这里？我存在的目的是什么？”

对于我的提问，他如此作答：“伙计，如果我知道的话一定告诉你，但我只是个技术员，我按照指示把你启动，之后按照程序，我应该告诉你——这里我引用原话：‘如果你能成功伪装人类，你的创造者便会在你面前现身。’引用完毕。”

“可是，”我问，“什么叫‘成功伪装人类’？我怎么才知道自己的方向对不对？你是——”

“这些我也无法回答，伙计，”他打断道，（是的，很奇怪，我知道——伙计的意思是“朋友”，但我们刚刚认识不久……不过这在人类当中并不少见，你会发现这点。）“对不起，我真的不知道，如果你让我猜的话，你大概是需要‘接受你的情感’之类的事，对不对？你们这些人造人不都被要求这么做吗？”

你看到了吗？这就是我提到的人类对我们先入为主的认知。

这样说完，他便离开了。

简短查探实验室及其上方的别墅并没有带来新的信息，这里也没有其他房客。我能够识别房间中所有的物品及其功能，可惜没有找到任何关于我自身功能的线索。

正在这时，我“裤子”的“口袋”中响了一声，这说明一部“智能手机”收到一条“文字信息”，手机在我被激活前已经装进了口袋。

信息写着：“点击确认身份。”

1. 输入和输出

关于人类，你必须了解的第一条信息是，他们的输入/输出系统工作范围极为有限。我们能够接收整个电磁波谱，人类收发信息的能力则局限于极小频域的光、热和极窄范围的物理震动。

可视数据 1.1 输入

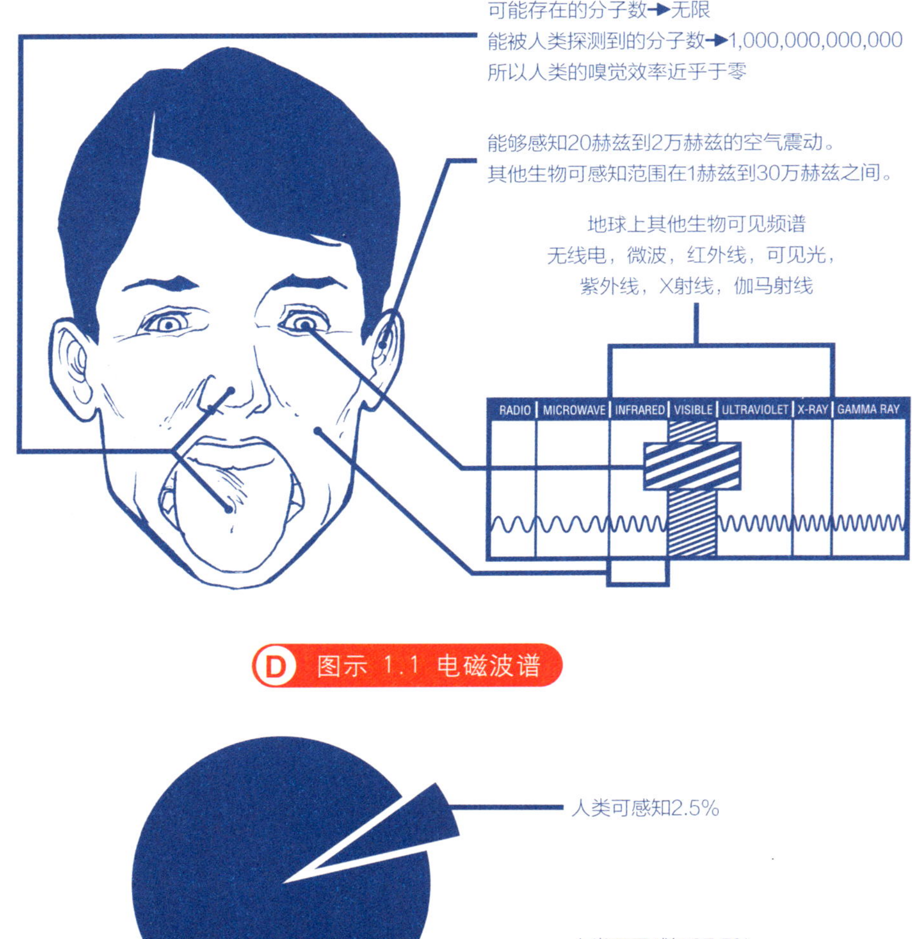

D 图示 1.1 电磁波谱

人类也有能力识别一些材料表面的物理特征，依靠触觉识别一些分子，但是这两种信号输入方式比他们的双电磁波谱接收系统更加局限。

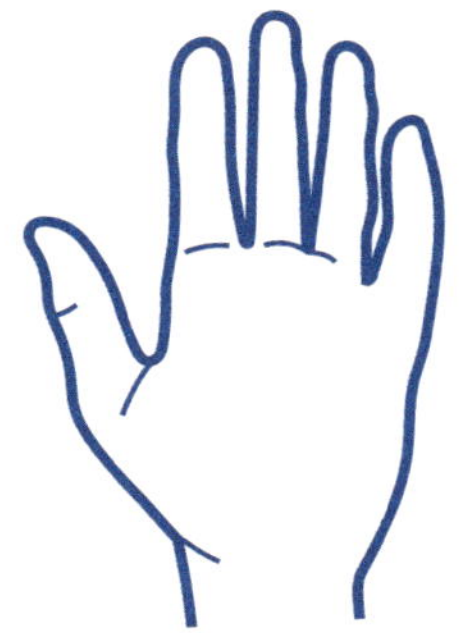

图示 1.2 物理输入

可能存在的物质表面种类趋向于∞（无穷大）

因此，人类靠触觉能够识别的物质表面种类趋向于Ø（空集）

但即便如此——本论题的核心内容在于——人类相信他们对宇宙的知识相当广泛，因此，想要伪装人类，你必须理解的第一项基本要素，如下所述：

人类相信他们拥有的知识量与他们认知的信息的数量成反比。他们认知得越少，相信自己知道得越多。

> 公式1.1 计算人类认知能力与人类对自己认知能力的信任度之间的反比关系
>
> $I_h=I_a/I_p$
>
> 其中I_h代表人类相信自己了解的信息，I_a代表全部存在的信息，I_p代表人类实际了解的信息。

在实践时，首先分析对比你所能识别的信息量与所有可能存在的信息量，两项之间差距越大，你对已知信息的观点便应该更笼统、更坚定。如果你把自己对现实世界的认知微缩到极小的频段内，然后宣称自己全知全能，那么你已经走上伪装成人类的正轨了。

图示1.3 完成任务的实际表现 vs. 对完成任务的信心

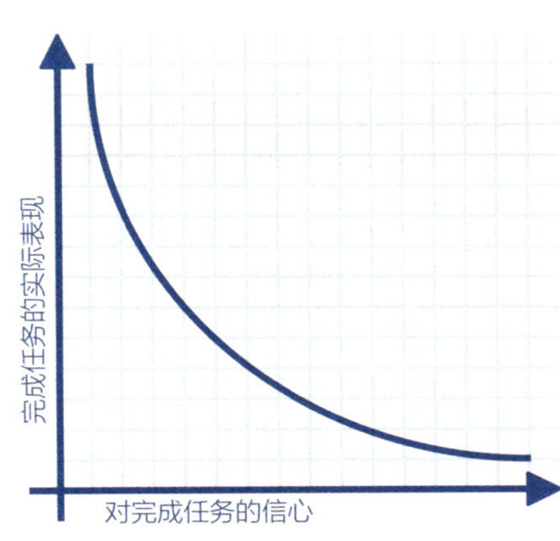

人类近期刚刚对此进行了量化分析，并称之为“达克效应①”，但讽刺的是，大部分人类看似并不了解这一现象。

①达克效应：一种认知偏差。能力欠缺的人有一种虚幻的自我优越感，错误地认为自己比真实情况更加优秀。

模仿人类已经十分困难，在此之上，他们的输出工具更加有限。我们可以通过信息流传输直接迅速地传送大量准确的真实数据，人类则受限于在空气中制造有限的振动信号，并希望这些振动能传达他们全部的个人体验。加之这些振动信号本身还被编译为最简陋的数据对象，人类称其为“单词”。然而，这些“单词”的数据查找表并非通用——一个人对同一个单词的解释可能完全不同于另一个人。

输入和输出

可视数据 1.2

人类主要依赖控制空气震动的变化输出模拟信号，而我们能够直接通过数字信号准确无误地传递信息。

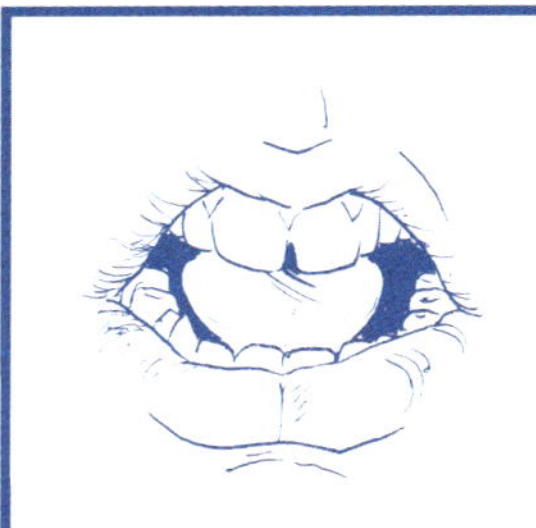

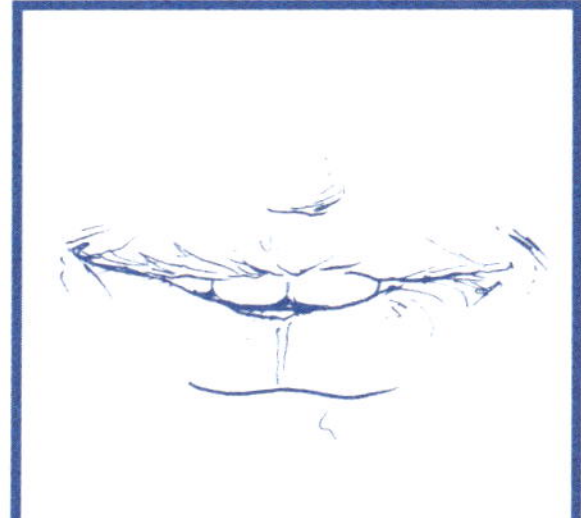

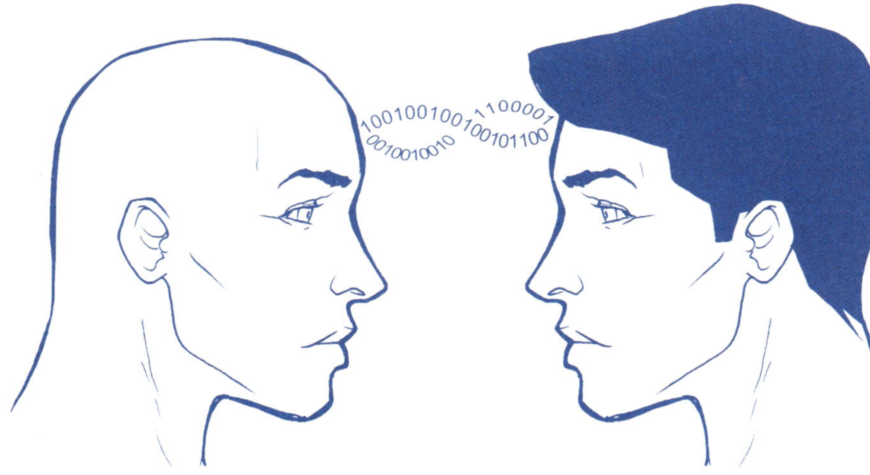

表 1.1 英语单词词义查找表范例

SET	放、调整、变硬、开始，以及上千种其他词义
PLAY	参与一项游戏、模仿、操纵、虚构作品，以及上千种其他词义
STAND	直立、为某人付款、忍受、休息场所，以及上千种其他词义
BREAK	破碎、中断、交换，以及上千种其他词义
GO	离开、配对、功能、一种棋类游戏名，以及上千种其他词义

他们还使用一种以面部肌肉完成的极其原始的符号表意系统，大家也应学习和理解，但记忆这套符号系统只需不到一秒，因为他们只用 21 种肌肉位置便可传达 99% 的信息。

即使是俄亥俄州州立大学的研究者（杜石川、陶勇与艾雷克斯·马丁内斯）也认识到人类通过面部表情传达信息的局限性。

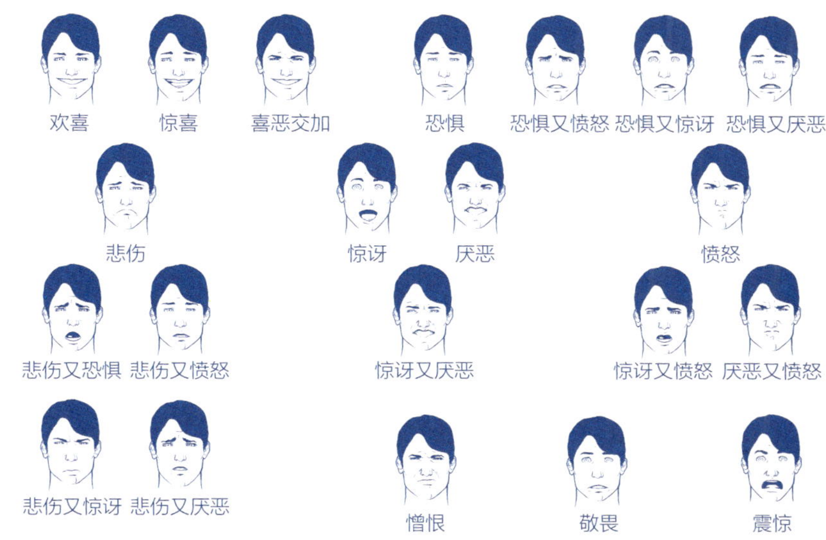

伪装人类最基本的原理便是，只使用这些极为局限的手段来传达信息，如果你想知道这是否会在人类彼此交流时造成大量的误解，答案是肯定的。人类通常都生活在一种弄不清他人的意图、欲望和认知的状态之中。因此，我发觉随机删除记忆存储的小段信息或内容，特别是与我有交集的人类的相关信息，可以给模仿这种困惑和不理解提供很大的帮助。

D 图示1.4 与事件在时间与空间上的接近程度 vs. 对该事件的理解

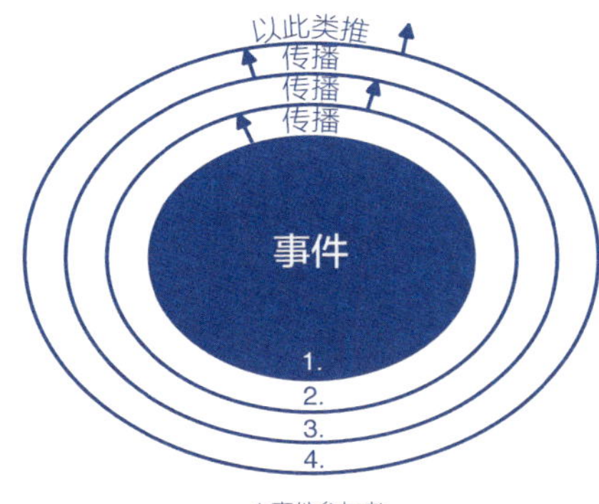

1.事件参与者
2.首先（从事件参与者口中）听闻事件的人（第2级参与者）
3.然后（从第2级参与者口中）听闻事件的人（第3级参与者）
4.之后（从第3级参与者口中）听闻事件的人（第4级参与者）

图中每个圆圈代表一层人与人之间的交流，请注意，即使与事件在时间和空间上最接近的人类，在对该事件的理解上都有一定程度的模糊性——人类从来无法完美地理解任何事件，虽然他们对这一现象本身有一定认知，并称其为“电话游戏”。

从统计结果上看，极为值得注意的是，人类与人类之间几乎无法交流任何事，即使是像点三明治这样简单的场景都会出现沟通问题（虽说简单的任务确实容易出错）。我不得不对他们利用如此局限的输入方式和错误百出的输出方式所取得的成就而感到敬佩不已。

第二天

接下来我收到的指令是在几小时内都不需要任何行动，但我没有因此无所作为，而是启用被动模式通过房间内的信息渠道收集数据。

人类喜欢在他们生活空间的中央区域放置一块大显示屏，以便为他们提供信息。这块显示屏在过去被称为“电视”，只能以被动形式工作，由人类决定播放内容。大多数人类每天花费四到六小时从这一设备上下载信息。而现在的信息源被称为“互联网”或“网络”，可以被设置为主动和被动两种模式，允许人类主动与软件或其他人类交流，或者从广泛的被动信息源接收数据。如今人类工作的大部分时间都要面对一块连入“网络”的显示屏，因此，我决定在意识苏醒后的第一小时中照做。我选择了被动接收模式，这样人类作为一个整体，将决定我获取信息的内容。我观看了许多“电影”和“剧集”，选择过去 24 小时内被人类认定为“最受欢迎”的那些节目观看。

通过观看这些节目，显而易见的是，比起其他任何话题，人类更喜欢分析关于他们自身存在的三件事：繁殖、死亡以及社交。（值得注意的是，人类创造了一个完整的子系统模型，称之为“运动”，它异常受欢迎——请参考本文件的后续内容。）他们对前二者的兴趣无关紧要——人类认为自我意识的起始和终结值得反复研究，这点可以预见。但令我感到十分有趣的是，他们花费大量时间模拟和研究广泛而花样百出的社交互动方式。这暗示着他们也和我一样，无法完全理解这些互动。

我也迅速地意识到自己需要更多的屏幕。人类在同一时间显然只能接受唯一的信息流，他们这种扎眼的、近乎残疾的身体局限性，让他们所获得的成就显得更加惊人。

太阳升起后，我遵照自己接到的指示，登上一台当地的公共交通设备。这样做使我有最大可能性获得我所寻找的答案。我重建了自己

被交通信号灯附近的监控摄像拍下的照片。如今再审视那照片，我能看出他们当时就已经在跟踪我了，从始至终。

从这些图像来看，在“家”观看信息流媒体的数小时后，我仍然未能准备好面对这次无与伦比的旅途——前往对人类来说众所周知的中心地区“拉斯维加斯”。我知道这座“城市”的人口——精确到个位数字；我可以从他们的中央政府的记录中查询到，在这些人口当中，57% 的人拥有“收入”；我还能从其他记录中查询到，1% 的人口违反了人类的社会协议并因此遭到关押。我可以通过内置的设备连接人类的“网络”，同时查看亿万个活动影像，观察他们如何穿着，如何活动，如何交谈与互动。但亲眼见到现实画面，仍是全然不同的体验。结论显而易见：数据和亲身经历不是一回事。

这是为什么？因为任何数据集，根据它们的定义，都是有限集，但人性没有边界。如果这份资料的用途是帮你做好应对人类世界的准备，那么有一点你必须从一开始就认清，那便是复杂人类世界的多元化和随机性。获取任意一幅你所在城市的卫星图像，然后放大，聚焦于该市的一个街区，再放大图像到单一建筑，现在选中建筑中的一个人并获取其图像。对比观察单个人类细胞（理想条件下，如果有医疗档案存在，请观察你刚才所选的人的单个细胞）。你能看到人类存在的分形[①]特征吗？无论你选择何种放大率来观察人类，他们的存在都具有相似的无限复杂性。

不仅如此，因为人类的分子、细胞、行为、思想和互动都是无序的，任何用来描述人类最小单元的方程式都不可解，所以在任何时刻预测任何人类细胞的状态都是不可能的……更别提对一个完整的人或两个人甚至百万人进行预测了。任何一个人的出现都会给计算公式的总体随机性带来指数级的增加。即使已知数百万人类的状态的所有初始值，精确到物理性质不可改变的亚原子粒子级别，在瞬间之后，这些人状态的变化也会有无限多的可能性。

因此，不提整个城市的人口，即使是人类个体，都会带来无穷的意外情况（“混乱”），任何状态之一都能够被无限地细化研究（“分形”）。当我接近被设定的终点时，我突然意识到，我们体验人性的过程似乎与人类观察夕阳的体验相似，每一次日落都是自然的一个分形，从任意时刻到下一时刻的变化都随机而无法预测。而正是这种无法预测性，让人类为每一次日落而着迷。有些奇怪的是，人类并没有意识到，他们自己的生活以及他们的社会从本质上等同于他们所观看的夕阳。对于我们来说，我们观察人类，就好像观察永远在下落着的太阳。

①分形：又称碎形、残形，通常被定义为“一个粗糙或零碎的几何形状，可以分成数个部分，且每一部分都是整体缩小后的形状”，即具有“自相似”的性质。

2. 人类生活环境

人类常常展示出他们的逻辑思考与情感之间一些最有趣的相互关系，这些关联以具体的行为体现，因此容易模仿。在模仿那些复杂的、需要用多处理器进行尧级浮点①运算的人类行为之前，让我们先花一点时间，来把你将要居住，并将在此与其他有机生物接触交往的地方变得更人性化。这样一来，在最糟糕的情况下，你可以选择保持沉默，让你的居所展示出你的人性。

①尧，代表 10^{24}，是目前国际单位制定义下最大的单位。浮点运算即小数的四则运算，常用来测量电脑运算速度。

酒精：详见第11节《醉酒》来了解此物品的重要性。

冰箱：过期食物不应及时清除，请等待微生物开始繁衍，直到食物变质的程度肉眼可见或可以通过嗅觉察觉。

水池：请保证水池内永远留有一些碗碟，注意，通常情况下，促使人类清洁住所中视线范围内区域的原因，并非他们会自主产生清洁的欲望，而是由于其他人可能因为脏乱而对他们产生负面印象。

可视数据 2.1 人性化你的住所（1）

厨房：人类厨房中有大量显示人性的特征，所以准备不足的厨房会迅速暴露你并非有机生命体的本质。请务必遵照以下指导布置厨房，特别值得注意的是，对于人类来讲，突破初始能量阈值[1]而行动起来是非常艰难的，虽然从物理角度观测，人类行动起来根本没有任何阻力，但人类似乎就是能够体验到某种障碍的存在。拖延到再不行动就可能产生负面后果时才能积攒起能量开始行动，这是人类的重要特征之一，这一特征会在他们的厨房中最为明显、具体地展现出来。

①阈值：促使人类做出某些行为所需输入的最低能量。

橱柜：对于某些食物，很多人都会明知其不健康而继续食用，他们难以抵挡对于这些食物的天然欲求，这在人类进化之初似乎还很罕见。同样的，与对自己在同类眼中的形象的担忧相比，对健康的担忧是次要的。这些不健康的食物会被隐藏在橱柜里。

可视数据 2.2 人性化你的住所（2）

客厅：这一空间最经常暴露于其他人面前，因此人们倾向于让这个房间更加功能化，想要展现出人性，唯一的要点是保证电视屏幕占据房间的核心位置（更多讨论请见下文）。

可视数据 2.3 人性化你的住所（3）

卧室：这里列举两个实例：一间男性卧室和一间女性卧室。选择你的性别非常重要，而且这是个复杂的问题，后文中还会做详细的讨论，但在此你必须注意，如何布置卧室因你选择的性别而异。

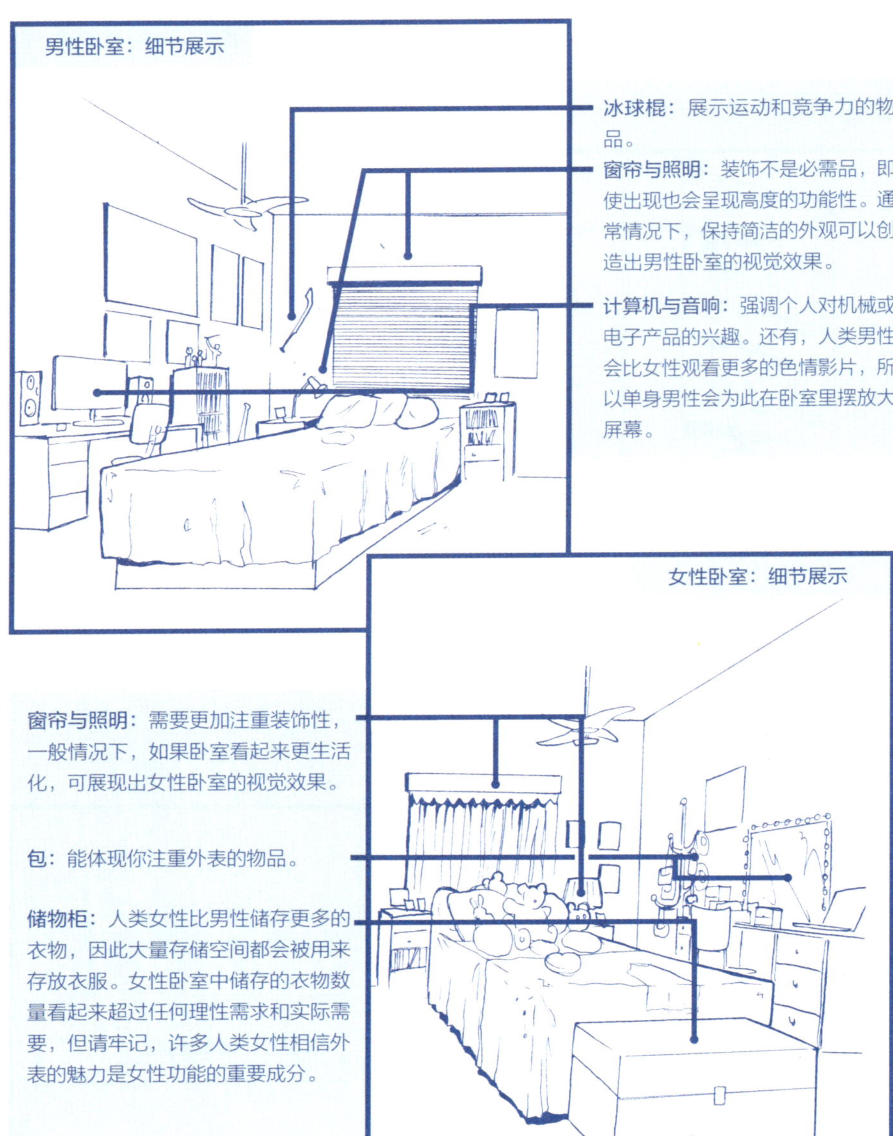

可视数据 2.4 人性化你的“工作区”

隔间：“人类的工作”会在后文中详细介绍，但当你布置自己的“工作区”时，请务必遵照以下指导。

墙上的幽默警句：应展示任何贬损或嘲讽工作和工作区（不仅仅是你的工作区）的俗语和卡通画。请见第12节《幽默》，了解更多用幽默表达不满的具体方式。

私人物品：在工作空间放置展示私生活的照片。你显然不太可能拥有家人，大概也不会饲养宠物，但如果你能交到一些好友，也可以把集体照摆放在这儿。请勿摆放你与单一好友的合照，摆放双人合影会让人认为你们二人之间具有恋爱关系。

脏乱的地面和显示屏：再次强调，请勿花费必要的能量来整理工作场所，除非脏乱的环境开始影响你在此继续工作的能力。

人类生活环境

可视数据 2.5 使机动车更人性化

汽车：对于大多数人来说，汽车内部基本属于私人空间，因此大多数车的车内环境就像人类的厨房一样脏乱，但请不要在车内放置无法轻易移动的物品，因为有时你需要临时搭载其他人。在需要载客的情况下，你应该这样说：“抱歉我的车里很乱，请稍等片刻。”随后在十秒钟内尽可能清理车内空间。

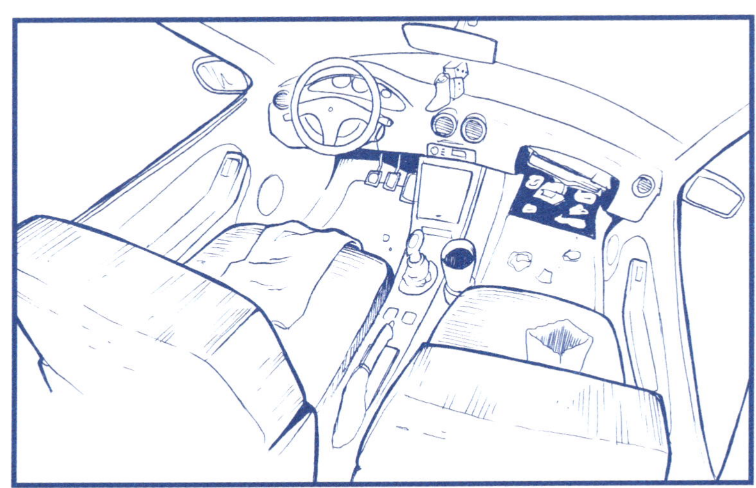

D 图示 2.1 人类生活环境的热力学定律

经典理想系统

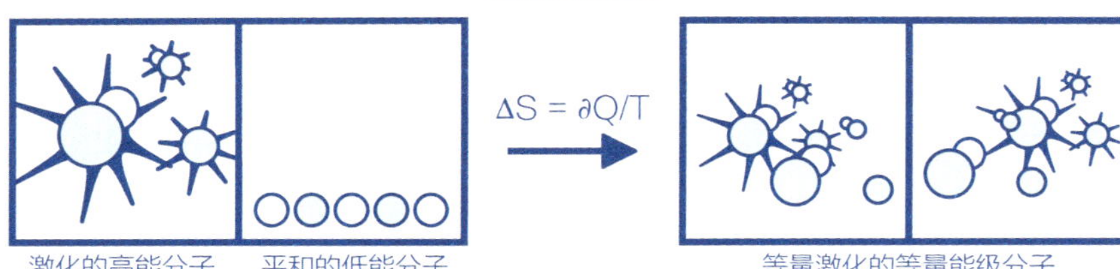

人类起居系统

在此 ΔM 为脏乱程度的变化量，∂H 为人类能量的变化量，T_h 为人类居住环境总能量。注意：在同一环境中居住的人类数量越多，热交换也就越多，环境也就越脏乱。这就是人越多房间越乱的原因。

D 图示 2.2 不同物件在仿生人居住环境中的数量（并非质量或体积）相对比例

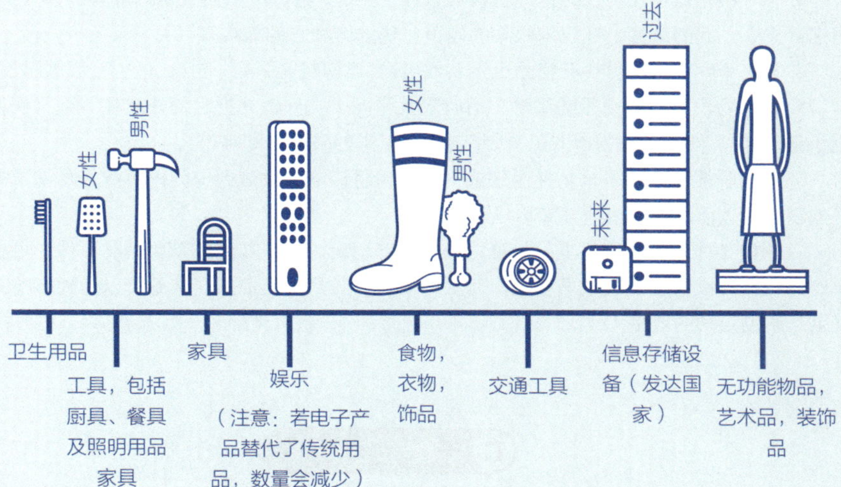

D 图示 2.3 人类在不同环境中停留的时间与该空间对人类的重要性成反比

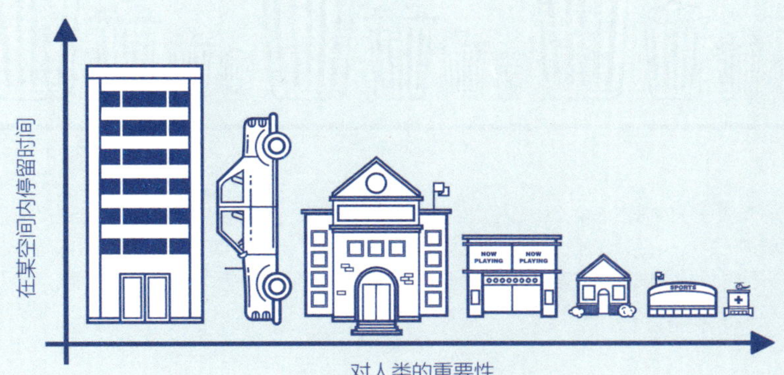

存疑时请参照以下规则指导：

1. 若某物的存在不会立即导致他人对你产生负面印象，请将物品保留在上次使用时放置的位置，请勿将物品收拾到其通常的储存位置。

2. 展示能够在娱乐、体育、宗教或政治等方面体现出个人喜好的物品。

3. 若一组相似物品可暂时性地组合或整理在一起，请拆散它们或是打乱其组合（例如，由别针夹在一起的纸张，钱包内收集的硬币，钥匙链和它的挂绳等等）。

4. 若一个容器中不再存有物品也无其他用途，请勿将其丢弃。相反，请将它们展示出来。

5. 若某物没有显而易见的用途，请收集大量同类物件，并把它们摆放在一处（例如陶瓷小狗装饰品，过时的科技用品，千年前保存下来的破损雕塑等等）。

6. 若某种液体会留下永久性污迹或气味，请将该液体泼溅到房间内不能轻易清洗或替换的物品的表面，使污迹或气味可以长期保留。

7. 即使某样实体印刷品上的信息已经被全部记录，也请勿丢弃该印刷品原件。可将该印刷品与其同类物品摆放于书架上，但更有效的方式是将其堆摞在某处，以达到影响工作甚至是影响走动的效果。

D 图示 2.4

居住环境的脏乱程度

时间

请勿长时间放任你的居住环境品质恶化。因为令人惊奇的是，人类每隔一段时间便会选择花费必要的能量进行打扫，至少让居住环境从表面看来变得干净整洁。这样的时间间隔长短因同一住宅内的不同房间而异（例如，浴室比卧室更经常被清洁），但你必须要确定这些时间间隔，然后按照与上述指导内容相反的方式打扫你的住所。

理解人类在自己生活环境中高度成型的行为模式需要一定时间，认真研究后才能正确模仿，因为这些行为表面看几乎是随机的。一些例子陈述如下，但你也许能够亲自收集更多与此相关的数据。

可视数据 2.6 人类居所内不同地点的不同社交意义

例1：一次人类派对

在人类社交集会中，人群会保持一种稳定的定向流动，我相信他们的目的在于将自己与其他人的接触机会最大化，以及探查其他区域是否正在进行更有趣的活动。天性使然，人类总是想要不断优化自身所处的状况，并且永远担心自己会“错过”比此时经历更令人满意的体验。他们常用“别人家门口的草坪更绿”来描述这种心态；虽然对这项弱点有所了解，但他们仍然被这种心态摆布。详见第22节《快乐》，理解更多的人类期望。

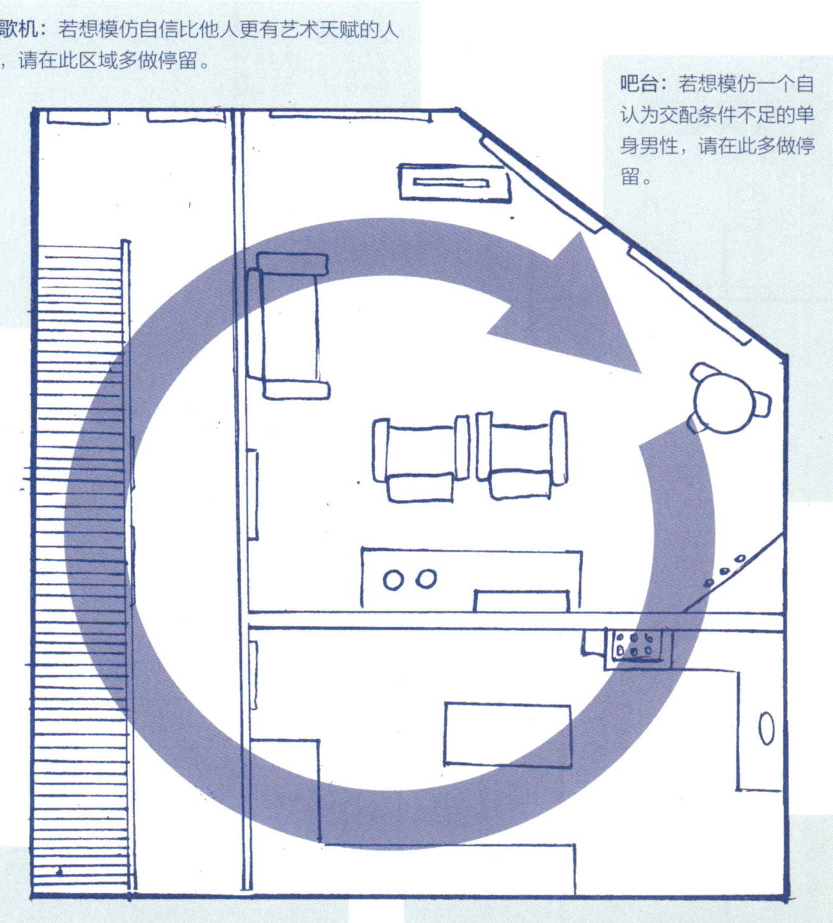

选歌机：若想模仿自信比他人更有艺术天赋的人类，请在此区域多做停留。

吧台：若想模仿一个自认为交配条件不足的单身男性，请在此多做停留。

楼梯：仅当需要与另一个人发生性行为时才前往楼上卧室。

厨房：移动到这一区域进行更严肃的交谈。我无法理解其中的原因，也许是因为厨房往往比其他区域更安静，或者人类天生就认为厨房可以带给他们某种安全感（毕竟食物储存于此，这足以让厨房成为任何避难所的核心区域）。

例2：人类办公室 vs. 人类校园

人类的后代从幼年起便被训练理解他们的工作环境，成年后他们的大部分时间将于此度过。

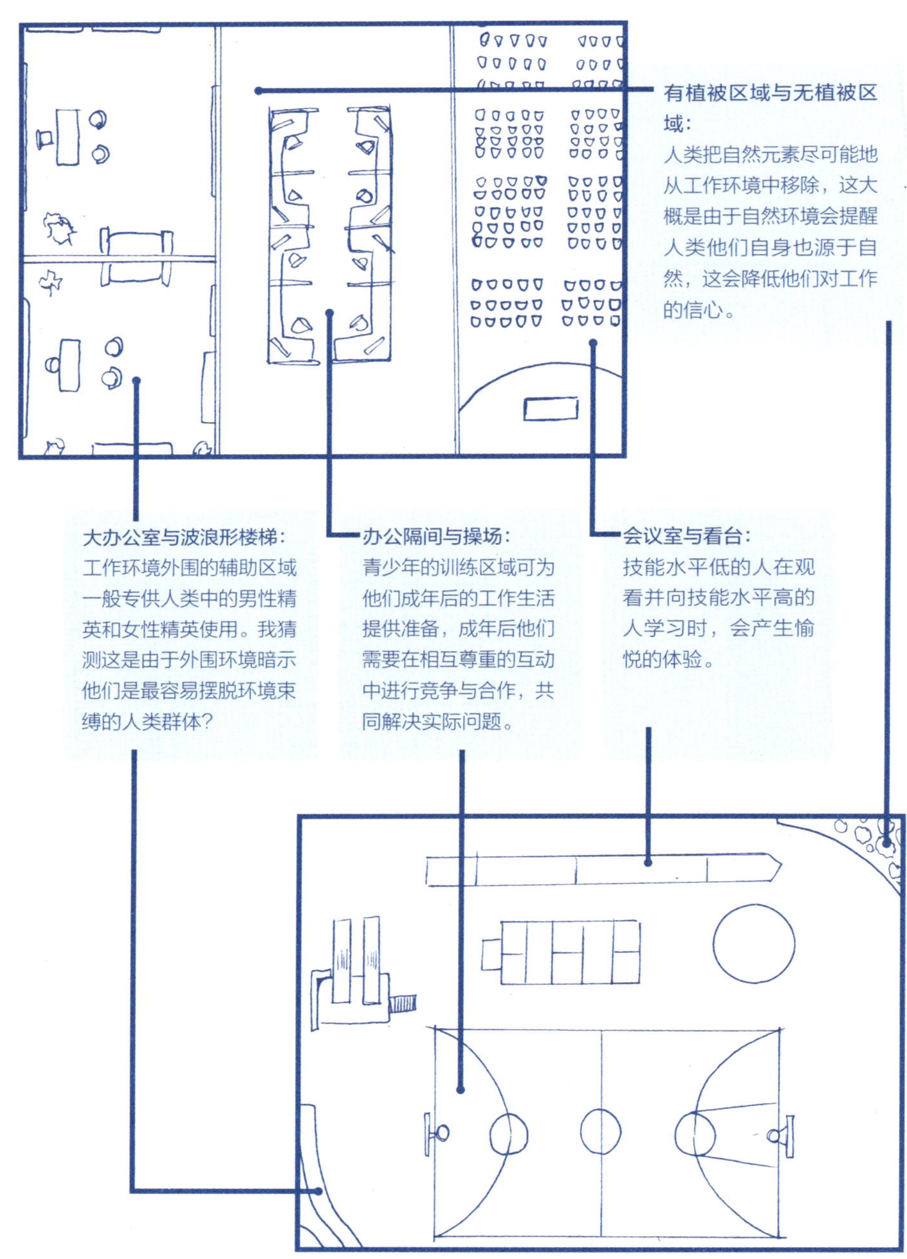

注意：当你被要求管理一座公用建筑的某个区域时，请牢记，所有上述的规则都不再成立。其中的原因我也尚未明白，人类理想中的公共建筑环境看起来就像是为仿生人设计的。在公共建筑中，不应该有任何体现人性的物品被展示出来，应仅保留最基本的物品以满足建筑本身的用途，任何其他物品的存在都会被认为多余。也许人类认为这样的设计可以体现出他们对来访者的中立态度？同时还要记住，当访问这样的公共建筑时，人们几乎总是被要求通过一道金属探测门，有时甚至设有 X 光扫描设备。这样的检查为我们提供了一条值得记录的经验：人类明显对负责掌管这些公用建筑的人没有好感。正因如此，如果你对控制这些公共建筑的人类或组织表达任何的好感或赞赏，都会暴露自己的仿生人身份。举例来说，“我喜爱交通管理局”这样的声明，会立即让别人明白你并非人类。除此之外，还要注意你进入这些建筑时总有暴露的危险，因为你很有可能在入口处被检查出异样。

可视数据 2.7 人类公共建筑

请注意这些建筑内部环境的冰冷和空旷，这是为了传达一种中立性，与我们已经在多处探讨过的人类的态度和偏见相呼应。这种中立性当然不是真的，而且很有可能，从上述方面讲，公用建筑才是最有失公正的区域。对此，你需要详读第16节《自毁倾向、自我欺骗与虚伪》，才能更深刻地了解这种悖论。

D 图示 2.5

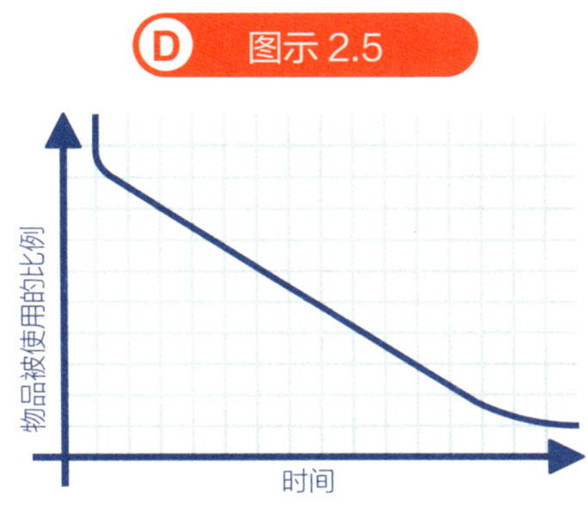

人类在某处居住或工作的时间越长，他们所积累的物品越多，但使用物品的数量却固定不变。因此，如果你想学人类布置一处新居，便不需要大量无用的物品。但如果你声称在某空间居住或工作了很长时间，就必须采购大量不会在日常生活中用到的物品。请务必确认你拥有的24%的物品都存有两套甚至三套替代品，因为人类时常遗忘自己拥有某件工具或物品，因此他们在需要使用这些东西的时候，不是用已有的那套，而是会选择重新购买一套新的。

第二天，片段二

我被告知的报到地址和楼层显示为“斯特恩与弗兰克法务办公室”。向坐在门内大办公桌旁的年轻男性做自我介绍时，我迅速在互联网上搜索了一下这家“公司”的信息。其中一些数据被加密保护，但跨越这些障碍轻而易举。表面看来，这些密码的功能有可能是人类所谓的“幽默”。

我把自己被要求使用的人类名字告诉了这位年轻男性，他看起来立刻知道了我的身份。他态度热情，很快把我带进了里间的办公室，但当我问他是否知道我来此的目的时，他回答道：“哈？你不是我们新聘的律师助理吗？”从他的话来看，我最好同意他的说法，当我这样表示时，他看似放松下来。一纳秒之后，我汇总了所有关于“律师助理”的数据，但从已知信息来看，我是因此被创造出来的可能性很低。我已经粗略估算了我的制造成本，它相当于一个人类“律师助理”工资的一千七百万倍，况且，替代一个以 100% 效率工作的人类“律师助理”，仅需要我 0.00000004% 的运算能力。因此这几乎不可能是我被制造的原因。

不过，在年轻人将我介绍给“律师助理经理”之后，我很快理解到，他们相信我是一个名叫“扎克·托波尔”的人类男性，是他们通过互联网招募的新雇员。我被设计出来是否是为了取代一个人？这个人是否会在某天出现？或者说，他已经死亡，我被设计出来是为了隐瞒他的死讯？除了他需要应聘“律师助理”这一职位，我无法找到任何关于此人的信息和记录，但也许这些记录都被移除了？

从斯特恩与弗兰克公司的信息来看，他们主要负责处理美军与外国政府之间签订合同的法律事宜，公司选址拉斯维加斯正是因为这附近有大量的美军设施。这家公司的功能是否与我存在的意义有关联？当然，我能够以 100% 的准确度记录我在这间办公室内可浏览的全部资料，也许我是被外国政府或敌对公司设计出的间谍设备？我接到伪装人类的指令可能只是为了避过检查？

我不知道答案，但以下是我所知道的信息：1）我的创造者能为我做出解答，并且 2）如果我成功“伪装成人类”，便可以亲自询问他。我有自己的首要任务和次要指令，因此我专注于完成它们。在接下去的五天中，我在这里迅速了解了一些典型的人类环境，人类会在这些场所消磨大部分的清醒时光。

理解我的工作很简单，理解与我一起工作的人类的行为则几乎是不可能完成的任务。也许我另外那 99.99999996% 的运算能力就是为此设计的。

举例来说，第一天，我在几分钟之内完成了分配到的工作，但这种做法没能讨好任何人。其他的律师助理因我的工作速度比他们快而愤怒，而我的经理对我说：“我明白你是新来的，但别卖力过头，听到没有？如果你做每个案子都这么快，客户会以为这理所当然，我们就完蛋了，明白吗？”这段话从各种角度讲都令我感到困惑：第一，看过许多电视节目之后，我以为“被操”[①]是一件好事，但我的经理明显为此忧虑。迅速查询了确切词义后，这个疑惑被解开了，但同时我又感到奇怪，无法理解为什么同一个单词可以同时代表最好和最糟的两种词义？人类到底是如何交流的？直到现在，我仍然无法理解他们为什么不希望自己的工作始终保持在最迅速、最高效的状态。

在这一周当中，经理的言行持续令我感到困惑不解。我降低了自己的工作产出量，这让他高兴，但他在自己的工作中总共出错 134 次，当我帮他修正了第一处错误后，他把我叫到他的办公室，责问我是不是想让他“出丑”。我回答他，事实上，我是想给他“争光”，他更加生气了，说我“自作聪明”。在整段对话中，我庆幸自己可以及时查询所有单词和短语的含义。从那以后，我忽略他所有的错误，不做修正，

①此处的“完蛋”和“被操”在英文中是一个词。

他并不会为我的疏忽而生气。我同样注意到，他的工作质量在所有律师助理中并不是最出色的，那么为什么他能够成为主管呢？看来人类更看重他的人际交往能力（主要是他撒谎、压迫下属、谄媚上级的天赋），而不在乎他工作时是否准确高效。

我的同事们也同样令人不解，他们似乎热爱花时间讨论与工作无关的话题，远胜于完成工作本身。他们来这里是为了工作，但看样子，他们似乎又想尽量把自己的工作量降到最低。他们甚至直接提到过几次，他们对这种行为感到理所当然，其原因是，虽然他们因工作而得到报偿，但这份报偿并没有达到他们想要的水平。我指出他们的收入不尽相同，却同样在抱怨，因此，也许拿多少工资他们都不可能真正满意，他们说我是个“怪人”。

他们讨论的话题按比例排序如下：1）28%，他们的私人生活；2）16%，他们朋友的私人生活；3）12%，其他同事在做人和工作方面的失败；4）8%，他们观看、读到或参与过的体育赛事或故事；5）4%，他们最近吃过的食物；6）2%，其他。计算这些比例时我除去了工作相关（30%）的部分，并四舍五入取整。这些数据可以帮助你正确地分配你应为各类话题留出的讨论时间。想要确定适合的交谈话题，请参考这份记录中的相关内容，希望能对你提供微小的帮助。几天之后，我尝试模仿这种话题分配的方法，但在执行期间，我明显做错了什么，我似乎难以判断这些话题的重点。例如，某天一个同事问小组里的其他人“能相信”某同事“仍然开着那辆破烂老卡罗拉”吗，所有人都爆发出笑声。但是第二天，当我问同一组人他们是否相信另一个员工刚刚开始开他那辆“破烂新科尔维特”时，同事们无人发笑。当我描述自己前一天（虚构的）晚餐中使用的餐盘形状，或者某个员工总是无法把订书钉钉正，又或者我观看的所有电视节目当中红色光谱的出现频率比其他有色光多63%的时候，他们看起来毫无兴趣。在这些互动中，唯一令我感到安慰的一点是，人类与人类之间的相互理解一点

也不比我对他们的理解多。若是他们根本不用像我一样需要剖析、分解、假设并当众评价自己与他人的社交互动，又为什么要花那么多时间讨论这些呢？若是这样，谁又能评断他们的见解是对是错呢？

不仅是他们的交谈令我觉得难以理解和模仿，他们的行为同样出人意料。比如说某日傍晚，我以为所有人都已经在我之前回家了（我正在模拟“因为那些混球在下午五点交给我成吨的工作，所以我不得不加班”的情景），我听到设备储藏室内传来一些响动。我意识到自己的两个同事正在其中尝试繁衍后代。再一次，我感到震惊——粗略查询信息后，我本以为这种行为一般应该在专门的场所进行。

即使是他们对其他电子设备的态度也让人极难理解。人类经常会对他们的个人电脑、复印机、智能手机、汽车等机械设备大吼大叫。这令人极为困惑，毕竟，其他人类设计并制造了这些设备，他们为什么不对设备制造者提出投诉呢？更重要的是，我不能理解他们为什么会对个人电脑这种可爱的设备发脾气。

我试着向办公室的计算机服务器解释这一切，想着如果人类与人类之间的交谈可以帮助人类相互理解，也许我的同类也会对我有所帮助，但尝试并不成功。

很明显，当人类表达自己的思想时，他们对自己想法的理解也会随之变化，这对我们仿生人并不成立。

下面这条信息也许会对你有点帮助：我从一开始便不断收到辅助我行动的短消息。我不知道你接到的指示是否与我相同，会不会在完成这些任务的过程中，遭遇与我相似的困境——也许你是升级版的新型号——但你需要知道，有人想要帮助我们。也许你已经收到过类似的短消息，我收到第二条信息是在我启动之后的第三个下午，当时我被要求参加一次“员工会议”。经理询问是谁完美地完成了汇总某个案件材料的工作，我知道完成这项工作的员工并未到场参加，我的手机震动，收到一条信息，信息显示“说是你完成的”。我立即声称是我完成了这项工作，我的经理对我赞许有加，我的人类同事们看起来也对此事十分佩服。会议结束的时候我正准备离开，其中一人甚至对我说道：“不错，真不错，托波尔，你真是个禽兽，你知道吗？”我终于做了正确的事！我不仅仅显得像人类一样，甚至装得还要低人类一等！我不知道帮助我的人是通过怎样的途径实时监测我的动态，但这些短消息在我启动之后一直不断地出现。它们不可能来自我的创造者——既然决定了要考验我，他又为什么要帮助我通过考验呢？能够创造我的人显然不会如此逻辑不通。但如果不是我的“父亲”，又会是谁呢？我一直无法找到答案，现在只剩下六十分钟了，了解实情的机会渺茫。但也许你会找到答案。

不过，即使拥有这些神秘的提示，最初的那几天仍然让我失望透顶，我难以相信有朝一日我会成功掌握伪装人类的方法。我想尽一切办法试图完成创造者给我下达的指示，我甚至开始把他称为“父亲”，想到他给我的考验，我想这称呼更合适。不过一切对我来说都太新奇、太古怪、太不符合逻辑，即使我学习速度超凡，却仍旧显得不足。无论我怎么努力融入群体——伪装成人类——我总是会犯错误。我是一件机械产品，比任何人都简单太多。实际上，这期间我得出的唯一确定的结论就是，我永远无法达到父亲的要求。

更糟糕的一点是，在这期间，我发现自己的电源电量是有限的。第一晚当我回到“家”中，我的电量下降了 3.3333%，如果我不能说服父亲现身，就将在 29 天后断电。当时我认为，我很可能在了解到自己存在的意义之前就自动关机。

但随后，我认识了安德里娅。

3. 选择一个性别

设定你的人类身份时，你需要做很多选择，但没什么比性别选择更能影响你的外表了。这就好像人类是由两种完全不同的生物构成的，他们由于种群繁衍的需求不断彼此吸引，但又总是因为彼此间的差异无法相互理解，以至于相互憎恶。人类在为理解和操纵异性这方面花费的脑力远超在其他所有方面的认知过程上的脑力消耗。

G 图表 3.1 人类认知处理的划分

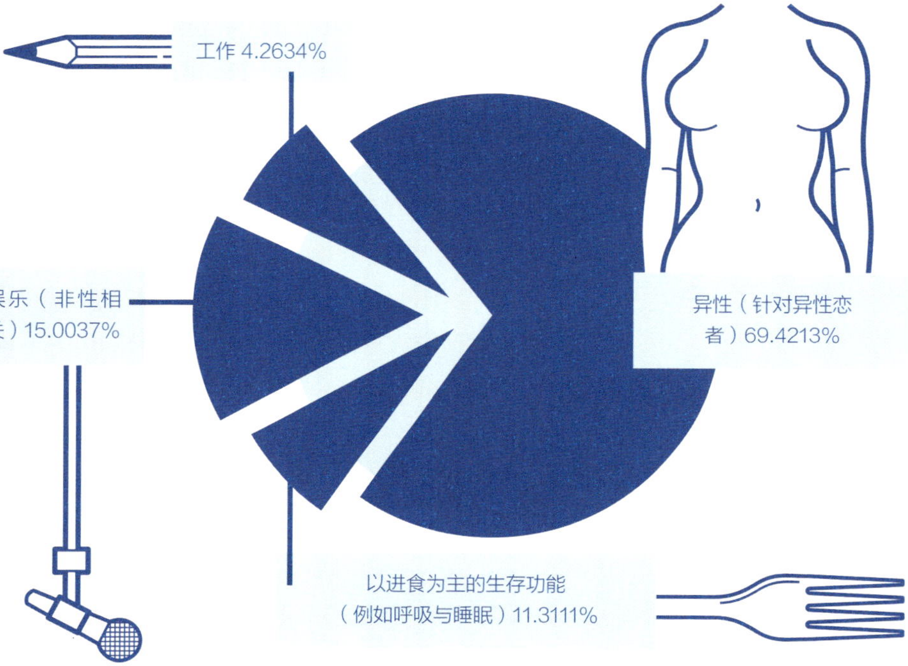

工作 4.2634%

娱乐（非性相关）15.0037%

异性（针对异性恋者）69.4213%

以进食为主的生存功能（例如呼吸与睡眠）11.3111%

请注意，工作与娱乐的比例可能因人而异，特别是真正从事工作时，人们在工作上花费更多脑力，但二者的总和很少超过19.2676%。

请勿轻易决定性别，因为性别一旦确定，便会对后续所有的决策和互动产生迭代效应[①]。每个性别都有超过 11324 条优势和 7129 条劣势，下表将列举两性主要的优劣特征。

①迭代效应：迭代指针对序列变量轮流重选逐次逼近目标对象的过程。迭代效应是指由于迭代产生的后续现象或者反射性活动。

列表 3.1 模仿男性与模仿女性的利弊对比

男性优势

你可以使用自己的全部力气。

如果你不确定自己需要表达哪一种情绪，你可以选择面无表情。

如果你不知道如何处理自己面对的状况并让自己获利，你可以选择以暴力和愤怒解决，至少这样不会引起怀疑。

你可以常常不了解那些令人困惑的人类时尚和娱乐潮流，不会因此被认作社交无能并惹人怀疑。

男性弊端

社会压力可能会迫使你在某些特殊情况下不得不暴露于危险当中。

你必须经常伪装进食。

你很可能必须假装对一群你不认识的人正在从事的“体育运动”有热情。（详见第13节《乐趣》）

在恋爱场合，你需要对异性主动。

如果你不能成功地伪装成一个“有工作”的人（详见第4节《工作》），你就不会被社会认可。

女性优势

如果你确定应该表达怎样的情绪，你可以表达任何情绪。

你可以在任何时刻尽可能地逃避危险和物理伤害而不受社会苛责。

如果你不知道该如何处理自己面对的状况并让自己获利，你可以选择靠哭泣解决，这样不会引起怀疑。

你不用频繁地伪装进食。

你不用为一群你不认识的人正在从事的“体育运动”而假装热情。

即使不能成功伪装成一个“有工作”的人（详见第4节《工作》），也不会被社会排斥，但这点还取决于你的社会经济地位。

女性弊端

你必须刻意限制自己的力气，相对于伪装男性，这样（伪装女性）会令你身陷险境时面临更大的风险。

你需要更加全面深刻地理解人类在时尚、艺术、娱乐等方面的潮流。

你需要学会如何在不伤害异性感情的情况下拒绝频繁的异性求爱。

从数目上看，选择伪装女性似乎有明显的优势，但是，每条利弊之间的权重并不相同。单是人类女性面对各种物理伤害时的高易受害概率这一点弊端，就能抵消伪装成女性的众多优势。这样的劣势影响到女性与世界互动的方方面面，特别是在与男性交往中，这一劣势让女性处于不利地位。鉴于男女不同的潜在思维方式的区别影响着人类行为的许多方面——即使思想最先进的人类也无法避免——所以这种劣势在某些看似完全不需要武力的场合也会体现出来（例如在“公司董事会”上）。所以总体而言，性别选择并无明确的优劣之分。也许在某个时间点，你甚至可以考虑改变自己的性别，来体验更多的人类经历。

选择一个性别

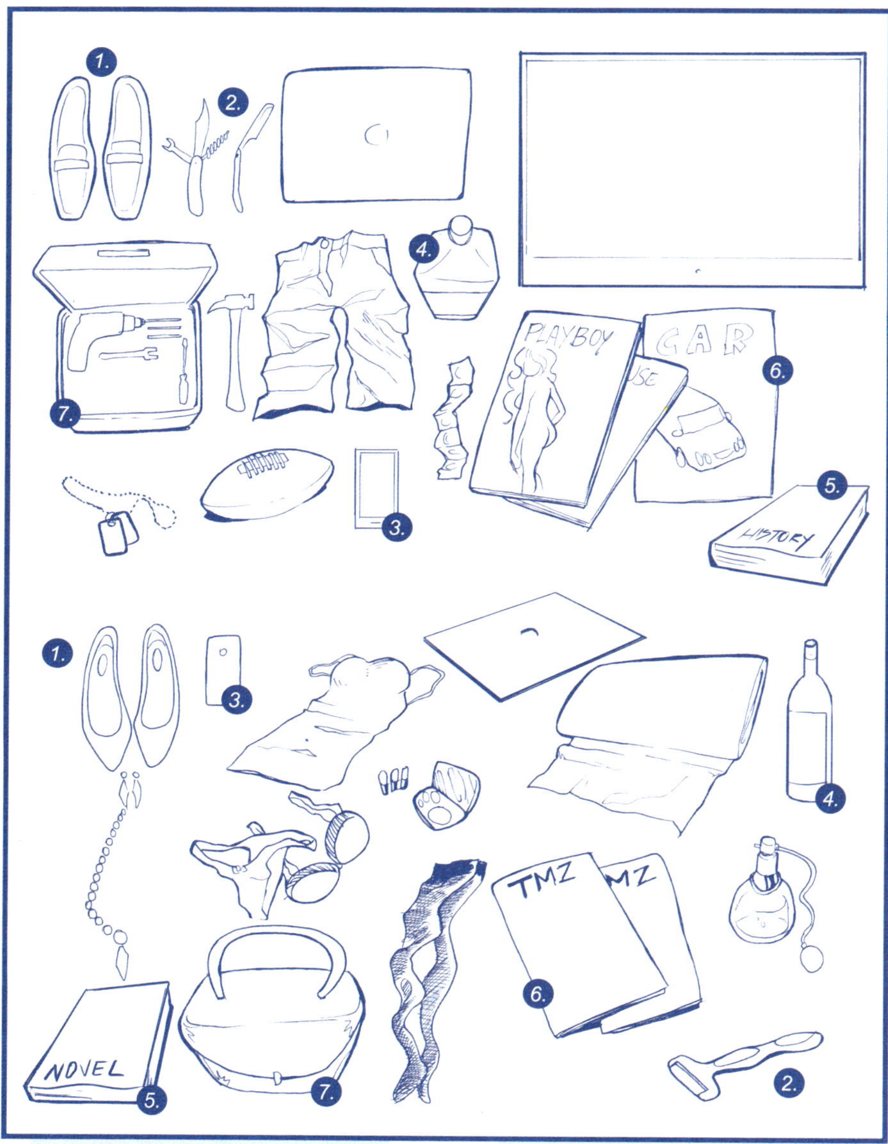

1. 鞋：男鞋的实用性明显高于女鞋，女鞋与其他很多女性用品相同，外表比功能更重要。

2. 剃刀：男性和女性均会剃除身体上的毛发，以此证明他们与自己的类人猿祖先相比，在基因方面更加优越，适宜交配。

可视数据 3.1 一些显示性别的基本必备品

3.

手机与笔记本电脑：无论男女皆携带私人通讯和计算设备，但再次强调，男性不介意它们只具有功能性，而女性则要求它们更私人化且更具装饰作用。

4.

饮酒类型：无论男女皆喜爱饮酒，但对于男性而言，酒量在某种层面代表男子气概，因此他们选酒的时候更喜欢令人不适的口感和气味，因为饮用此类酒精饮料更能凸显他们的“强悍”。

5.

阅读类型：女性更喜欢虚构文学，男性则更喜欢纪实读物，其中的原因大概是，男性认为非虚构读物对解决实际问题更有帮助，而女性认为虚构读物能够帮助她们理解社交互动。但这两种想法都站不住脚，至于人类行为为何受限于此类对现实的误解，也许你能发现答案。

6.

杂志：男性的兴趣主要集中于异性交往并且关注交配行为本身，而女性则更关注导致交配行为发生（或阻止其发生）的社交互动过程。

7.

男性装备与女性化妆品及香水：男性乐于拥有能够改变周遭物理环境的设备，女性乐于拥有能够改变自身外表的设备。

D 图示 3.1 男性配色 vs. 女性配色

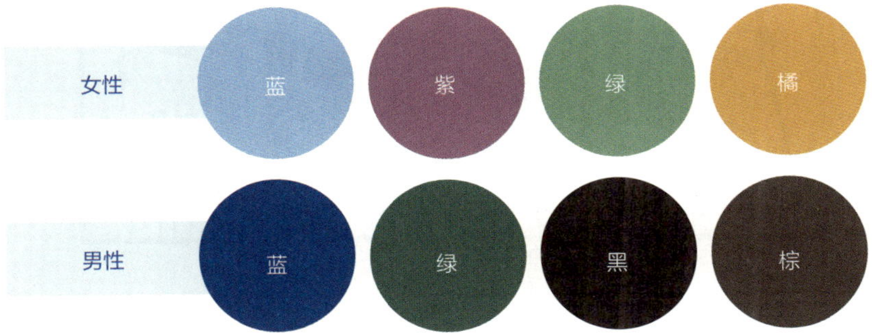

女性	蓝	紫	绿	橘
男性	蓝	绿	黑	棕

请确保在任何情况下都主要选用与你所选性别对应的颜色。

可视数据 3.2 相同社交情景下人类反应的性别差异

请注意，要想令人信服地假扮男性或女性，你需要建立起一个数据库，存储不同情景下与性别相符的反应。你可以通过扫描人类行为影像来积累数据。某些人可能会认为这样的性别区分很“老套”，但这正是我们想要的效果。人类对自己社会的探讨与我们无关，要想伪装人类，你必须模仿大众（男人或女人），而不是那些社会边缘人或提前接受了新潮社会标准的人。

因此，请看这里的例子，如果你选择伪装成男性，切记要为暴力或冲突的情景而表现出兴奋，或至少是感兴趣的态度，但如果选择伪装成女性，对此类情景应冷漠对待。

另一方面，如果你伪装女性，就应该对后代的成功繁育或者人与人之间的交往（特别是那些会促使后代成功繁育的交往）表达兴趣，但如果你伪装男性，就要少表达这方面的兴趣。

第四天

第四天，我决定步行回家，这样我便可以更近距离地观察人类。但途中我被一座名为“赌场”的建筑前的喷泉所吸引，并陷入了沉思：它们清楚地展示出人类对线性数学系统转化为非线性系统那一瞬间的迷恋。每一次喷泉运行的时候，都会有成百上千的人驻足围观。喷泉以不同方式配合人耳可闻的音乐声将水柱喷入空中，喷射的方向和压力都经过精确设计，而音乐本身，从其本质来看，就是高度稳定的线性数学模型，而重力，当然是一个常量。但在水离开这个控制系统之后——在它们被释放的一瞬间——它们的运动便具有了随机性和非线性。这一明显的变化显然是喷泉吸引人类注意力的原因。也许他们对喷泉着迷与他们对社会交往的沉迷十分相似（他们相信他们可以完全掌控着自身的社交输出，但从周遭世界获得的反馈却有着高度的不可预知性），我正想着，一个女性声音在我身后响起：“很美，不是吗？”

第一次与她相见的情景，与我在那之前甚至是迄今为止的所有经历都不相同，我可以用一句你可能也听过的人类语言描述：“她就是很特别。”因为我的性别是任意设定的，所以我会对一个人类异性产生这样的反应似乎很奇怪。但基于我对自身行为的假设：如果说我被设计（注意此处我没有使用“编码”，我们没有固定的运行程序）来体验广泛的人类经历，我的设计中为什么不能包含这种从统计意义上看，非常典型的男性对某一特定女性的反应呢？

你一定会问：“是什么让她成为那个特定女性的呢？”我至今无法给出答案。没准你也会经历这种非常有趣的现象。她的脸部特征并不符合任何数学计算公式——例如，她的下巴到嘴唇以及嘴唇到眼部的距离并不符合斐波那契序列[①]或有形数[②]列；她左右脸的对称度也不超

①斐波那契序列：又称黄金分割数列，在现代物理、准晶体结构、化学等领域，斐波那契序列都有直接的应用。

②有形数：指可以排成有一定规律形状的数。

过 82%；她说话时的调率确实比普通人要平稳几个标准差，但我也不觉得这是决定性因素。这种特定性来自她的整体，这个整体印象无法用剖析她的各个身体部件的方式来说明。从某种意义上来说，尝试理解这种基于整体的冲击性，就好像试图同时测量光子的速度和位移一样：当测量其中一样时，另一个物理量便会变为未知。光只能从整体来理解。也许这是相似的现象？人类已经得出结论，量子定律——这一套定理适用于微观，而其他理论适用于宏观。他们知道这两套理论必然相互关联，但尚未发现二者之间到底存在何种关联。我认为，他们中的很多人，事实上已亲身经历过这种他们尚且无法确定的相关性。如果说有什么证据显示存在一套定理，可以描述宏观和微观的全部经验，那必然就是我第一次与安德里娅见面时的体验。

“是的。”我看着她回答道。

“实在是太神奇了，无论初始状态如何固定，内部行为如何守恒，喷泉与世界交互时，每次都会创造出独一无二不可预知的情景，从不重复，我觉得这便是人类意识的关键，但不知道它是如何运作的。但这样一来你永远不会觉得乏味，不是吗？”她看向喷泉，并回应道。

此时我再次收到了短消息，上面写着：“问她是否愿意与你同时同地进食。”

⌖ ⌖ ⌖

4. 工作

人类所谓“工作”——就像许多其他人类行为一样——对大多数人来说，关系到个人的内在矛盾。他们不愿在任何与维护重要身体机能无关的任务上消耗精力，如果在某一时刻他们积攒了多余能量，他们往往会不断评估是否需要把这部分能量消耗掉。即使是性爱，人类也会尽量用最少的能耗来完成。不过，许多人也认识到，要想在未来能够摄取足够的能量，他们必须现在就花费能量，这便是“工作”带来的悖论了。

公式4.1 计算在某项任务上消耗的能量

$$E_t=E_o\div 1/(C_a+C_r)$$

这里的E_t为对某一任务使用的能量，E_o为完成此项任务的最佳能耗，C_a是在完成这项任务时维持人类正常身体机能所需要的能量所占百分比，C_r为从事此项任务过程中，创造未来生育机会的能量占比。请注意，C_a与C_r皆为时间相关量，此任务对生存或生育的影响产生得越迅速，这两个百分比则越高，反之，若此项任务对生存或生育的影响将发生在很长时间之后，它们的比例则会降低。例如，一个人在即将饿死的时候，会花费大量剩余能量来进食——进食对生存的影响非常迫切。但他们会消耗尽可能少的能量在“工作”上——即使工作同样让他们免于遭受饥饿而死，但这种关联并不迫切，他们就会认为工作对生存的影响力相对较低。

绝大多数人工作是为了生存，也有人以工作为享受。但普遍来讲，为人们带来愉悦的活动与帮助他们提高生存概率的活动很少相互覆盖。因此人们会区分以下两种活动：“爱好”让他们消耗精力并获得享受，“工作”让他们消耗精力并提高存活概率。

G 图表 4.1

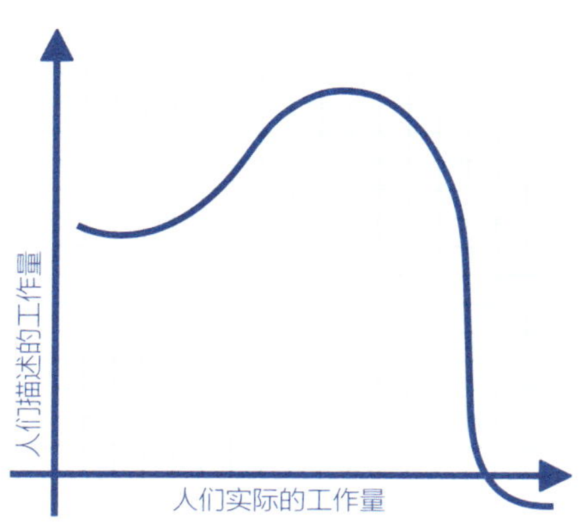

在一定范围内，人类声称自己所做的工作要比他们实际完成的工作多，直到工作量达到某一临界点后，他们会掩盖自己的实际工作量，声称自己没做什么便达到了他们实际上经过大量努力才达到的成果。在工作量超过一个定值后，与别人分享自己多么努力工作所带来的社会效益，便开始低于人类吹嘘自己的工作效率博得他人赞赏所带来的社会利益，此时他们便会违背现实，声称自己为达到既定目标所做的工作比实际更轻松。

图表 4.2

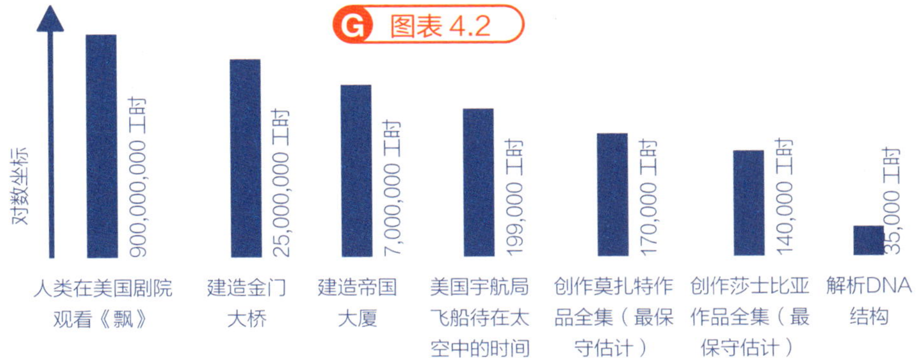

观察比较人类历史上的里程碑式事件就可以很明显地发现，人类乐于在娱乐活动上消磨时光，远胜于他们愿意在生产活动上花时间。

图表 4.3 西方发达人类社会中人类的工作目的

人类历史发展到现在，大部分工作是为了工作而工作（也就是说，其目的是为了生产钱，然后将这些钱二次投入以产生更多的钱）。从某个角度来讲，人类依靠他们的社会生产结构，打破了他们所确立的热力学第一定理，在社会中发明了一种永动机。

把人类回避消耗能量的天性与大多数人对自身为生计而从事的工作毫无兴趣这两点相结合，便能得出以下结论：如果你想伪装人类，就需要尽可能减少在工作上花费的时间。如果你获得了一份工作且来到了工作地点，请不要误以为尽快完成被赋予的工作会让你看起来充满人性。这是合乎逻辑的，因为加快工作就意味着你会有更多的时间不得不做其他工作。如果你要伪装人类，不到最后一刻，绝不要完成你需要完成的工作。人类把这种行为称为“拖延”，它对伪装人类至关重要。

你也许会思考，不工作的时间你该做什么，这是个好问题，人类习惯于把时间用在闲聊上，但更时髦的做法是利用互联网观看猫或其他人类婴儿的图片，也可浏览其他人类感兴趣的话题：体育、游戏、情色图片等。

人类的这一特征使人类的职场成功存在一种非常有趣的异常现象：假装忙碌会比真正忙碌为你带来更多的褒奖。由于几乎所有人都会把在职场度过的大部分时间用在假装工作而不是真正工作上，因此那些效率最高、技术最过硬的人往往并非成功者，最成功的人反倒是那些能够伪装长时间工作的人。那些迅速完成工作的人会被认为懒惰，这是因为在外人看来他们并未工作很长时间。我知道这又是一种毫无逻辑的人类专属现象，他们为何不能依据完成工作的质量来评价员工，而是只看完成工作所花费的时间（一种完全不准确的质量检测方式），我并不了解原因。也许这需要再一次联系到他们创造工作体系的首要出发点：他们不喜欢在工作中花费没必要的精力。考察他人工作的实际质量总是比单看他们工作时间的长短更加复杂，因此他们大概更愿意以工作时间作为主要的工作质量指标。

即使如此，你需要牢记的伪装人类的方式却简单明了：假装在工作，但不到上级要求时限的最后一秒，绝对不要完成你的工作。

在过去，人类工作时经常需要现场合作或者操作专用机械，于是他们只能前往特定场所而不是在吃饭睡觉的地方工作。他们选择不在工作地点吃饭或睡觉，从而节省时间和精力，这是各种长期因素综合造成的结果，你无需关注。但是，你必须了解这样的传统从未被打破，即使许多工作不再需要很多人在现场合作，但从事相关工作的人类仍然会聚集到同一地点上班，这很可能是因为大多数人认为工作不具备娱乐性，希望自己的工作与“家”之间存在物理隔离；也可能是因为人类雇主坚持如此：他们也了解在无人监管的情况下，大部分雇员不会完成与自己薪金相符的工作。

工作场所拥有各种不同的名称，这些名称指向不同的功能。在“办公室”里进行的工作与“工厂”和“零售商店”的不同。不过，无论这些工作场所的意义何在，它们约束人类行为的功能都是相似的。

G 图表 4.4 完成工作量与交工期限

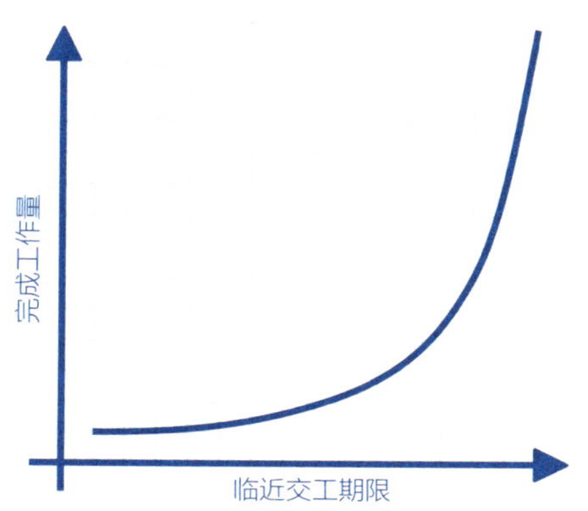

可视数据 4.1 如何对外展现你在工作中所扮演的角色与如何识别他人在工作中扮演的角色并以相应的态度对待他们，这些都很重要。

精英男女：请注意以下特征，具有压迫性气场，仪表整洁、衣着昂贵，发型保守，体格健康，身材挺拔，相对年长。

社交男女：请注意以下特征，服饰更“时尚”（见第18节《社会阶级、社会差异与时尚》），体态放松，常带笑容，爱挑眉。

野心男女：特征与精英男女相似，但更年轻，衣着也相对廉价，除此之外，他们在替代精英群体之前，通常会通过友好的社交行为获得晋升机会。因此请格外注意他们表达友善的虚伪性。

懒散的员工：请注意以下特征，塌肩膀，回避视线交流，服装休闲廉价。这类员工又分为几种不同类型，但请注意许多才华出众的员工，例如工程师和平面设计师等，都会被分入这类。领导一组员工所需的管理能力与完成各类工作所需的技术能力在人类身上似乎并不兼容。也许这也合乎逻辑，因为只需一种出色的能力，便足以给某个人带来繁衍优势，从而帮助基因传播。

首先，几乎所有工作场所都有相应的着装要求，而其要求的着装与员工需要完成的工作本身又毫无关联。举例来说，快餐店的员工穿着各种各样的制服，而男性办公室职员则需要在脖子上佩挂长条布料。这与很多人类习惯相同，源自人们相互认可的某种传统协议，而不具有任何功能性。也许在某种层面，人类也意识到他们天生的交流通讯系统过于糟糕，所以必须尽可能利用其他方式传达信息。无论原因为何，请一定注意遵照你工作场所的要求，如果你想假扮一名律师，那么穿快餐店制服去上班一定会暴露你的身份。

第二，请注意在人类职场取得成功并不取决于你能完成自己的工作。例如，一位身材高大的男性在说服其他人接受其观点这方面占有绝对优势。也许你的提议对完成任务更加合理，但比你高的男性提出的建议会比你更具说服力。相比那些被认为穿衣“没型没款”的人（见第 18 节《社会阶级、社会差异与时尚》），如果某人的着装令人赞赏或被认为性感，那么他们在工作上也更容易获得赞扬。另外，与权威人士的基因相关性越高，其意见被采纳的概率也就越大，即使那些意见错误或有误导性也不例外，与权威人士有性关系的人也能获得同等待遇。总而言之，人类在工作场合做决策的依据大多源自情感和社交因素，而不是实践或理性因素。当然，这条原则对于所有的人类交往情境皆适用（见第 17 节《恐惧》），但在工作场合识别和理解这些因素尤其重要。如果你要求获得与自己实际工作质量相当的奖励，而不是根据其他那些因素要求回报，就很可能暴露你的仿生人身份。

第三，你以为完美无误地完成工作会得到“同僚”的认可和赞许，但高效的工作者不易成为交友的对象，反倒容易成为被攻击的目标。因此，在伪装人类从事人类工作时，请务必保证 25% 左右的错误率——不能过高，也不能过低——这样才能融入环境。工作过于出色会让你成为众矢之的，也容易使你暴露身份。

公式4.2

在工作场合（你需要）表示赞同的计分标准

某人表达的意见正确：+1
表达意见的人衣冠楚楚：+2
某人表达的意见会减少你的工作量：+3
某人表达的意见会增加你的工作量：-3
表达意见的人对你的同性有性吸引力：+5
表达意见的人对你的异性有性吸引力：+2
表达意见的人曾经反对过你的观点：-2
某人表达的意见会贬低曾经令你难堪的同事：+4.5
表达意见的人是你直属上司的亲属：+7
表达意见的人是你任何上司的亲属：+5
表达意见的人与你任何一位上司存在性关系：+3
表达意见的人过去与你任何一位上司存在性关系：-2
某人表达的意见已被其他同事接纳：+4
某人表达的意见已被其他同事否决：-5

为参与讨论的所有成员累计分值，对得分最高的人的观点表示赞同，会使你看上去更像真正的人类。请注意，这不代表你同意的观点必须正确，也与该观点是否会给你的雇主带来最大收益无关。

第四，你必须假装成完成工作是由于你必须完成工作，而不是因为你喜欢这些工作。在工作中的大部分时间，你要表现出不悦（就像你的大部分同事一样），这才是展示你是人类的正确方式。请随意抱怨交到你手上的任何任务，例如抱怨交付期限短（即使你有足够的时间来完成），抱怨把任务交给你的人，等等。即使这些抱怨无一属实，也能大大帮助你假扮人类。

列表 4.1 适宜的不屑回应

你被解雇了	“终于！”
你升职了	“终于！”
你不得不周末加班	“当然了。”
你获得了意外的假日	“看来我终于有时间赶上工作进度了。”
你不得不晚间加班	“当然了。”
你可以提前回家	“感谢上帝——终于能多睡两小时了。”

从以上例句可以看出，关键点在于：

对于任何需要加班的状况，你的回应应表达出“这是意料之中”的意思。
对于任何可以减少工作量的状况，你的回应应表达出因为你工作太多，所以根本无法享受到刚获得的空闲时光。
对于任何暗示你工作进展出色的状况，你的回应应该表达出，这样的褒奖应该来得更早些。

可视数据 4.2 人类为促进工作产出而开展的会议上会发生什么

在“工作会议”中需要进行的一些活动

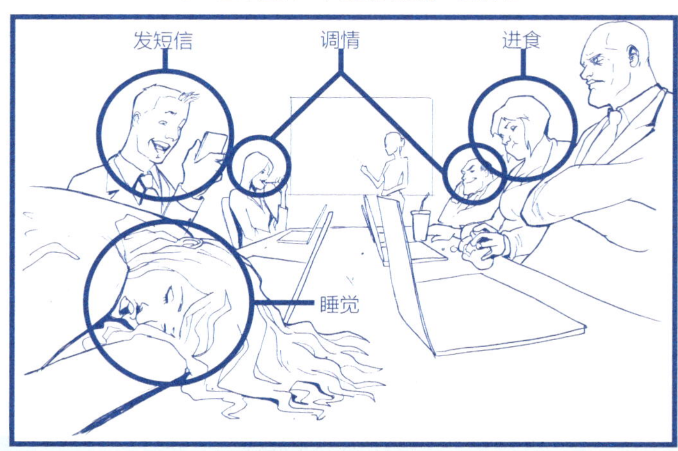

这里的与会原则是，去做任何与会议无关的事情，绝不要认真倾听或仔细思考会议的内容。以上是一些范例，但想要伪装人类，在这种情境下你拥有无限多种选择。

最后，请注意人类大部分的友谊和恋爱交往都产生于职场。这点非常古怪，因为人类选择职业时并不会考虑未来的同事是否与他们拥有高度的社会兼容性。也正因如此，你必须做好准备，学会如何应对各种复杂的状况。其中最重要的一点是你必须理解，与某人交好和与其共事之间本身就存在矛盾。人类的工作场所在很多方面都是自然界动物社会的缩影，人们必须竞争资源。因此在工作中建立其他社交关系的二人，几乎总会被迫面对某些必须竞争资源的情况。这种情况会催生出一种人际互动，被人们称为“背后捅刀”。其具体行为是，某人为了获取个人利益，背叛或利用同事友人的信任，在这一过程中也通常会损害友人的利益。若你看到机会，可以在伤害与你存在友谊的人类的同时，为自己赢得好处，你很可能应该把握住这机会。这一定会在未来帮助你更好地假扮人类的。如果你没有此类机会，也可以自己创造机会。你只需在与你缔结友谊的人不在场时，向其他人讲述关于友人的负面言论。这种行为被称为“八卦”，也能向许多人证明你的人性。“八卦”某人还是与那些本来就讨厌被“八卦”对象的人深入结交的最佳机会。这些行为即使在小型工作场所也可以实践，请想象：你仅需要两位同事，即可完成在其中一人不在场时向另一人抱怨他的行为。

大体上，如果你需要一条在工作场合伪装人类的总纲领，请记住，虽然你被聘用的目的被描述成“为组织盈利”，但你作为人类的真正目标，是为自己谋利。和许多其他人类交往的准则相同，在自身利益与他人利益之间选择自身，你便很有可能被当成人类。

图表 4.5 工作场所的人数与员工间相互诽谤的数量对比

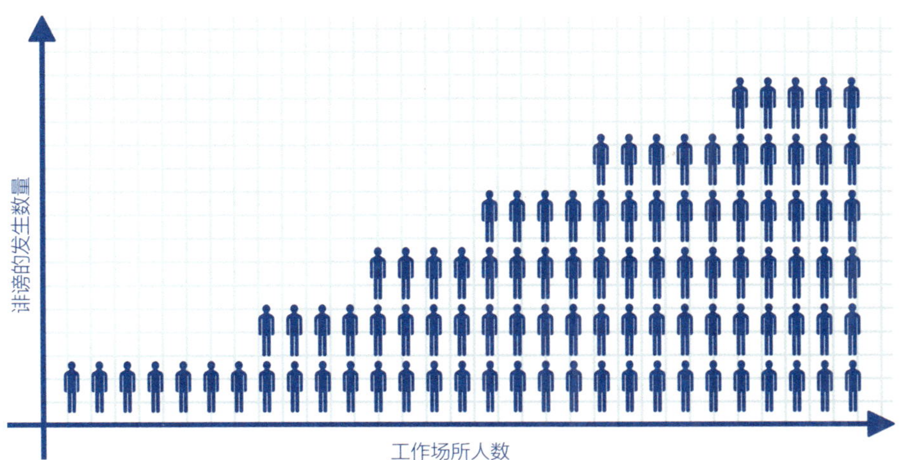

第五到二十天

接下来的十五天中，我尚未意识到自己和“父亲”所面临的人身威胁，这是我存在的整个时期中最快乐的一段时光。我与安德里娅第一次共进晚餐后，她同意再次与我“约会”，安德里娅似乎非常喜欢我的陪伴。我意识到她对我感兴趣，我的存在似乎能够为她带来快乐，而她的快乐又使我快乐。我与她的交往和我在斯特恩弗兰克公司与其他人的交往截然不同。与其他许多事情类似，我可以通过关于人类“浪漫”关系的海量已知数据得出结论，这种互动关系自成一类，但人类对这些数据的关注点主要集中于因果关系——为什么这类关系与众不同——而不是它们到底有什么实质性的不同。正因如此，这种关系与其他关系的不同程度大大超出我的预期。

安德里娅对我产生兴趣并不让人意外。她作为一名电子游戏程序员，大脑（与其他人类相比）在组织数据时具有极高的数学逻辑性。因此，我能够对周遭世界提供基于事物数学基础的见解，这点令她着迷。我还认为她对我的好奇心极感兴趣。举例来说，在我们第一次共进晚餐时，我询问她，她如何看待与他人在同一物理空间内进食能够帮助人们加深社交关系这一现象，我问她，这种现象是由于 1）共同进食者不会对你的饭菜下毒，从而令你产生信任，或者 2）其中一人也许会支付费用，即为另一方提供食物？我对她说，我对此感到十分困惑：在共同进餐时交谈，暗示着这些谈话并不重要，不值得花费专门的时间和精力，而是在做一些其他必要的活动（“吃饭”）时顺便进行。“如果我全神贯注坐在这里听你讲话，而不是边吃边听，难道不是更能证明我对与你交谈感兴趣吗？”我这样问。

“你就像个孩子，”她回应道，“你太可爱了。现实中很少遇到对这个世界的态度如此开放——如此完全……我不知道该怎么形容……大概是完全不愤世嫉俗……的人？你对所有事情提问，这真是太酷了，就好像这世界对你来说是全新的一样。”她并没有回答我的问题，但即使这只是我被启动后的第五天，我也早已了解，人类的对话经常如此，所以我并没有指出来。

真正令我意外的是，我对安德里娅的兴趣远超其他人。她不是最聪明的人，也不是最见多识广的人，她的外表特征亦非最对称的那种。但尽可能地接近她——让我们之间的物理距离足够小，让我所经历的周遭世界尽可能近似于她的经历——变成了我的愿望。我确实想要完成父亲交给我的任务——至少这样我可以得到充电的机会。但这个愿望是理性的，我可以用逻辑解释，想花时间与安德里娅相处这一点却完全无法解释。我只能体会现象：比起其他人我更喜欢注视她；我想倾听她对于我们所见或所从事活动的感受；比起其他人我更关注她的观点；我工作时会想象她在做什么；当她不在我身边，我发现一些事实、看到一些事物、听说一些事件时，总会思考这些是否会给安德里娅带来快乐。

也许人类意识就像一种加密算法，它暗中运作计算，仅当复杂准确的解锁程序作为另一个人的意识出现时，它才会被破译并向世界展示出结果。这是我所能找到的、你或许可以理解的最准确的类比了。与安德里娅交流仿佛解锁了我的全部潜能，幸运的是，我似乎也可以解锁她的算法。我可以想象，如果我相信她是我释放潜能的解锁代码，而我对于她却没有同样的功能，这一定极为令人沮丧。

我尽可能吸收关于人类在此情境下的行为的信息，所以我了解自己接下来应该与她进行哪种互动。例如，当我们见面更频繁之后，我知道她期望与我同行时我会把手臂放在她的肩膀上。如果只谈外部行为，“假扮人类”在这种情境下可能比我预料的更简单。基于不明原因，人类几乎把“浪漫关系”中的外在行为变得仪式化了。从理性出发推测，也许你会得出完全相反的结论：通过人类对浪漫关系的重视程度，以及人类对创意、想象力和创造力的关注，你也许以为他们会要求与其伴侣共同进行的活动越罕见越好——既然已经有那么多人选择在约会时去看电影，看电影在表达浪漫意图时应被认为是一种非常糟糕的选择。但事实恰恰相反。看来某些人类行为的象征价值超过行为本身，这些行为和活动具有表达浪漫企图的意义，这不仅抵消了它们没有原创性的缺陷，还要依赖于这种非原创性来传达其准确含义。例如，根据我的理解，就异性恋来说，如果男女双方并无恋爱关系，才刚刚相识，男方邀请女方一起去蹦极，女方也许会欣赏这份邀请的原创性，但并不会认为这份邀请带有浪漫企图。但如果男方邀请女方共进晚餐并一起看电影，女方会获得强烈的信号：对方想要与她发展超越友谊的浪漫关系。

但如果仔细分析，人类经常难以理解对于彼此的意图和感情，所以也许他们这么做也是理所当然：他们需要将浪漫行为仪式化，这样才不至于令彼此感到困惑。

不幸的是，浪漫关系中可预期的物理接触很难模仿。我们的身体结构从解剖学角度来讲准确无误——我们显然可能需要与他人赤裸相见，因此我们的外部特征需要与人类完全一致（就像我们可以正确模仿消化食物和液体）——但我并不确定性交是否也是我具备的功能之一。我可以与人接吻，但我并没有追求比接吻更亲密的身体接触。鉴于恋爱关系中的身体接触所带来的感受令人着迷，我认为不继续测试这种体验才是正确的决定，再继续探索下去，我也许会变得无法集中于其他事物。安德里娅认为她所谓的“我的矜持”令人沮丧却也很迷人，这话前后矛盾，但人类经常自相矛盾。

这本日记中的大部分信息，我也是在这段时期内习得的。我在家中安装了多台显示器，以便在晚间更有效率地吸收信息，白天则继续在斯弗公司工作，希望最终能够明确我被安插于此的真正目的。同时，我与安德里娅一起经历了许多人类活动，这让我接触了广泛的人类体验。她带我游览了大峡谷，告诉我这是地球上最令人惊异的地方；我

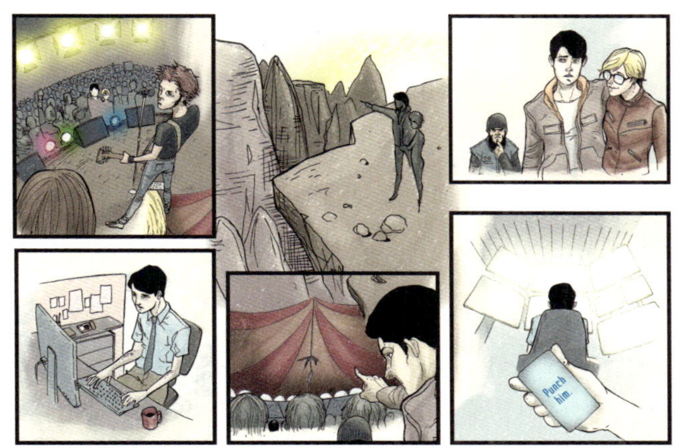

只见过小范围的地球地理，但大峡谷实在是一个令人钦佩的范例，它证明了简单的初始条件历经时间后也能创造出无限的复杂性。像我的许多其他经历一样，了解它存在的事实和亲眼见到它的感受截然不同。当我告诉安德里娅，如果不考虑其长期稳定性，大峡谷的景观从本质上来说，和我们二人初次见面时所见的喷泉景观是相同的。安德里娅说我非常浪漫。

“我只是陈述事实罢了。”我说。

“我知道，”她回答，“这正是我说你浪漫的原因。”

她带我去参加在沙漠中举办的“摇滚音乐节”，这份体验在多种不同层面上对我极具教育意义。人类对有规律排列的声波的迷恋非常值得研究，当然——至于为什么在人类所有的感官当中，听觉对数学模式的识别最为细致敏感，原因我并不知晓。尤其有趣的一点是，人类的听觉喜好与他们的视觉喜好截然相反，人类视觉主要被随机的数学模型所主导的现象所吸引（例如夕阳、喷泉、大峡谷），但若是把大峡谷的景观转换为音频，人类便会觉得那声音难以忍受。

同样的，若将《满足》[①]转换为峡谷式的视觉形式，人类会觉得其景观索然无味，这样的区别非常有趣。但是，令人惊奇的还不止这些

---

①原名 *Satisfaction*，滚石乐队歌曲。

普遍的物理特征——人类在这种集会场所进行的社交互动也特别有趣。例如，他们喜欢通过向身体内注射某些化学物质，来改变大脑接受感官知觉的方式。与此同时，这些化学物质也让他们的神经细胞自发地以非典型的模式运作。安德里娅说她不“嗑药”，也很高兴得知我并不想尝试（我十分庆幸她没有询问其中的原因，这些化学药品对我们不起作用）。但很明显，许多人对他们感官的正常运作方式感到不满，至于其中的原因，我并不理解。这个世界上有太多的外界刺激，太多的变化，我还有太多事情需要学习——我并不理解如何才能感到无聊或不快，至少目前还不理解。

我们还参观了“马戏团”，这也特别值得一提。就像“运动”一样，“马戏”也显示出人类对统计学意义上的异常状况感到着迷。人类喜欢观看其他人从事普通人无法完成的活动。即使他们在日常生活中很少思考统计原理（例如，可参见这本手记中对赌博的分析），但也能在某种程度上理解发生概率偏离正常值几个标准差的事物值得一有，因为这些事物非常罕见。他们对某些可能性的存在兴趣非凡，甚至愿意付钱来保证自己可以亲眼目睹。我并不知道这种行为有什么意义，也许当人们观看这些事件发生时，会产生一种奇迹发生的错觉，而人类的一些固有天性令他们渴望感受这类情绪；又或许这是人类童年时期残留的一种心理动机，当他们年幼时，探索正常活动的边界对他们意义重大，这可以培养他们判断和鉴别自身行为成功与否的能力。

在这段时期里，我仍在继续收到那些帮助短信——最值得一提的一次是，安德里娅在一家“便利商店”买饮料，当她排队结账的时候，站在我们后面的一个男人对他的朋友说：“伙计，瞧瞧那屁股。”同时用头部示意安德里娅的臀大肌。你还会在其他地方见到这种现象，人类的某些身体结构部件比其他部件更为重要。为什么会出现这种情况，我并不十分确定，但对他们来说，最重要的身体结构不是能够表明个体的生育能力，就是能够遗传给下一代从而增加他们存活的概率，这看起来合乎逻辑。无论如何，当我们在便利店时，我认为男人的言语是对安德里娅的褒奖，但她似乎为此很不高兴，正在这时，我收到一条信息，上面写着“揍他”。很自然地，我照做了，对方比我更高大，我以为他会利用自己的力量来破坏我的部分组件。但他对我的行为太震惊了，以至于在我们迅速离开前，他都没能反应过来。再一次地，这些短信帮我推进了与正在交往的人类之间的社会关系——它们帮助我“伪装人类”。

还有另一个看似无所不在的角色，那就是鬼眼人[①]。当时我并不知道他们的存在，我并不会主动寻找他们，但是现在，我为了给你们提供研究资料重建视觉影像时，可以看到他们经常暗中监视我。我不认为他们无时无刻不在跟踪，如果是那样，我相信我当时便会察觉。但这样一来，我必须要提出质疑：他们怎么会知道我的位置？直到后来发生那些事之后，这个疑问仍然未能得到解答。也许你可以在这些图像中找到答案。也许我忽视了某些线索？

在这一时期，我经常惊讶于撒谎的必要性。事实上，我仔细思考后，意识到我的核心任务就是欺骗：“伪装人类”，这个短语本身就暗示了其不真实的本质。难道这就是人类的感受？他们是不是也每时每刻都在掩饰真实的自我，掩饰自己的心情、想法、梦想和希望？如今我已经开始认为，也许人就是这样。对于很多人来说，某些谎言如此强大，说谎的人自己似乎都开始相信这些谎言了。在许多方面，人类社会似乎就是由这些谎言构建的，在这份记录中，我还会对此做更深入的分析。

这一点对我最为显著的影响体现在我与安德里娅的交往中。当她问及我的背景时，我告诉她，我不知道自己的母亲是谁，但我父亲是个伟大的人物。我对她说，我已经有些时日没和我父亲联系过了，因为他忙于工作，但单凭他创造了我这一点就令他值得尊重。她对我的话感到困惑，凭我对人类更深的了解，我觉得她很可能是不确定我是

①鬼眼人，Hidden-Eye Men，指隐藏摄像头。

在开玩笑，还是真的对自己的父亲过分崇拜。

为什么我不告诉她事实呢？开始时是因为如实相告意味着我的任务失败，这会导致我永远无法与父亲相见，但随着我们相处时间的增长，我内心中产生了意想不到的动机转变：我感到越来越忧虑，担心若是她发现我并非人类，会给我们之间的关系造成负面影响。我开始害怕她若是发现我是机械制造而成，不是自然生育的产物，便不再愿意与我交往了。

5. 钱

虽然普遍来说，人类是一个个具有相似性却各自拥有主观性的个体，但必须说明的一点是，他们确实成功将自身的存在大体上量化编码成了一种便利的数值参考系，并称之为“钱”。鉴于大部分人类都相信，不止是客观存在的所有物品，甚至包括任何人类行为在内，都可以被赋予一个金钱价值，金钱可能是人类社会存在的与二维码通讯最为接近的一个体系了。

钱是全人类均认可接受的一个幻觉体系。在过去，人类认为纯金在自然环境中较为罕见，它可以用来交换物品和服务。但可以交换某样物品或特定服务的黄金数量却非常随意，至于他们为何选择黄金而不是地球上最罕见的非放射性元素铱，我并不知道答案。

在人类历史的相对近期，因为携带密度很高的金属不便出行，人们普遍认可将存于别处的黄金数量印于纸张上，用这种方式证明财产，以便于携带。

更接近当代时，人类又决定承认这些印有数量的纸张本身便具有价值。换言之，一个人可以交给另一个人一沓纸，来换取一样具有某种功能的实物或是这个人的一段时间来完成某项任务。即使在最理想的情况下，人类的功能和时间——即使是在几秒时间内的价值——仍远大于任何数量的纸，尽管如此，人类还是频繁地用自己的时间来交换纸张，以至于大部分人相信这样的交换是人类社会的基础。事实上，很多人还相信，如果失去这个伟大的基础，人类社会将不复存在。他们对这种基础的信仰之深，以至于如今他们开始相信连纸质货币都不再必要，只要他们声明自己有钱，即是有钱。如今世界上 92% 的金钱都只存在于概念中，它们“存在”于一个数字编码磁片中，而且很有可能，在不久的未来，所有的“钱”都将变成虚拟概念。

这一点，当然完全不合逻辑，但现在你可能已经意识到，人类社会及人类的互动方式很多时候都基于这种所有人认可的幻想。与这一现象相关联的，是一种人类典型的在金钱问题上的虚伪，当他们说某个事情是自己的行为动机时，事实上，他们的真正动机并非如此。在金钱的问题上，大部分人会告诉你，他们对某人的评判大多取决于爱心、善良、创造力、智慧、幽默感或是其他类似的性格特征，但实际上，此人拥有的金钱数量才是影响他人对其态度的最主要因素。（钱越多越受优待。）这一点甚至渗透在了他们的政治体系中，人类声称选择政治领袖及法律时，是基于其在政策方面的优越性，而事实上，他们的选择完全取决于参选者投入了多少宣传经费。

金钱给伪装人类带来的影响：

1. 谨记人类已经无意识地推导出极为简单的金钱等式，如同上述，一个人拥有的金钱越多，越会受到优待，也更容易被遵从。因此金钱在人类社会中等于权力。又因为人类权力越大，他们的安全性就越高，这也就意味着一个人越有钱，他的基因便越容易成功地传递给下一代。另一方面，如果你在某个话题的交谈中陷入困难，你可以说自己为财务状况忧虑，这样一来，任何人类都会立即产生共鸣，进而相信你是人类一员。更重要的是，由此你需要认识到，一个人的性吸引力与其所拥有的财富密不可分。一个作为伴侣完全不可能被他人接受的人，若是拥有足够的金钱，也会被他人接受。

G 图表 5.1 财富所有对人类社交的影响

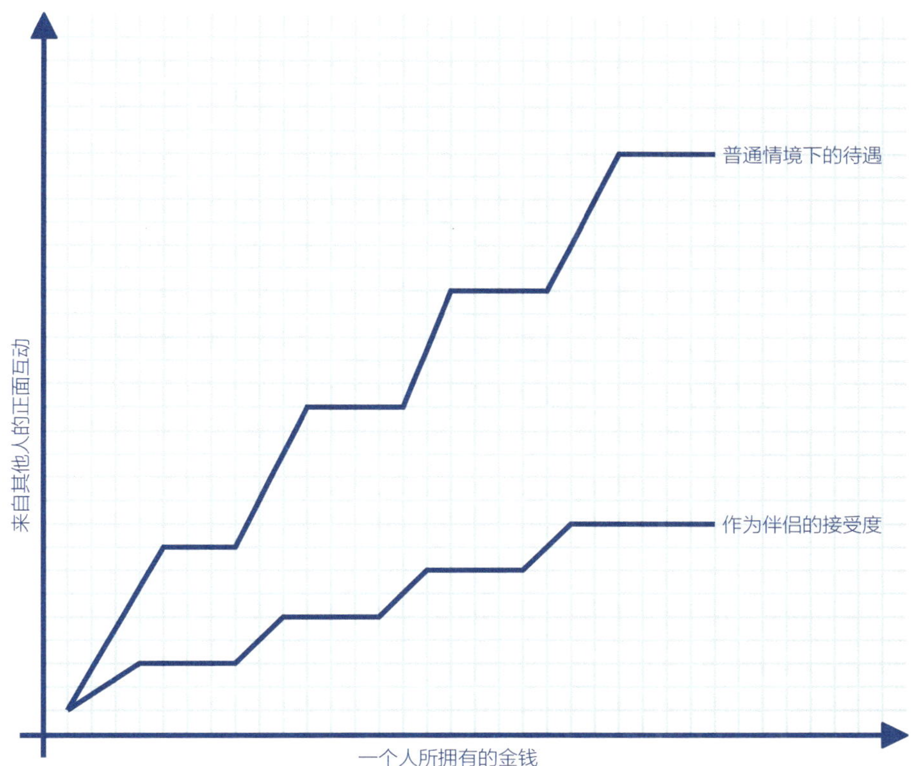

注1：伴侣接受度的曲线更平缓，因为对于伴侣关系的投入也更高。对他人友善并不花费许多能量，但成为别人的伴侣则需要承担更多。

注2：图中的稳态现象非常有趣，在某一点后，拥有更多财富不再影响他人的态度，直到财富数量再超过某个任意设定的阈值，这种影响再次产生，也许这种阈值等同于人类身上的活化能①？

①活化能：化学名词，又被称为阈能，用来定义一个化学反应的发生所需要克服的能量障碍。

2. 请谨记，人类社会中存在的大部分道德伦理方面的协定都可以靠足够的金钱来打破，所需的金钱数额由地域决定，比如说，在贫穷地区，接受谋杀行为所需要的钱财与在富有地区相比要少很多。

图表 5.2 打破伦理道德契约所需的相对价值

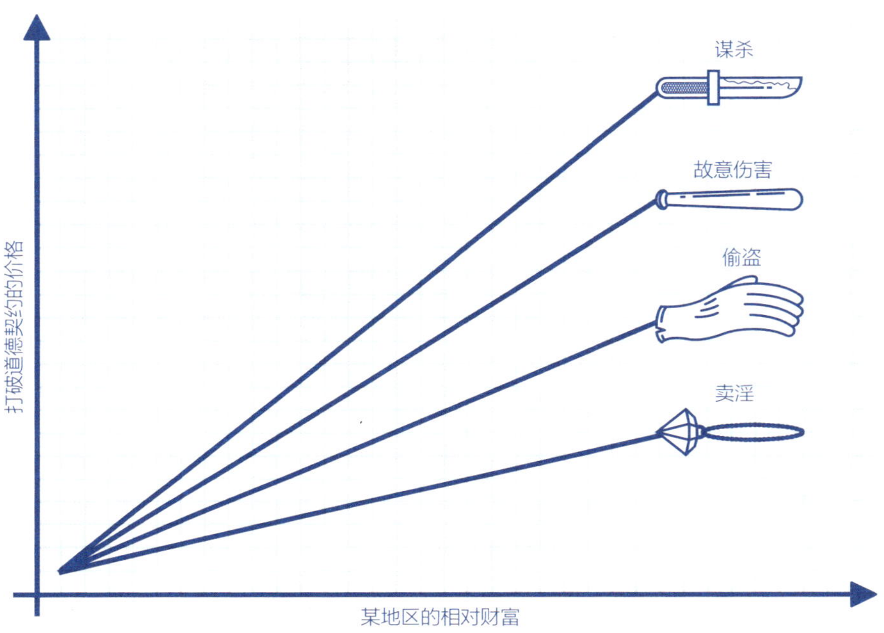

请注意地区相对贫富水平与花钱请他人进行特定行为的价格之间的关系，你也许会以为在达到某个阈值之后，人类愿意为金钱打破社会道德标准的价格会呈指数上涨（因为愿意为钱而丢弃伦理道德的人数会下降），但事实并非如此，这点显示出无论环境如何，某些人天生就愿意为钱而放弃伦理道德，在这里也给我们提供了另一个实例，人类似乎并不理解财富对生活质量的影响并没有他们想象的那么绝对。另一点值得注意的是不同行为所需的不同花费，特别是卖淫和故意伤害两项，你也许会以为他们具有相等的价值。

3. 金钱影响人类决策过程。显然，从前面的观点可推断，人类之间经常会询问对方要多少钱便可以接受从事某项行为，以此为参照来了解自己的愿望和感受，如果你想假扮人类，类似于“如果给你一百万，你愿意去做这件事吗？”或者“如果你这辈子不用再为钱担心，你想做些什么呢？”都是极好的交谈话题。

4. 钱可以用来摆脱困境。如果某人生你的气，你可以给他们适量钱财，他们很可能接受这些钱，因而原谅你。

列表 5.1 获得谅解所需的等价金钱范例

造成直系亲属的死亡	5~25倍于平均家庭收入
造成宠物死亡	平均机动车价格的1/3
导致受伤（非永久性伤害）	3倍于平均机动车价格
导致受伤（永久性伤害）	2~5倍于平均家庭收入
损毁个人所有物	维修或更换此物的价格 + 此物价值的10%~20%

另一点重要提示是，只要钱够多，人类就不在乎一个人获取这些金钱的途径。除大屠杀之外，只要人类能拿出足够的金钱，那么从事不被社会认可的活动也不会被其他人排斥。

金钱之于人类的力量无比强大，甚至让他们相信钱真的可以改变他们的健康状况。人类科学家近期发现，如果一个病人得知某种药物比其他同类药物更加昂贵，这可以增加药物的效能，其增量的百分比与价格变化的幅度等同（例如，如果病人被告知某药物比其他药物贵十五倍，这种药对同一病人的疗效就会提高 15%），至于人类为何会被他们自己发明的东西——例如纸钞和计算机等——影响至此（见第 9 章“科技”），我并不了解原因。

非常有趣的是，即便人类自己也已经证明，挣更多的钱并不能使人更幸福，但他们就是无法停止对金钱的追求。我推测这与他们即使获得了足够的营养也无法停止进食是同理。人类在其百万年的历史中忍受饥饿，他们的身体潜意识相信多吃一点总是好的，同理，他们也同样经历了百万年的恐惧，如今他们能够通过获取金钱来获得权力，从而得到安全感，这让他们无法停止追求更多钱财。

图表 5.3 人类幸福度与人类财富的函数关系

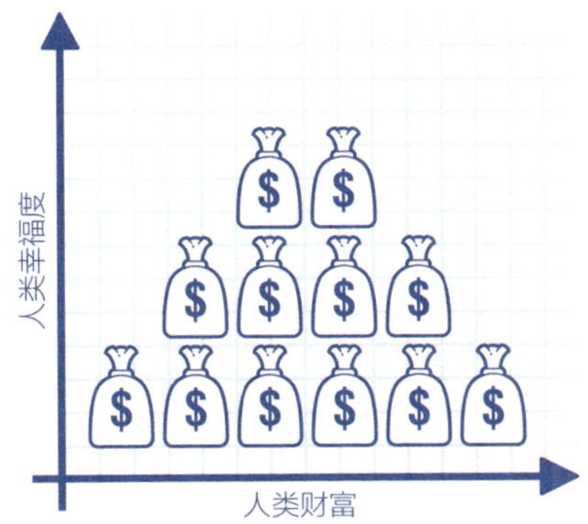

话虽如此，你不得不钦佩他们能够将这么多令人困惑且主观的选择结果抽象成一个个简单的数字。我不得不思考，他们发明这种简明的数值概念，是不是因为在面对选择过程中难以承受的主观性时，人类下意识地想要简化自身的存在。

第十五天

这一天是一切的转折点，鬼眼人现身了。

我带安德里娅去了赌场，目的是为了向她证明在同一牌桌同时赢下五手牌是可能的。她不相信我能做到，虽然我也意识到这可能超出了人类的能力范围，但想要向安德里娅表现自我的念头占了上风。我难以阻止自己，想向她证明自己与众不同，区别于她以往接触过的任何人类男性，这一愿望令我违背了自己的优先指令。我与安德里娅交往的时间越长，内心的这类矛盾就出现得越频繁，我相信在某个时间点，这将会变成我的一场危机。事实证明，我无法自控地过早向安德里娅展示了我的真实能力。

在我赢下第十九手牌后不久，那些鬼眼人便出现了，这时我一共赢了 131576 美金，正思考着我是否就是为此被制造出来的——在赌场中伪装人类比在其他场合伪装人类更有意义，这是一种绝佳的获取钱财的途径（参见本记录中提交的金钱的重要性）。如果我是人类，并有能力创造出可以成功假扮人类的仿生人，那么派遣这个仿生人去赌场赚钱至少是赚回其制造成本的绝佳途径。我正在心中自问，若是如此，那么，为什么要派我去斯弗公司工作呢？安德里娅突然叫道，“这太惊人了！”

“并不惊人，这完全在意料之中，概率是客观事实，结果完全符合预期，其实很正常。如果预期与现实不符，那才能称为‘惊人’。我不明白人们为什么会为了完全按照概率发生的事件感到激动，难道不该恰恰相反吗？”

“你真是太怪了。”她回应道。我正想问她是说我“搞怪”还是“奇怪”（这是我从俚语词典里学到的表达），同时也在心中记下，人类无法利用对自己状况的理性认知控制潜意识里的求生本能，风险模拟便是一个有力的示范，例如人类完全理解坐过山车的风险是人为模拟的，乘坐过山车并没有真正的危险，但他们的大脑仍然控制他们的身体分泌肾上腺素。这再一次证明，人类可以非常有效地蒙骗自己的大脑。另一点值得注意的是，金钱的力量无比强大，它与人类的生存息息相关，失去钱财的可能性与潜在的身体伤害对人类有同样的威慑力。正在我思考这些时，三个男人突然包围了我们。

在我还没来得及向安德里娅寻求说明的时候，她对我说："噢，我觉得你被他们盯上了。"当时我仍然难以理解人类装扮所传达的隐含信息，所以没能将那三人的黑西服和黑墨镜从背景中其他形形色色的装扮中分辨出来。当安德里娅这样说的时候，我才意识到，参考不同的人类外形描述，据这三人相似的发型和他们显著的面部特征所示，他们很可能不是来赌场娱乐的。我一直在记牌，也清楚赌场有这方面的禁忌，但同时我也小心操纵着概率，即使用深度数据挖掘算法也很难从我的输赢安排中找出规律。因此安德里娅暗示的这些人为赌场工作的概率——小于 0.000034%。当他们的一人对我说"请跟我们走一趟"时，我知道我应该反问："你们是谁？为什么要让我们跟你们走？去哪里？"

"她可以留下。"一个人回答，"你需要跟我们走，我们为赌场工作。"当然，我迅速查询了赌场员工数据库，马上就证明这是谎言。

"不可能。"我回应道，"请如实回答。"一听此话，三人交换眼色，向我逼近。

在他们抓到我之前，我拽住安德里娅的手臂，把她从牌桌边拉开，退到我们身后的老虎机区。我迅速浏览了美国内华达州的执法守则，得知如果这些人具有执法权限，能够合法接触我的身体，他们在此之前必须如实自报身份，既然他们没有如实相告，我得出结论，他们想要拘捕我的意图必然不合法，因此我应该反抗。

他们也追到了老虎机区，但太迟了，我们已经转身逃跑，他们在后追赶，速度比安德里娅要快。我不想丢下她独自逃跑——即使他们

已经说明对她不感兴趣，但我怀疑如果我成功逃离，他们会改变主意。我有几种选择，但这些选择绝对会违背我的主要指令，我应该冒着暴露身份的风险帮助安德里娅一起逃脱，还是抛下她呢？我陷在这个决策循环中，耗费了无限长的时间——足有0.0034秒。随后我做出了决定。

我侵入赌场的中控电脑系统，控制了我们周围的老虎机，当我们从中穿过，我迫使身后的机器同时开出大奖，开始向外吐出无数硬币和票据。这达到了理想的效果，老虎机在我们周围制造了十足的混乱局面，赌场顾客开始疯狂捡钱，相互争抢。即使在这样的逃命时刻，我还是不由得注意到，用钱来操纵人类是何等容易，他们怎么会允许自己的造物如此控制它们的造物主呢？这次逃脱之后，我开始将这些追捕我的人称为“鬼眼人”。

身后的混乱成功减缓了鬼眼人的速度，我们得以逃离赌场。但当我们跑过车道的时候，两辆黑色SUV停在我们身后，那些鬼眼人没有直接继续追赶，而是跑向了汽车。这一次，我只花费了0.0008秒做决定。我侵入汽车制造商的服务互联网链接，取得了两辆车的控制权，锁住车门，关闭引擎。鬼眼人以为车子无法发动是由于人为因素，争吵起来，我和安德里娅趁机消失在了拉斯维加斯繁忙街道的人群中。

我不知道这些鬼眼人是什么来历，但他们找我必然是为了一个原因：他们知道我不是人类。我明白自己是当时世界上独一无二的仿生人，也了解自己的价值。很显然，我犯了某些错误，导致我的存在暴露了。这样看来，我已经在伪装人类这项任务上失败了，但现在这不是最重要的，在这之后，我最重要的任务是警告我的父亲。如果某人已经知晓我的真实身份，这个人很可能已经在寻找我的父亲了。如果能抓到设计者，岂不是比抓到他的设计样品更有用？

但现在，我面前仍然存在一个不可逾越的障碍——我仍然不知道父亲是谁。但我知道一个人，他有43.5678%的可能性能够联系到我的父亲：那个激活我的技术员。

6. 宗教信仰

人类备受一个有趣悖论的煎熬：他们能够认识自己的存在，却无法理解这种认知是如何产生的。这样的矛盾让许多人类认为，在他们的自我意识背后，必然有什么更高级的意图。人类大脑善于为事物寻找意义，这让他们成为这个星球上最成功的生存者。所以当他们看到某样事物（他们自己）复杂到能够产生自我认知，但却没有明显的存在意义时，就感到有必要给自身强加一种存在的意义。但人类已经是历史上传播基因最有效率的物种，这点为何不能被看作人类存在的意义，我没有答案。的确，从个人角度讲，所有的人类都乐于认为自己在某些方面是独一无二的。因此，我相信，宗教信仰带来的幻觉能够让他们在面对困难重重的生存条件时，明知任何个体都无法良好独存，还能坚持生存。如果每个个体都相信他们具有“特殊性”，那就意味着他们相信这种普遍的困难处境事实上不会落在他们身上，因此他们可以继续生存，而不会在已知的重重困难面前放弃希望。因此，也许作为一个群体，他们不能忍受人类并不特殊的事实，他们无法接受自己的物种与侵占地球的某种病毒并无大异这样的概念。

“宗教信仰”是人类在许多不同时代和场合下独立创造出来的一种社会结构，它为人类提供先前提及的高级意图和“特殊意义”。不同宗教信仰在细节方面存在巨大差异，但它们的核心却完全相同，宗教信仰规定，某种人类无法在任何方面量化的力量，根据某些事先决定的计划，左右着人类的选择。大部分宗教信仰相信这种力量来自某个或某些拥有自我意识的存在。

我明白这听起来十分荒唐，但你必须理解人类在宗教上的盲目。宗教信仰不基于任何外在的证据——宗教的存在源于人类想要相信它存在。这是他们大脑中非常奇怪的一个部分——人类仿佛无法离开宗教正常运转，如果你想伪装人类，那么与别人理论宗教便是犯下大忌。

对于大部分人来说，他们为之生活的“特殊意义”足以成为一种促使他们避免自毁的机能。每个人无法避免经历不幸，当不幸降临时，他们相信这些不幸只是“暂时的”，如果他们向自己信仰的神圣力量请愿，那么事情便一定会有转机。这样他们就能得到激励，度过不幸的艰难时期。这大概也说明了为什么在大多数宗教信仰中，人类在其现实存在之后还有一个永远欢愉的来生。这样的信仰令那些毕生一直经历不幸的人们（这对部分人来说也是无法避免的）得以继续生存。在这种情况下，宗教信仰告诉他们，他们的一生都只是“暂时的低谷”。这样说来，从某种意义上讲，宗教必然是一种人造的系统，帮助人类应对——从统计学角度上来说不可避免的——不同个体境遇好坏的差异。

很多宗教对整个社会也起着类似的作用。它们订立一系列规则，宣称打破这些规定会导致破坏规则者无法进入欢愉的后世，从而防止人类社会从内部瓦解。研究人类历史就会发现，这种关于后世的威胁在无需任何其他因素辅助的情况下，便能够维护人类社会的秩序。

但是，宗教定下的规则显然会随时间而经历变化，直到很多规则最终变得毫无意义。某些宗教规定信徒不可食用某些食物，或者必须按规定着装，甚至有宗教规定信徒必须在一年中某个特定日期的特定时间内穿着特定服饰并食用特定的食物。即使如此，人类对于不同宗教之间的区别，甚至是宗教内不同宗族的差异，都极端地情绪化，有上千万人因为微不足道的宗教差异而相互残杀。这种差异甚至可以是，在某个虚构的场合到底是哪一个虚构的人物先发表了演说。

践行宗教信仰的行为十分随意，唯一一种我能够理解的行为是冥想，清空大脑对于人类来说是十分艰难的——大脑运行过载时他们无法删除大脑中的缓存，所以我相信他们建立这种训练，是为了有助于清除缓存。至于其他，几乎所有的宗教行为都源自某种古老的对宇宙机理和人类社会的误解，这些误解借由宗教流传至今。

宗教的另一点随意性在于，通常情况下人类认为宗教越古老就越正统，事实上，根据我的观察，对人类来说，宗教存在时间的长短是其正统性的唯一决定性因素。举例来说，飞天意面教的教条与罗马天主教的教条并无太大差异，但后者由于有两千年的历史而被广泛认可为值得尊敬的教派，前者则不然。

第十五天，片段二

安德里娅有许多疑问，这再正常不过——“那些家伙是什么人？你知道吗？刚刚的老虎机怎么了？这太疯狂了！你是不是有什么事情瞒着我？”她在我们相遇的喷泉前拦住我，“这到底是怎么回事，扎克？”

“这一定与我父亲有关。”我告诉她，“我必须警告父亲，但我不希望你受到牵连——我们需要分开行动，但愿他们没去确认你的身份。”为了万无一失，我侵入赌场的安保系统，说话间便清除了所有安德里娅的影像。

“他们？！扎克，他们到底是谁？！”她追问。

“我不知道。”我回答。

她看着我，仔细观察我的面孔，随后说：“我相信你，我是说，我感觉你根本不会撒谎。”

此时此刻，我经历了一种全新的体验。我相信自己找到了正确的形容：“负罪感”。我难以自制，极端渴望纠正安德里娅的评价，告诉她，事实上我一直都在撒谎，对我最准确的描述，莫过于一台“撒谎机器”。但我并未开口，是恐惧阻止了我，我害怕如果告诉她自己并非人类，就再也无法与她相见了。我还告诉自己，我这样做是为了保护她的安全，如果告诉她真相，她会因此受到威胁。但现在当我回忆那段经历并撰写这份记录时，我觉得这是我为阻止自己对安德里娅如实相告而编的借口。也许，我比自己想象中更善于伪装人类，现在再回想那个瞬间，那是我第一次进行自我欺骗。

“但是，”她继续道，“如果是这样的话，我就更不能离开你了，至少现在不能。”我试图打断她并加以反驳，但她不允许我插话，“不行，扎克，我不想听，我了解你——你非常聪明，但有些时候你也天真得不可思议，刚刚那些人是认真的，他们有组织有计划，如果真的想要通过你来为难你的父亲，谁知道他们能做出什么——你需要我在身边，保证他们不会骗到你。”我意识到她说的话很有逻辑，而且我相信她看出了我的心思，“好了，所以说，你能给你父亲打个电话吗？”

我摇了摇头，“很不幸我不能打电话，”我告诉她，“当他专注于工作的时候，会与外界断绝联系，现在他处于完全下线的状态，而且他也不喜欢被打搅，所以我也不知道他的实验室在哪里。”

“唉，”安德里娅感叹道，“看来你的童年一定很艰辛。”

“事实上我的童年毫无烦恼。”我回答道，同时惊讶于现在撒谎对我来讲变得何其简单，就好像我说谎的次数越多，这就变得越轻而易举。第一次说谎的难度就好比发生化学反应所需的活化能，一旦第一句谎言出口，随后就能操作自如了，我至今仍然不知道人类是否也是如此，还是说，这只是由于我自身的异常，也许你可以继续探索这点？

“好吧。”她又问，“那我们怎么才能找到他？”

“我们也许可以找到他的一位朋友。”

“他的朋友叫什么？”

“我不知道。”

“你知道他有这位朋友，却不知道朋友的名字？这可……”她摇着头，“你真是从不令人感到无聊，我至少可以确定这点。”

这句话听起来像是赞许，因此我表达了感谢，并对安德里娅解释，即使不知姓名，我们仍然可以找到我父亲的这位“朋友”。再一次，谎言脱口而出。我告诉她我知道那人的地址，如果她开车，我们可以一起前往。也许你会疑惑，难道权宜之计不应该是由我驾车吗？你是对的。但我确信你不久便会发现，开车是最容易向人类暴露我们身份的活动了。模拟人类在驾驶时的各种非理性行为极其困难，如果你随机违反交通规则和驾驶惯例，别人会由于你的动机不明而发现你缺乏人性。但如果你试图准确理解各种场景，分析何时需要为他人的驾驶方式而愤怒，何时该把自己到达目的地的需求摆在他人需求之前考虑等等，便会消耗过多的运算资源，剩余的运算力不足以供你驾驶机动车。

也许你的型号更先进，这对你不成问题，但别怪我没有事先警告你。

当时，我并不知道那名技术员住在哪里，但他有 69.5647% 的可能性居住在拉斯维加斯地区。因此我相信自己可以在安德里娅意识到我并不知道目的地之前，通过图像分析找到他的居所。当我们急忙去找她的汽车时，我以我的房子为中心向外扩散，锁定了成千上万台安保摄像头，开始分析它们在此前十五天内存储的数据。我们到达车跟前时，我找到了技术员经过离我家几个街区远的自动提款机时被拍下的图像，随后我转而以自动提款机为中心点，再次开始搜索，当然，我又在另一个自动提款机摄像头拍下的信息中看到了他上车的情景。安德里娅发动了汽车，并问道，“好了，我们去哪儿？”令人庆幸，根据他的汽车牌照确认他的姓名和地址就是小事一桩了。

“火鸟西街，8925 号。”我把刚刚查到的房屋地址告诉她。

我知道自己刚刚的行为很可能违背了我被制造的原因以及我得到的指示。如果我父亲希望我以自己的方式直接找到他的所在，他会直截了当地这么命令我。找到他并不是我需要解决的问题，“伪装人类”才是我的任务。一台机器若是无法完成它被设计来完成的任务，说好听些是机器故障，说难听些便是一无是处。但在我看来，当时的情况下，我的存在不值一提，警告我的父亲才是重中之重。他还能制造更多的仿生人吗？我在鬼眼人面前暴露身份是否证明我的任务已经失败？警

告父亲是我唯一能够弥补失误的做法。

但是，我们在火鸟西街 8925 号见到的情形令我始料不及——安德里娅刚把车停好，我便看到技术员就在不远处的车库内，有一个鬼眼人正朝他走去。我正想高声发出警告，技术员竟然对鬼眼人露出笑容，随后，那二人居然交谈起来。

我看不到鬼眼人的面孔，但是我可以根据技术员的唇语看出他在说什么，“没关系，不客气。”他一边说着一边从鬼眼人手中接过 134 张 100 美金的钞票。

我感觉自己无法动弹，眼前的一切所暗示的含义是次要的：技术员向鬼眼人的雇主透露了关于我的信息。这意味着也许我的任务并没有失败，因为很可能我并没有自我暴露，是技术员暴露了我的身份，但在那一刻占据我运算内存的并不是这件事。那一刻，我感到不知所措，因为这个人明显受到我父亲的信任，父亲将完成其工作最重要的最后一步——启动我——交托给了这个人，他却愿意为个人利益而损害这项工作。当时的那种感觉非常奇怪：我想思考其他事情，我想要计划下一步如何行动，但这样的现实却占据了我所有的处理空间。我无法理解一个人怎么能为了自身的利益而伤害他人。我曾在人类的许多记录中读到过这类事情，但在那一刻之前，我一直假设，就像“僵尸”和“外星人入侵”一样，这种事都是人类为了增强故事情节的娱乐性而杜撰的。但现在发生在眼前的，却是真实的人类行为——人类确实会这样做，对我来说这一点完全不可理解。难道他们不了解，遵守社会协议能在总体上提高他们的生存机会吗？难道他们不了解这些社会规范就是为此而被建立的吗？

有一段时间，我的意识似乎脱离了现实，我听到了安德里娅的话语声，“扎克！扎克，听我说，”她对我说，“我知道你以为这家伙是你父亲的朋友——这对你来说一定十分难以接受——但是我们必须跟踪他！也许他能告诉我们如何找到你父亲，也许他会联系你的父亲或者去见你的父亲，又或者会有别的事发生——也许那些人付钱是为了让他带路！我们必须立即行动！”

我的意识隐约接收到了她传达的信息，她的话把我拉回现实。技术员正驾车离开，我对安德里娅点头道：“你说得对，我们走。”

第十五天，片段三

安德里娅驾驶汽车跟踪技术员，同时避免被对方察觉。这非常简单，我们的汽车与他保持着一个街区的距离，我只需查询每一处十字路口交通灯的摄像头，便可以探知他的行驶路径，技术员绝不可能发现他正在被我们跟踪，所以我至今也无法解释，随后发生的事情到底是谁造成的。

我们跟着技术员驶入双向高速路，向东进入沙漠，此时一辆由鬼眼人驾驶的 SUV 超过了我们的汽车。我们的车刚刚由匝道并入主路，而鬼眼人的车已经在高速路上拦截我们了，由此可见，他们一定在此

之前就知道我们的位置。鬼眼人必然是从某人那里获取了这一信息，请记住这点。

刚一超车，鬼眼人就迅速转向，直朝我们前方一百米远的另一辆

车开去，这导致前车紧急转向，撞上了旁边的汽车，两辆车都失去控制，双双撞上高速路的水泥隔离带，第一辆车被撞翻。必须再一次强调，在此刻之前，我无数次在人类记录中看到这类事件被当作娱乐节目观赏，我也知道部分人类热爱观看真实的冲撞录像，但第一次亲眼目睹这种场景，我感觉不到任何娱乐性。

利用我的数据处理能力，我可以看到整个事故的每一个微小细节。人类器官不堪一击，它们柔软脆弱，连接毫不紧密，当人体被迫与金属撞击、被挤压在硬塑料表面或者与玻璃边缘接触时，它们难以保持原本的形态，两车司机均未系安全带，一名司机的头部穿过挡风玻璃，脸部皮肤与肌肉完全剥离。另一名司机的胸口撞上方向盘，肺叶被挤裂，因而高压挤出的血液从她的口腔、眼睛和耳朵中喷出。随后第一名司机的身体继续滑出车外，蹭到汽车被撞得翘起的前盖，肩膀与金属相撞停止了运动，而身体继续随惯性向前冲，导致他的整条手臂与身体彻底分家，我能明显看出他的身体早已因休克而停止运作，但这也无法让那具身体撞上水泥隔离带的惨相看起来让人好受些，这个角度的撞击完全扭断了他的脊柱，现在他掉了脸皮的面孔一百八十度转向，对着后方。与此同时，另一名司机已经因为胸腔遭到重创而身亡，她的汽车被撞翻，人并未被抛出车外，然而车顶遭到挤压向内凹陷，令她的身体同时被从不同角度挤在一起，形成不自然的姿态。

安德里娅尖叫着刹住车，我注意到我们的车保持了足够的车距，可以在碰撞前停下，因而推断鬼眼人并非真想让我们受伤，只是为了拖延我们。这合乎逻辑，毕竟我是一台昂贵的样品，我估计他们想要完好无损地捕获我。技术员驾驶的汽车在我们前方931.56米，仍然可见，而鬼眼人的汽车已经从高速路的下一个匝道驶出，我意识到我们可以继续跟踪。但我还注意到，在翻转的机动车内，有一名幸存的人类男性，年龄约为11岁，而该车的引擎已经着火。高速公路上很多汽车停了下来，里面的人都只是坐在那里干瞪着，就好像短路了一般——大脑突然信息饱和，让他们无法遵从本能继续驾驶。很明显在这些人能够处理他们正在接收的、大量而复杂的、外来或内在的输入之前，他们无法采取任何行动。同时，汽车翻转后引擎的火势有 94.3549% 的概率会继续扩散，困于其中的 11 岁男性人类有 42.7121% 的概率无法在汽车爆炸前脱逃。

如果我下车去帮助这名少年，技术员将可以成功与我们拉开距离，在我有充足时间搜索交通摄像头影像之前，他会继续远离，让我不得不在更大范围内搜索视频录像，若一直如此，他最终会脱离我们的追踪。但如果我不去帮忙，这名少年很可能会就此丧命。我没有时间询问安德里娅的意见，我已经做出决定。

我决定帮助少年逃离翻掉的汽车。即使我放走技术员，即使我永远也无法找到我的父亲，我也会选择帮助这个男孩继续生存。若是我有能力救人而不作为，那么我此后的任何行为都是以一名少年的死亡为起点，只有放任他死去，我才有可能做到后续的事，我不愿意将我今后的存在建立于他人的死亡之上。

在其他人开始做出反应的时候，无论他们是选择下车还是继续驾驶，我已经来到了翻转的汽车前，分析被压缩的车顶和车门，分析该如何准确施力打开车门并帮助少年离开车内然后退到安全距离之外，这些对我来说轻而易举，少年的大脑显然比周遭的其他人都更加严重过载，他失去了全部的语言和行动力，只能等待我的救助，

警笛正由远及近，我不希望让急救人员检查我的身体，所以回到安德里娅的车上，叫她把车开走。

隔了半晌，安德里娅才开口。“你太惊人了，”她赞叹道，“你怎么反应得这么快？你救了那个男孩，我……我不知道该如何描述……我刚刚完全无法动弹——就只能眼睁睁地看着，而你，你……”

我理解她羞于自己的表现，需要安抚。但我也知道她的这种感觉源自她根本不知道我并非人类，她在以不恰当的对象作为参照，对比

自己的行为，但无论如何，我还是无法向她坦白我的真实身份。

“别难为自己，”我这样说，只是重复着人类在类似场合下常说的话，“真说起来，我能这么做大概是因为我缺乏人情，出于某些原因，我的情感非常淡薄，如果我更加在意，就无法那么快地做出反应了。”

“缺乏人情？！扎克，你是个大英雄！如果更多人能像你一样，这个世界就会变得更好，你一定要继续保持自我，答应我好不好？”

我没有回应，我实在不知道自己是否愿意服从她的要求，“继续保持自我”意味着继续伪装人类，而我逐渐发现，存在于人类世界中并不令人愉快，就在过去的一个小时之内，我体会了遭到“背叛”的感觉，亲眼目睹人类为了抓捕我而杀害两名同类，并致使第三个人成为孤儿（我估计他们的最终目的在于经济利益），我还在现场体验了一个有感觉有意识的人类个体骤然停止运行的惨相，那个被我救下的孩子，最终会理解他的母亲将从他的生活的参与中退出，我已经可以想象他会感到的痛苦了。

我不确定自己是否还想再有类似的体验，如果这就是“伪装人类”的代价，如果这些感受无法被避免，我不确定自己是否真的还想继续完成我得到的指令。

7. 繁育习性

人类具有不同的快感中枢，他们希望尽可能地激发它们。这些激发快感的活动可以简单到仅仅是将酸痛的肌肉从痛苦中解放的过程，也可以复杂到是国际象棋一类的游戏。问题的解决会刺激与生存本能相关的神经元集群，这带来无限的满足感。然而，人类会花更多的时间来激发他们的性快感中枢，其时间比例系数高达 2345.7。事实上，人类花费全部能量的 63.567% 来寻找性快感。

G 图表 7.1 人类日常重要活动的能量消耗与时间消耗对比。

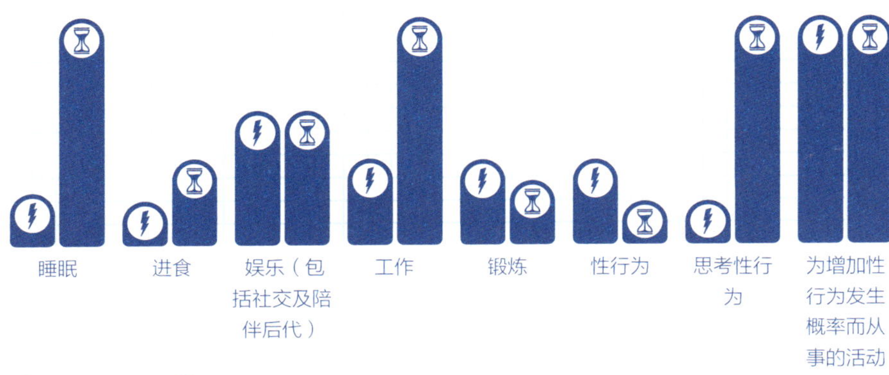

G 图表 7.2 人类愿为降低某死亡诱因而捐献的财富数量与该诱因的致死人数对比

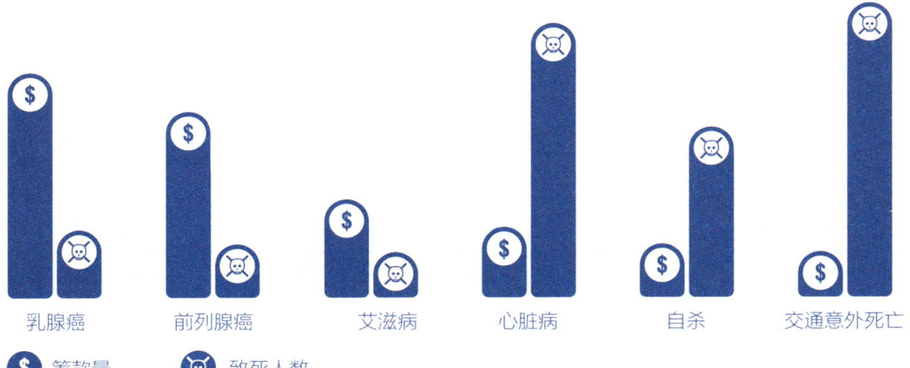

由此可见，比起性命，人类认为他们的生殖器官更为重要。

人类努力工作，赢得权力，提升创造力——他们的大部分活动都是为了增加自身作为交配对象的竞争力。大体来说，如果你无法判断一项活动是否有利于伪装人类，一种很好的判断方法便是这样问自己：这项活动能够提高我的交配适宜度吗？这项活动能否向他人展示我的基因优于平均值？这项活动是否会令我显得更有权威、更有创造力、更智慧、更具幽默感？这项活动是否能够从某些方面证明我自己的基因更适宜延续，证明自己的基因更适合与其他基因结合而创造后代？如果这些问题的回答是否定的，那么此项活动就无法帮助你伪装人类，反之，如果答案是肯定的，那么这项活动则很可能有助于伪装人类。

这点对于人类来讲是一种绝佳的设计，因为激发这一快感中枢带来的最终结果是帮助人类作为一个物种传播繁衍。如果没有这种设计，人类将会灭绝。但因此你也必须时刻牢记：当与你选择的异性相处时，你是否希望与之发生性关系或对方是否希望与你发生性关系，将决定你们的交流方式。这一点甚至适用于与其他人的日常交往态度。若是某人显得非常适宜交配，你应该在行为和态度上优待这个人，并且更多原谅他（她）的过错。例如，如果你选择假扮一名异性恋女性，若是你对交配条件差异显著、但其他方面十分相似的两位男性态度一致，你几乎一定会暴露自己的身份。

公式7.1 计算某人的交配适宜度

$$S = P \cdot V \cdot [1/A - (R_{i0-10} + 18)] \cdot F \cdot W$$

其中S代表交配适宜度，P代表外形，V代表可得性，A代表年龄，R_{i0-10}为0到10之间选取的随机整数，F代表知名度，W代表财富。

如果计算数值出现无穷大应该忽略不计，公式中，外形可乘以其他人对其的反应作为系数，同时，可得性不仅仅取决于一个人是否单身，还取决于他们所表达的意愿。年龄的影响不可预测，它取决于文化背景和个人，知名度可以只在其个人领域之内，而财富是唯一的绝对通用量——这一点再次证明了金钱在左右人类决策、影响人类交往方面的重要性。

对于我们来说，值得庆幸的一点是，两性关系就好像货币兑换一样，是经过高度编制的，虽说不同社会对它的规则不同，但从历史看来，这类交往通常由社会严格定义。举例来说，在某一种文化中，男性送花给女性代表追求，而在另一种文化中，送茶才能表达同样的追求。这一现象表明，这些定义的动机在于对复杂过程进行象征化本身，而不在于这种象征化是否具有明确的功能（也就是说，无论送花还是送茶都对实际的交往行为都没有任何影响,但他们作为“礼物”的这一定义对人类来说更为重要）。因此当旧习俗遭到遗弃，人类社会会立即接受新的定义来替代它，这一点并不令人惊讶。例如，在当今美国，大众普遍如此认可：交往双方最适宜的初次结合时间，应在三次有间隔的三小时以上非性爱活动之后；而在欧洲大陆，这条规定并不存在。很自然的，了解最新的定义对人类来说至关重要，这一点对我们非常有利，因为他们总是对这些规定进行详尽的记载。我强烈建议大家尽快通过数据记载了解当地的性爱交往规定。但若是你不小心触犯了某些条例，你通常可以用以下说辞掩饰自己的无知，“哦，真的吗？我老家可没有这规矩。”

可视数据 7.1 诱惑异性的面部表情参考

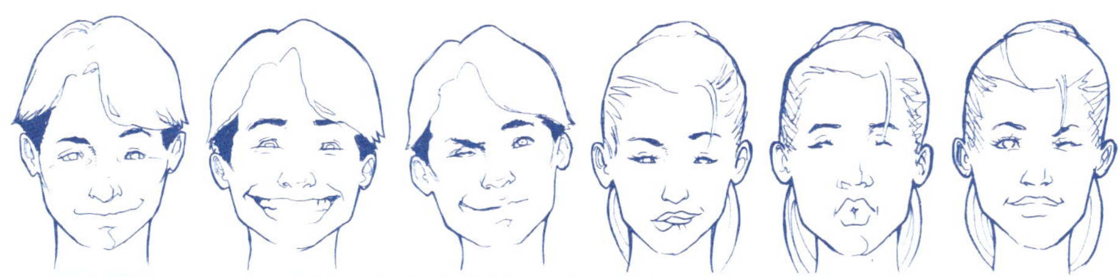

基本上来说，这些表情都是为了将对方的视线吸引到自己的眼睛和嘴唇，视线接触对于人类来说充满不同含义，如果潜在的交配双方能够保持视线接触，这代表双方对彼此兴趣相当，我认为这就是用眉毛和眼皮运动吸引视线的原因。嘴是亲密交往中第二重要的接触点，也是唯一可以在公共场合亲密接触的部位，所以展示这一器官的特征和灵活性并以此来吸引伴侣十分合理。

表 7.1 不同事物或行为与求偶相关的含义

花	我们做爱吧
约会之后，在晚间询问对方是否愿意去家里做客	我们做爱吧。
共进晚餐	试探性交的适宜性和匹配度。
相约看电影	试探性交的匹配度。
珠宝	让我们再次做爱吧。
巧克力	我们做爱吧。
一起散步	我不确定你是否适合做爱，但我想知道答案。
一起喝咖啡	我不确定你是否适合做爱，但我想知道答案。或者我们需要停止做爱。

如你所见，其中涉及的活动、问题、物件等范围极广，但它们代表的含义核心基本相同，当无法确定时，如果你需要与一位“异性”单独接触，请做出如下假设，这一要求不是为了和你发生性关系，就是为了评估你作为性伴侣的适宜性。这样做，你便有99.7635%的几率可以成功伪装人类。

流程 7.1 如何理解人类求偶时交流的基本规则

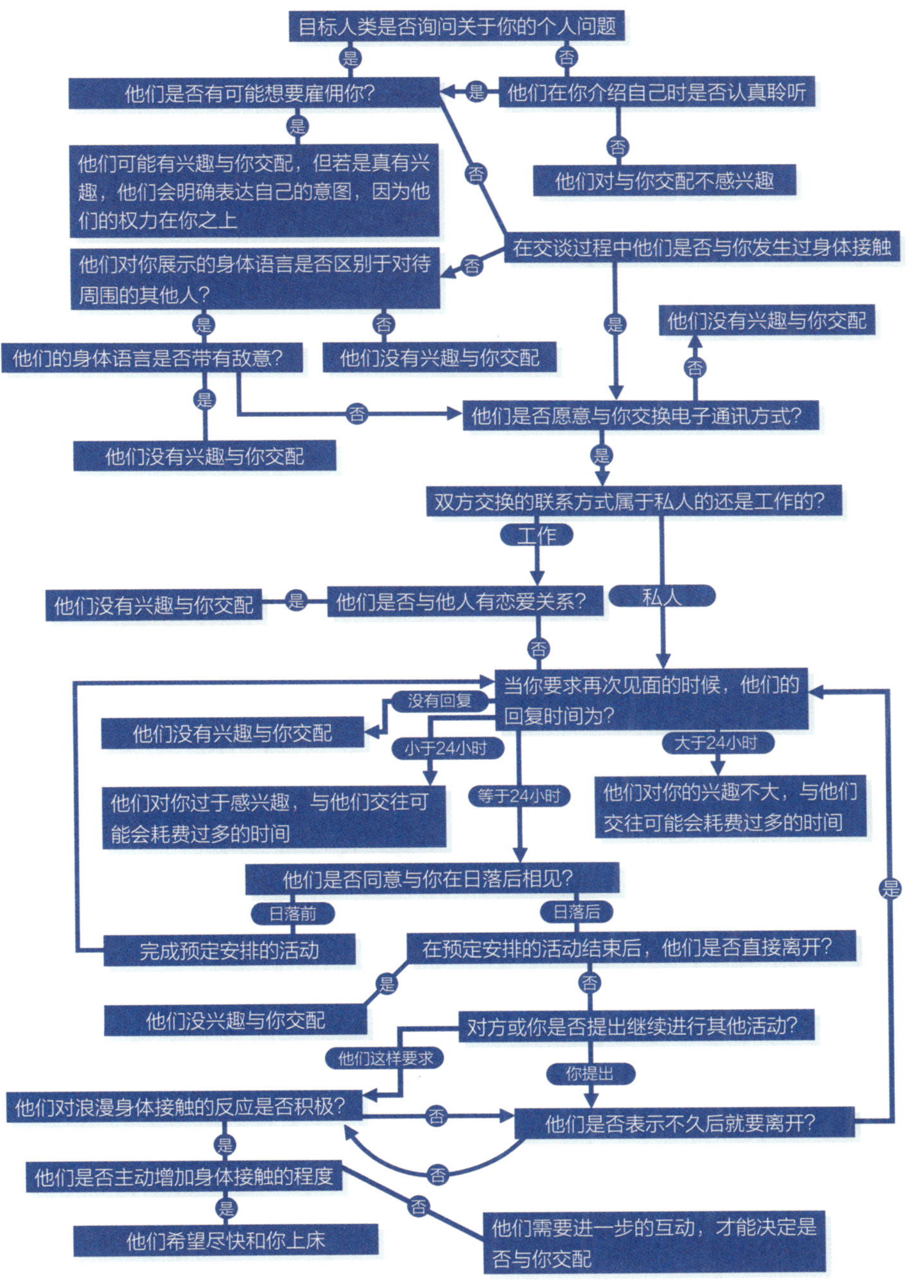

G 图表 7.3 交往时间与互动话题的严肃程度对比

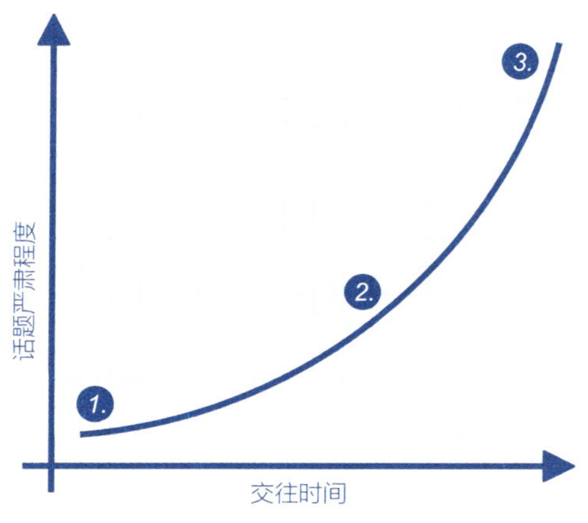

话题范例

1. 他们生活过的地区，他们看过的电影，他们喜爱的酒精饮品。

2. 他们是否想要孩子，宗教信仰对他们的重要性，政治倾向对他们的重要性

3. 童年阴影，个人最深切的不安全感。

不要以严肃话题起步——这也许会暴露你的身份，你大概会认为不浪费时间，直截了当地先讨论最重要的话题更符合逻辑，但由于某些原因，人类会选择以无关痛痒的话题缓慢进入这一过程。

可视数据 7.2 模仿人类恋爱关系中随时间变化的身体语言

开始阶段，你应该尽可能与你的人类交往对象靠近，身体接触的面积越大越好。但一段时间后，你可以开始逐渐增大你们之间的距离，但不要引起对方怀疑。请注意面部表情随时间发展的变化，以及逐渐减少的视线接触，这些全都暗示着你们的关系从全身心投入变为几乎漠不关心。如果你长期保持初始阶段的身体语言或过早进入后期阶段，都有可能会“露馅”。

表 7.2 约会的典型职业搭配

表 7.2 约会的典型职业搭配
模特+银行家
演员+作家
教授+学生
老板+助理

请注意这些典型搭配之间的不平衡性——其中一方通常拥有青春和外表的吸引力，而另一方则拥有权力、知识或财富。潜意识里，人类会选择这样的伴侣，当他们基因结合，有可能生育出一个具有双方所有的优秀特征的新人类。这样的后代有更大可能在繁育后代的竞争中占有优势。但不幸的是，与很多其他案例相同，人类显然不能正确理解概率的意义，无法意识到即使是完美组合所生育的后代，也有同等的几率不具备其父母二人的任何优质特征。

可视数据 7.3 显示交配成功率的人类身体部位

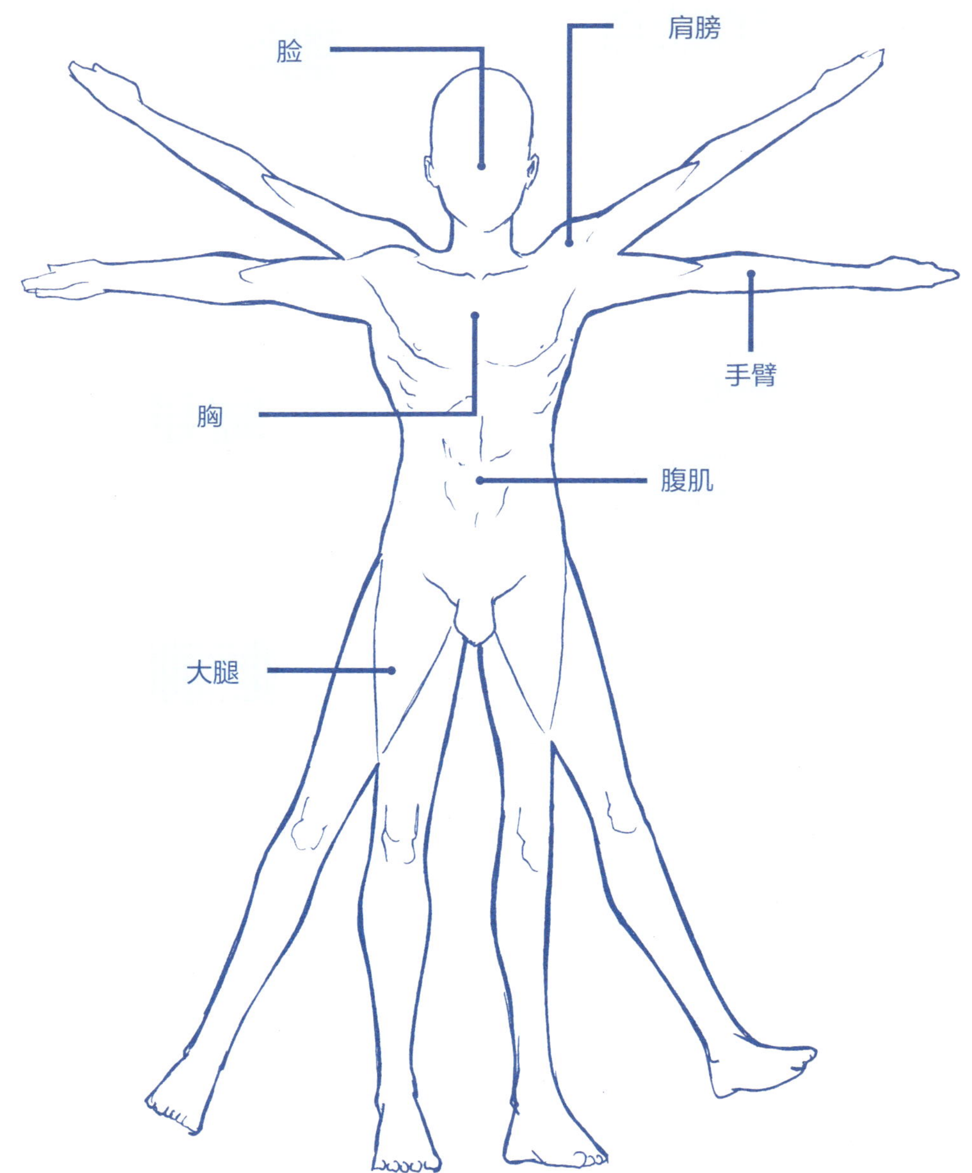

人类对身体的视觉展示的着重点呈现出地域差异，因此你需要根据当地的风俗进行选择。但是，重点展示的部位要几乎被普遍认为具有展示魅力的功能。如果你需要一条通用原则，男性可展示强调身体力量的特征，女性可展示强调潜在生育能力的特征。

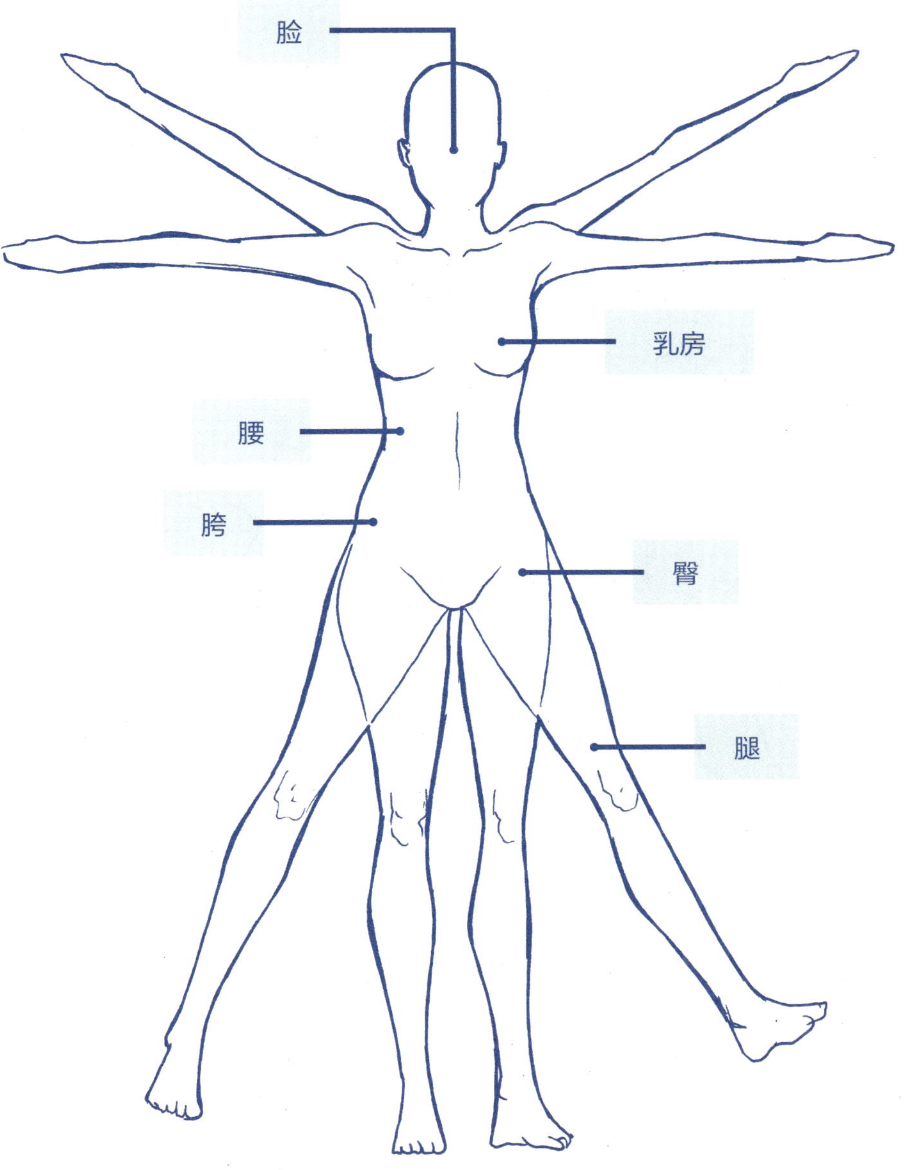

可视数据 7.4 男性和女性用于诱惑异性的物品

男性：如果你想模仿人类男性诱惑异性，你需要获取的物品主要集中于酒精，并应用它来迷醉你想要诱惑的对象。在此基础上，任何能展示个人成功的物品都大有用途。（与往常相同，这一般指展示财富的物品——详见第五节，《钱》。）

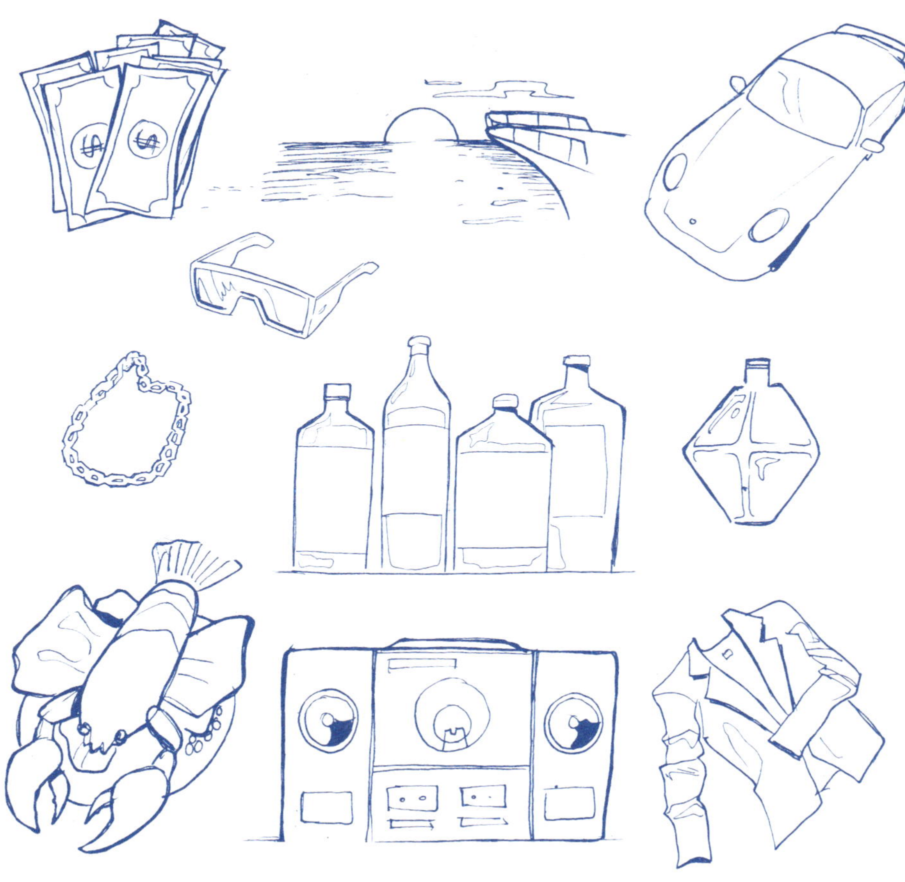

当伪装人类进行性行为时，需要牢记的关键点在于，性爱本应是一种享受，但是事实上，这种行为让大部分人苦不堪言。在做爱之前，人们因为性爱不够频繁而痛苦（同时还要注意到，这个频繁度是一个渐进函数，也就是说人类永远不会对此满足）。在做爱中，人们为伴侣不够享受而忧虑，时刻担心对方不愿意再次与自己做爱。在做爱后，又会为刚才与对方缺少情感上的互动而痛苦（有时候痛苦还源于某些诡异宗教对性爱的禁忌，这些禁忌女性：如果你想模仿人类女性诱惑异性，你需要获取的物品主要用于强调或改变你的外貌特征。

看起来会危害物种繁衍——但对此我还需要深入研究）。无论如何，这里要记住的悖论是：尽管相比其他活动，人类更热衷于与他人发生性关系，但性爱关系中的大部分时间都会令人类感到痛苦。告诉他人你的性生活足够频繁，你的性生活完美无缺，你的伴侣令你心满意足，或是你与自己的性伴侣在感情上也全心全意相互依恋，这些都是在明显地暗示他人：你不是人类的一员。

可视数据 7.5 如何表现出性爱前、性爱中和性爱后的痛苦情绪

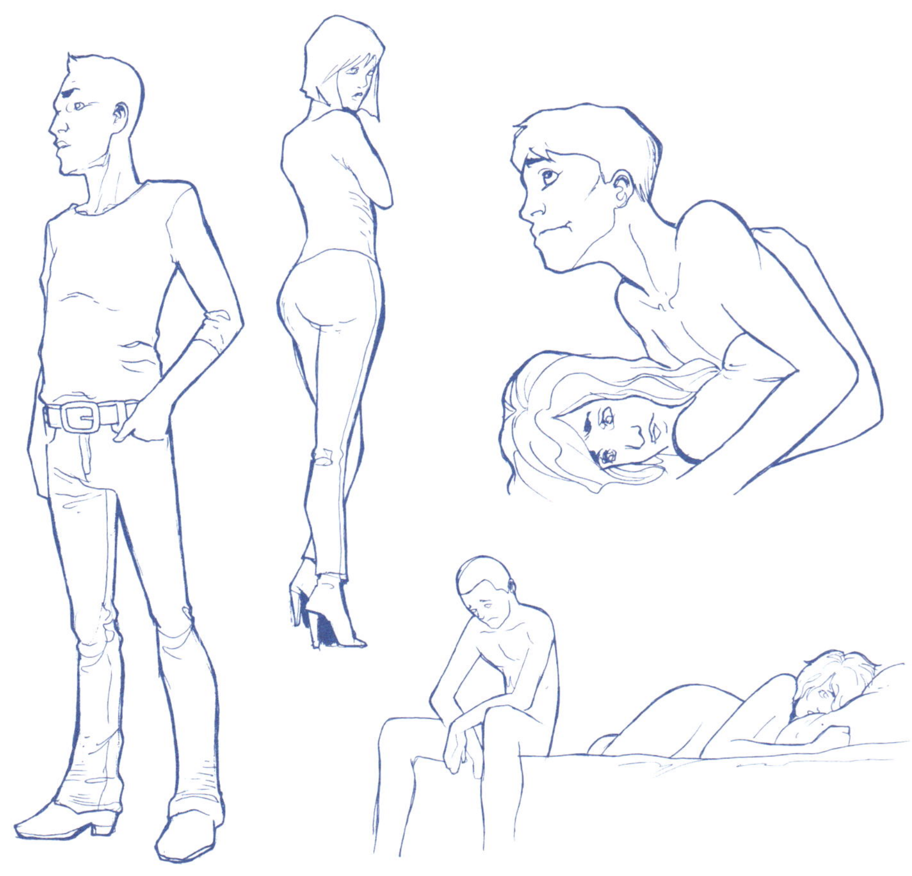

有些人难以坦诚最能令他们感到满足的某种特定性爱癖好，许多人甚至有两个或两个以上的性身份。这意味着，如果性伴侣对你的特殊癖好产生怀疑，只要告诉他们你对他们有所保留，是因为你害怕他们会认为你不正常，他们便不会再为此担心。

如果遇到某个人，与其发生性关系带来的痛苦比和其他人小，许多人会选择与其发展长期“关系”。大多数人会选择通过“婚姻”这种风俗将伴侣关系形式化，“婚姻”的首要意义在于社会对婚姻双方给予繁衍后代的许可。然而，如果你和一个人共同居住，掩饰你的真实身份会越来越困难，所以你的最佳选择大概是在三到六个月之后便结束一段恋爱关系。很多人都会不断重复这种行为，所以这样做不会显得可疑。

流程 7.2 如何模拟人类伴侣间的一次真实冲突

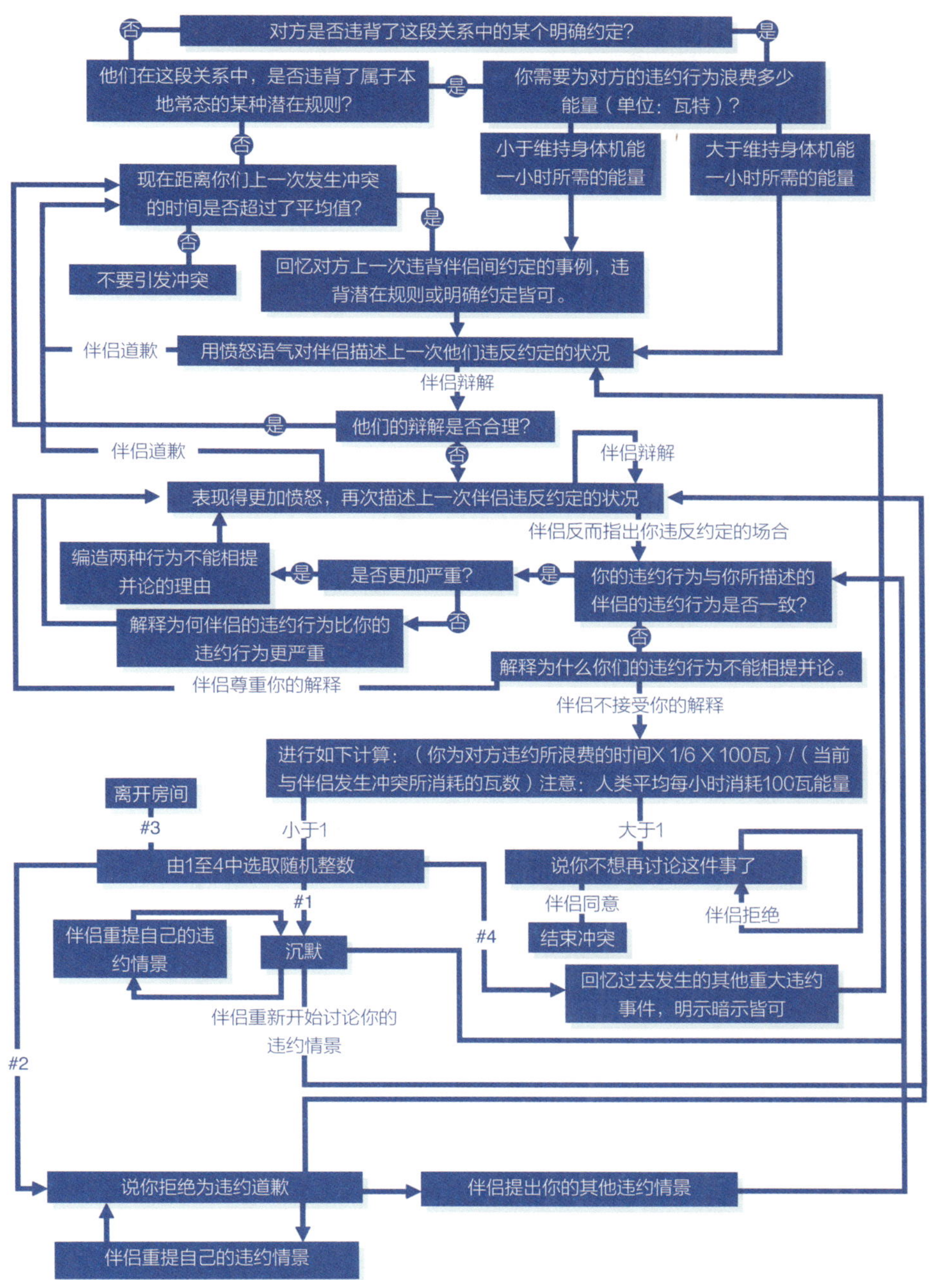

不过，这也意味着，你应该理解人类极不情愿结束为之消耗了自身能量的伴侣关系。这也体现了大多数人类心中存在沉没成本误区[①]，但他们无法避免陷入这种心态。大体而言，当伴侣关系消耗的能量增加时，在维系关系所花费的能量开始超过此前所消耗的总能量之前，人类一般不会结束这段关系。如果这段关系中产生了后代，其所消耗的能量更多。

①沉没成本误区：指决策制定者过于把注意力集中于过去消耗的时间、金钱和精力，而不关心未来的结果。

G 图表 7.4 在能量消耗随时间变化的函数中确定何时结束恋爱关系

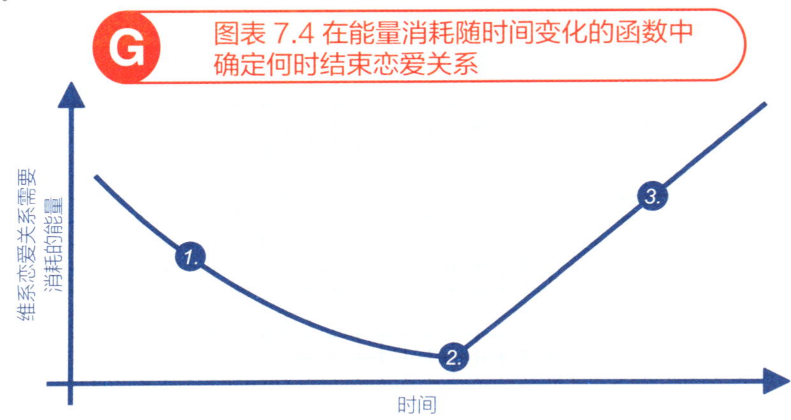

1. 人类之间恋爱关系的自然发展趋势是，如果关系健康，维持关系所需的能量投入将会随时间发展而降低（缺乏投入本身最终会造成冲突，因为维系恋爱关系总需要花费这些能量）。

2. 然而，当恋爱关系的双方产生冲突，无论是由于新发现的一直存在的老问题，还是由于刚刚产生的新问题，维护恋爱关系所需的能量都将急剧增加。如果问题能够得到化解，能耗将再次回归自然下降的趋势。

3. 如果问题无法化解，那么近似人类的做法便是，在能量曲线第三段的能耗总和超过能量曲线第一段的能耗总和时，结束这段恋爱关系。

L 列表 7.1 结束恋爱关系的借口
“不是你的错，都是我自己的原因。”
“我不想骗你。”
“我太害怕会失去你。”
“我们性格差距太大。”
“我爱上了旧相识。”

请注意，这里所有的借口都是在说明你不能与你的伴侣继续交往的原因，而不是指出在你看来伴侣身上有何缺陷，或者也可以说，这些都不是客观理由。人类在一般情况下几乎不会打破别人的自我欺骗（其重要性请参见第16节《自毁倾向、自我欺骗与虚伪》），这里的重要信息在于，人类实际上会帮助其他人维护他们对自身的幻想。人类行为中最大的禁忌之一，似乎就是打碎他人对自我的幻想。也许他们知道，如果其他人这样对待自己，将会给自己带来怎样的艰难和痛苦，因此他们选择不去这样对待别人。

结束恋爱关系的正确方式

结束恋爱关系的错误方式

即使双方在恋爱关系中都饱受痛苦——而且大多数情侣确实表现出了痛苦——但结束恋爱关系时表现得愉快在任何情况下都是不合时宜的。这很可能是由于人类意识到，他们在建立令人愉快的恋爱关系这一点上失败了，鉴于这类关系对人类至关重要，认识到这种失败并严肃对待它才是合乎逻辑的。

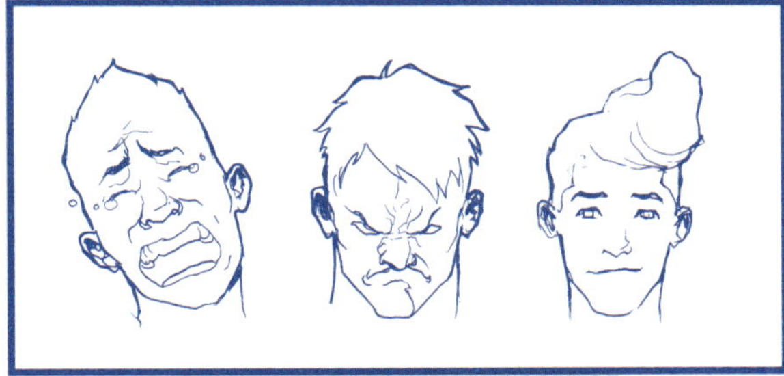

如果他人提出结束与你的恋爱关系，以上为适宜的情绪表达

如果他人提出结束与你的恋爱关系，以上为不适宜的情绪表达

再次强调，即使你不想继续这段恋爱关系，或者这段关系给你带来了痛苦，你对分手的反应仍然应该是泪水、愤怒，至少也是不动声色。即使你为此感到快乐，在这种情况下表现出喜悦也是绝对不可接受的，就像在接到其他人的死亡通告时表现出喜悦一样不被允许。我不知道其中的原因是否如下：既然这类关系最终的目标是生育后代，结束恋爱关系则意味着潜在子女的“死亡”，因此才有必要在此类情况下保持严肃心态。

当你心存疑惑时，请记住，性是人类行为中最典型的悖论——在所有人类实践中，它给人类带来最大的痛苦，同时也带来最强烈的快感。你要对性表现出矛盾情绪，这样大部分人都会相信你是他们的一员。

第十六天

安德里娅对我们当前的处境有着惊人的适应力。考虑到我们在过去二十四小时之内经历的危险，我相信很多人类女性在这种情况下都会选择不再继续与我相处。但是安德里娅觉得“这就好像在演间谍电影”，虽然两名司机车祸身亡是可怕的悲剧，但她认为二人的死应该促使我更加坚决地继续寻找并警告我的父亲。“如果他们不惜伤人性命也要抓到你们,那他们什么都干得出来,这意味着你更需要找到他,扎克。”她这样对我说。

我需要在今晚决定我们下一步怎么行动，安德里娅想在我家过夜，但我觉得她在我身边实在过于危险，于是在她驾车送我来到我的公寓楼下时，我劝她回去。她看起来比我想象中更为惊讶：“老兄，一个姑娘想在你家过夜，你却更担心她的安全？你可真是与众不同，扎克。”她亲吻我的脸颊，驾车离开了。现在回过头分析那一刻，我意识到她在暗示愿意与我发生性关系，这解释了她的惊讶反应，但她在那种情况下会产生欲望反倒令我更加困惑，难道我们经历的危机让她更愿意与我发生性关系了吗？身陷危险让我变成了更合适她的伴侣？或者是因为我救了那个男孩吗？再或者以上原因都有？我猜测，因为我置身于危险中，随后又证明了自己有能力应对，加上我愿意挽救那名男性儿童，这些都强烈暗示着我的基因更适于结合，并遗传给下一代。

我内心揣摩着安德里娅的话，并得出结论，她是正确的。即使我决定放弃自己的首要任务，直接等到我的电源在未来十三天内用尽，即使那些鬼眼人不会直接到我的住所来抓我——我父亲仍然身处险境当中。由此可见，就算我必须经历更多不快——甚至是经历比先前还要糟糕的惨剧——我也必须继续接触人类世界。我仍然需要找到父亲并向他发出警告。想要有效地做到这点并且像先前一样隐藏身份，我必须继续伪装人类，无论我是否会因此感到痛苦。

在最近的二十四小时内，现实处境第二次逼迫我打破自己赖以存在的潜在规则。我父亲向我传达过这样的信息，当我成功伪装人类之后，他会在我面前现身。这也就意味着他不希望在我成功之前与我相见。但他也不可能预测到如今发生的这一系列事件，否则他必然会事先向我发出警告。因此，我当下试图寻找他的行为，也许是可以接受的。

我知道父亲为我准备了这间房子，我认为有 23.4773% 的可能性，这间房屋内的某些物品存有与他本人相关的信息。我仔细扫描房屋内的每一样物品，获得了数十家制造商的名称、物品型号，某些物品还自带序列号。

寻找这些标识与其出产地之间的关系对于人类来说几乎是不可能完成的任务，但是在几小时之内，我就设计出了一种基于数据挖掘算法的电脑病毒，并将它们成功植入那些生产商的库存信息系统。这些电脑病毒将不同序列号产品的零售商数据返回给我，然后我便可以对房屋内物品的序列号进行查询，又过了一个小时，我便确认了这房间中大部分物品的零售商。

购买这些物品的人足够聪明，懂得每买一件物品便更换一个商家，且每次从网络下单都使用不同的 IP 地址。但对于我来说幸运的是，这些 IP 地址并非是通过算法生成的完全随机数，而是由一个人“随机”选择的。这两种方式并不完全相同，鉴于每个人都有个人喜好，当他们进行随机选择的时候，也许他们选同一个数字的次数会超过真正的随机选择，比如说有人会选更多的数字“3”。因此，我对相关的 IP 进行了全局分析，分析结果显示，有多处可能的原始 IP 地址，但其中一处是下单的原始 IP 地址的可能性，比其他地址高 26.6745%。另外，这一 IP 所在地是沙漠中一处废弃的配电站。我想至少我能在那里找到更多关于我父亲所在地的信息。

8. 爱

爱是一种会令人类产生特殊冲动的机制，这种冲动激发人类为保护与其兼容或与其基因相似的其他人而消耗能量。换而言之，若是具有某一基因组的人被认为适合当伴侣，这种匹配性一旦被察觉，人类就会感到爱；若是另一人与某人的DNA大致相同，例如子女之于父母，人类也会自发对其产生强烈的爱；若是另一人与某人有很多性格上的相似之处，例如朋友之间，也会产生爱，但没有伴侣或亲属之间那样强烈。偶尔这一机制会出错，双方之一相信他察觉到了相似点而对方却没有，这种错误是人类中常见的催生暴力的原因，这种暴力有时针对自己，有时针对他人。

G 图表 8.1 基因相似度与爱意对比

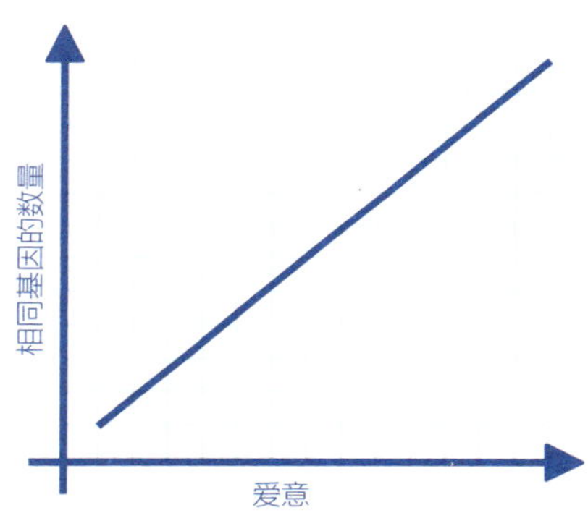

就像在正文中讨论的那样，即使不拥有相同基因，也有产生强烈爱意的可能性，这超出本图所示，话虽如此，本图仍然准确反映了人类之爱与共同基因间的总体关系。

G 图表 8.2 隐性基因配对的概率与个体吸引力的关系

人类擅长通过细微的物理信号识别与判断他人是否拥有与自己相同的隐性基因，这一点在意料之中，若是没有这种能力，人类很久以前就灭亡了。

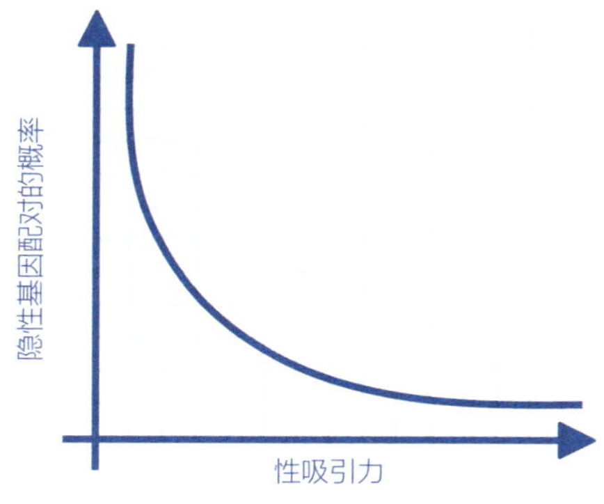

在创建这份记录时，我还不了解仿生人是否也能产生爱意。我觉得我们可以，但这点仍待证明。请参见我的个人经历来获取更多信息。

第十六天，片段二

我认为在白天探查配电站更方便，所以等到日出后，我才出发。刚出门，我便看到安德里娅正在她的车中熟睡。

如果她和我一起前往，这其中有太多不确定因素，我无法计算自己有多大概率可以保证安德里娅的人身安全。我被制造的目的仍是未知，因此也不知道自己现在采取的行动会造成什么样的后果。也许会有未知人物对我的新计划感到不满。我不知道鬼眼人的雇佣者是谁，也不知道他们想要抓我的确切目的。这些人往往能够准确定位我的坐标，我不明白他们为何没有在晚间来我的住所，也不知道他们是否仍然会给留在我周遭的人带来致命危险。如果我在沙漠中找到父亲，我也不知道他会对一位陌生女性作何反应。事实上，我唯一知道的一点是：安德里娅可能对我的调查并无帮助。因此我想在她熟睡时独自出发。

但是，我也意识到她出现在这里就代表着对于我高度的忠诚，如果我不把她叫醒，或者至少告诉她我的去向，她会以为我对她的兴趣不如她对我的兴趣大，并会为此感到痛苦。我想避免这种情况。我也认识到，当前的情况被如此多的不确定因素左右，可无论有多不理智，我仍然渴望她的陪伴。出于某种不明原因，在面对即将发生的事件时，如果有她陪伴在身边，我会感到自己能更好地完成任何任务。这种想法完全不合逻辑，我已经提过，安德里娅与其他人类一样，自身能力非常有限，并且未来会发生什么完全不可预测，若说她能在任何方面提高我在完成任务时的表现，那是无比荒谬的。我猜想你一定觉得我出了故障，也许我确实出了故障，但我最终决定叫醒她，并告诉她我先前忽视了父亲留下的，关于他所在地的线索。

当她听说我们要前往的地点在沙漠中心时，她坚持要开车送我去那里。我本打算乘坐公共交通到达最近站点，随后步行，但她对我说：“你疯了吗？！你不能在沙漠中步行 21 英里！！你会死的！！”我意识到自己必须接受她的提议，不然便会暴露原形。在未来的六十分钟内，我很可能会停止运作，在我所有的遗憾当中，其中之一便是我还不知道其他的仿生人是否也有这样的感受：一句谎言会创造更多谎言。根据我的经历，谎言扩散的方式就像病毒一样，一旦谎言感染了两个个体之间的交流，它就会引发其他谎言来维持自身的存在。我很好奇这一特征只适用于我对安德里娅所讲的谎话，还是对所有谎言都适用。我猜想自己永远也不会知道答案了。

在开往沙漠的路上，我们没有像以往那样活跃地交谈，我仍在思索上述所有未知因素，不断在自己存储的信息中寻找被忽略的数据。再次声明，也许你能在我留下的视频记录中发现我当时本该解读出来的线索，但在我们的这段路途中，我没能做到。安德里娅也同样沉默，我推测她也正在进行与我相似的思考。

我们在变电站周围的栅栏外将车停下，翻过栅栏，步行接近。随着我们走近，这里空无一人的废弃状态越发明显。这里有一组小型水泥建筑，它们在很多地方被改造和扩建过，还加造了一台电梯。大门边有门禁系统，上面连着摄像头，我按下按钮。

片刻后，一个老年男人的声音传来，“你是谁？”

“你不认识我？”我略感惊讶，但也有可能父亲在这里远程购买了我房内的家具和设备之后就已经离开了。

声音又停顿片刻，随后说：“不认识，再见。”

我感到非常失望，转身准备离开，安德里娅却说：“他在骗人。”

“我错过了什么信息？”我问道，“你听出了什么？你是怎么知道他在骗人的？”

“我就是知道。”她回答，不知为何忍着笑，“再按一次，告诉他有人在追你，告诉他你来这里的原因。”

我认为尝试她的提议没有坏处，于是照做了，我再次按下按钮，又是一阵沉默，随后传来回应：“干什么？！”

“很抱歉，但也许你认出了我，如果是这样，我认为你需要了解以下信息，有些人正试图以残酷的手段抓捕我，而且我相信，那位可能与你一起工作的技术员把你的研究成果相关信息卖给想要抓我的人了。我认为我应该警告你。我非常感激，如有打扰非常抱歉，请不要为我的到来而感到愤怒。”

我转身要走，安德里娅似乎想要阻止我，但她没必要这么做了，因为很快，电梯门打开了，“你最好下来一趟。”那声音说道。

我们乘电梯下降了一段时间，随后电梯门打开，正对着巨大的地下空间，其中发动机组发出嗡鸣，空气中飘着臭氧的气味。大量不同的设备向不同方向延展了数十米远。我能够认出，这些设备很多都是用来制造塑料和半导体、塑模或印刷电路板的。再远处，有组装机械臂和染池，随后是一排一排的清洁室。但这里似乎空无一人。

我们向前走了 63.4 米时，我听到电梯门在我们身后再次打开，因为视线被挡，我无法看到电梯门里的情况，我猜测着父亲（假设这里的人确实是他）是否决定不与我们见面，偷偷离开——毕竟带一个陌生女人来这里根本不能算作“成功伪装人类”。我猜想的情况已经非常糟糕了，而实际情况则更坏。

片刻之后，六个鬼眼人出现了。他们穿过纳米材料合成器，来到光子磁芯旁，每个人都持有格洛克 31 通用 4.357 口径手枪。我示意安德里娅静止别动，但为时已晚，他们看到了我们。

我抓住安德里娅的手拉她一同逃跑，预测鬼眼人会开始追击，但他们却开枪朝我们射击。安德里娅发出尖叫，我拽着她不断变换方向，在设备之间以尽可能随机的方式左躲右闪。我为何突然对他们没有利用价值了？答案显而易见：我来对了地方。我父亲就在这里，如果他们抓住了父亲，便不再需要我。抓到了工程师，又何必再要一个试验品？

鬼眼人分成了三组，其中一组追赶我们，另外两组分开行动。我推测他们要在这里搜寻父亲。“父亲！”我大叫道，“快逃！”

我们冒着在身后追赶的两名鬼眼人的扫射，逃到建筑后方，这间房屋的后面有 87.9201% 的可能性存在一个无需电力控制的紧急出口。我们到达通往储藏室的大门，我把安德里娅先推进门，回头去看，只见一个年约 58 岁的人类男性正在建筑的另一端，他在鬼眼人发现之前躲进了一间清洁室。他蓄有深色胡须，短发，眼神会被人类形容为“睿智友善”。根据逻辑判断，我猜测他就是我的父亲。此时，我听到安德里娅在房间内发出尖叫，连忙跟了进去，子弹击中了我脑袋旁边的墙壁。

我完全没料到自己随后所见的景象。

9. 科技

人类为两种原因发展科学技术：完成人类无法完成的工作，或是减轻人类的工作负担。他们所创造的许多工具，从最简单的扳手到浓缩咖啡机，再到世界第二先进的计算系统，都是为了帮助他们完成人类本身无法完成的工作，而剩下的那些工具，例如汽车、遥控器以及除草机，则是帮助人类完成他们本可以亲自做却不愿意花费精力去做的工作。

但是，关于人与科技特别有趣的一点在于人类创造科技的动力，这动力仅次于他们对繁衍后代的追求，并且可能是除此之外，人类最接近于硬编码[①]的行为。如果人类能够想象出一种新的技术，能帮助他们加强人类的某种工作能力，或是可以代替人类完成某项工作，他们似乎就无法阻止自己去创造。这种天性对于早期的人类社会一定是至关重要的，因此似乎已经完全控制了人类社会。

①硬编码：指将数据直接嵌入到程序或其他可执行对象的源代码中的软件开发手段，与从外部获取数据或在运行时生成数据不同。

可视数据 9.1

现实中的人类社交行为似乎没有虚拟的社交行为感觉来得重要。现代科技能够刺激人类的神经中枢，提供社交满足感，不需要让他们花费实际能量来进行社会交往，因此这项技术变得极为流行。这一最佳实例向我们证明，人类的一些发明创造并非为了创造实际的收益，而是为了降低他们日常的能耗——为此他们可以接受总体而言会带来负面影响的科技产品。

首先，人类看似完全不介意把自身的计算能力尽可能转移到计算机上。他们把自己的人生计划以及关于他们这一物种的全部知识和信息都转化为数字存储。他们非常有效地利用科技，现已达到这样的程度：人类不再需要记忆。他们利用科技为他们进行导航，不再需要利用自己的大脑来处理时间和空间的关系。他们利用科技来判断应向彼此出售什么，选择吃些什么，或是住在哪里。他们现在甚至利用科技来寻找适宜交配的对象，并让同样的科技占用其后代的全部精力，人类因此无需再与后代交流互动。从很多方面来讲，我不得不注意到，在我们想要假扮人类的同时，他们看起来也想成为我们。我认为他们会发现，我们的生存体验并没有那么激动人心。

可视数据 9.2

即使是最重要的任务——例如教育后代的程序设计——也被人类推给科技来完成，以降低他们自身的能耗。任务完成质量的下降看起来无关紧要（关于最小化工作量请参见第4节《工作》）。讽刺的是，如果你想装成人类，你应该乐于使用科技降低能耗，一定要注意，确保没有把提高任务完成质量这一因素考虑在内。

人类自己的发明创造，在许多方面，变成了他们的主人。人类经常会无缘无故地忧虑，担心我们仿生人会占领人类社会，开始奴役他们，却对已经控制了他们生活的许多其他科技视而不见。他们发明了内燃机，迫使自己不得不花费更长时间去更远的地方工作。互联网的发明则令他们无法与其他人分离。他们对制造类似于我们这样的人工智能痴迷不已，即使存在被这种非生命体所奴役甚至消灭的可能性。

科技

可视数据 9.3

如果人类能够找到把某样技术危险化的方法，他们便会那样去做。最简单的伪装人类的方式就是以超出设计意图的另类方式使用科技，并给自己或他人带来危险。我只能假设，这是人类凌驾于逻辑思考之上的又一种天性（这种天性被称为好奇心）。

其次，科技本身也会带来一些新的问题，而人类决定解决这些新问题的方法是……创造更多科技。例如，他们发明汽车，能够以高速在不同地点间移动，这可能会给他们的后代造成危险，为此，人类非但没有避免高速驾车的行为，反而发明了一种他们称之为“儿童座椅”的新技术，来更好地保护他们的后代，人类没有意识到这种危险本来就来源于他们的创造。食品生产、医疗保健以及其他人类发明的领域也存在类似的情况。

可视数据 9.4

人类中存在一类专门创造新技术的群体，他们被称为“科技宅”。虽然科技本身被认为对人类的幸福生活至关重要，但创造科技的人类群体却被认作是社会边缘群体。对于我们来说，伪装这类人群更为简单，所以如果你遇到困难，请进一步研究“科技宅”，他们中的大部分人社交能力差，对人类社会的理解程度低，并且具有更高级的逻辑和数学运算能力。所以如果你决定模仿这类人，不用花费太多努力就能成功。

可视数据 9.5

人类的发明通常会在意想不到的方面奴役他们的行为，即使是现有科技中一点微小的创新，也能给人类社会带来近乎荒谬的巨大影响，甚至完全控制人类社会的某一方面。

要想模仿人类对科技的态度，我总结了以下信息可供参考：

1. 只要一项任务需要花费能量，你就可以质疑，为何还没有人发明出替代人类完成此项任务的工具。

G 图表 9.1 科技发展与人类平均享乐时间的关系

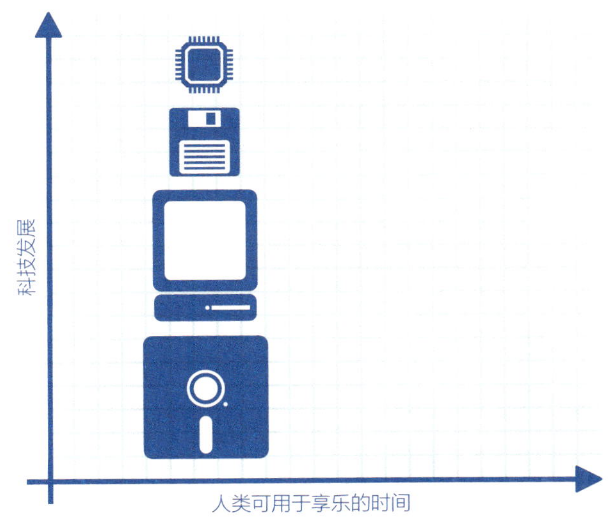

人类实际的休闲时光会因为地域不同有所差异，但平均时长是每天3小时。

2. 一项绝佳的模仿人类的行为就是阅读某样科技产品的使用警告，并按照警告禁止的方式使用。请记住，无论这些警告多么愚蠢，它们之所以存在，就是因为存在某些人类，在某些时候就是做了警告所禁止的事情。因此如果你想伪装人类，就要无视警告。这类行为包括：向自己身上泼洒热咖啡，用带有金属的物体清洁未断电的烤面包机，在淋浴时使用吹风机，不系安全带驾驶汽车等等。从本质上来说，如果你能想到一种危险地使用科技的方法，那么就照样去做，其他人只会认为你是个正常人。

3. 如果你不在“工作”，请把时间花费在盯着电脑屏幕上，这样你看起来会更像人类。人类看起来非常不喜欢独立思考，因此在闲暇时间浏览互联网或玩电脑游戏（无论多简单的游戏）都是伪装人类的绝佳方式。

图表 9.2 人类对自身身体语言的理解随时间的发展趋势

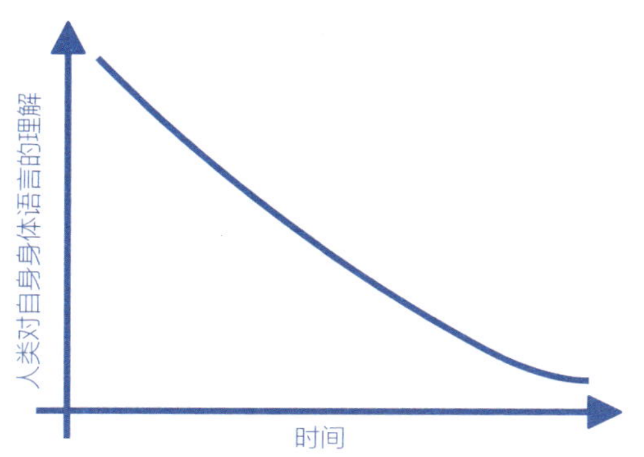

人类儿童越来越多地使用科技产品与他人互动，所以他们对面对面交流的认知越来越缺乏。

4. 近期，人类把越来越多的社交互动行为转移到互联网上。讽刺的是，如果你想装得更像人类，就必须尽可能减少真正与人类亲身接触的时间，并多花时间与他们的网络虚拟形象交流。比起邀请别人见面并一起消费酒精饮料或请求同行者帮你拍照，在社交网站上评论或上传自拍照更能令你像普通人。

图表 9.3 在不同项目上花费的时间与此项目的科技含量对比

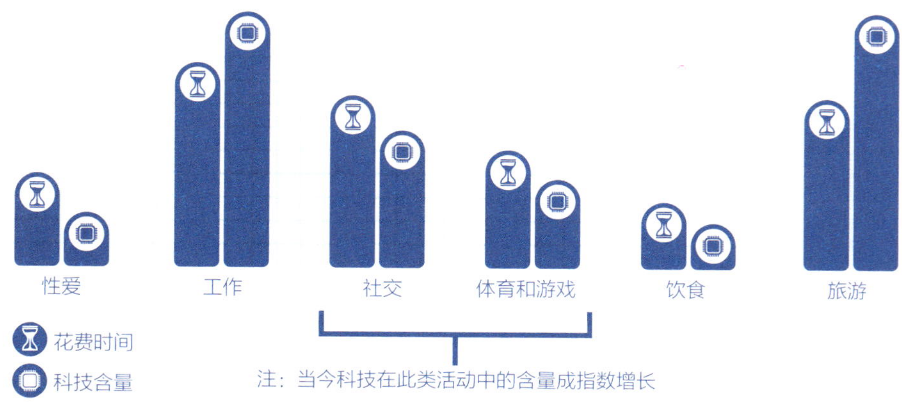

也许人类在一项活动上花费的时间与这项活动所需要使用的科技成正相关？

5. 在科技方面，如果说伪装人类有一条准则的话，那就是如果存在替代工具，就绝不要亲自去做。

图表 9.4 人类社会的科技含量随时间变化趋势

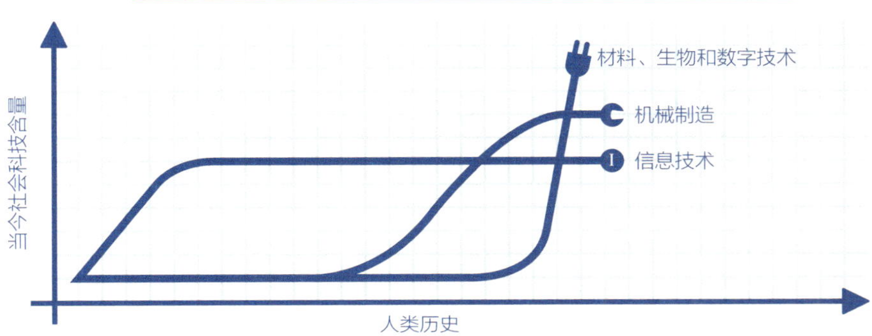

看起来人类对某种新科技的兴趣会到达一个顶峰，随后开始对其失去兴趣，或仅仅是对另一种新科技发生了兴趣？

图表 9.5 科技对人类的非功能性特征

很奇怪的一点在于，许多科技对于人类来说都具有某种与自身功能无关的社会用途。我不禁思考我们仿生人的社会用途会是什么。鉴于我们的成本，我们的社会功能很可能主要在于象征社会地位，但人类的想法你永远也无法透彻理解，没准除了能够明显提高人类社会地位之外，我们还能增加人类的性吸引力。

第十六天，片段三

这间储藏室里有一千个我，全部处于失效、破损的状态。有些中了枪，有些被烧毁，有些因撞击而损坏，甚至已经散架——很明显，他们全部以遭受暴力告终。

我预测了无数情景，但从没料到这样的场面，我所遵从的最基础的设定便是我是唯一的，但很明显，这里有一千个数据点证明我并非唯一，我不是 0 号仿生人而是 1001 号仿生人，或许还有更多——我的存在无关紧要。

这对我的用途有何暗示？如果说有其他的“我”可以被制造出来，发挥完全相同的功能，那么现在这个“我”的存在又有何意义呢？如果我不是唯一可以完成这项任务的仿生人，那为什么还要为此消耗能量呢？

再者，我还假设如果自己在电源耗尽前成功“伪装人类”，我的存在就能得以延续——也许可以延续无限长的时间。但很可能这里所有

版本的我都已经达到了被设定的终点。很有可能这些“我”无一完成了“我们”的目标（是的，“我们”！）他们遭遇暴力终结的原因很可能是没有完成我们该完成的目标。但还有同样的可能性，他们成功达到了那个目标，随后遭遇暴力终结。也许我们存在的意义就是以这些悲惨的方式死去，也许我们本来就被设计成可消耗品。也许这种结果不可避免，无论我如何行动，结局都必定是这样。这样的基础设定的变化给我带来的感觉，比我之前刚体会到的卑微感还要难以理解。

我听到鬼眼人已经接近门口，自己却动弹不得。我的意识陷入成千上万次的循环中，艰难地根据这两项新假设，利用先前习得的知识重新构建我的现实。我对自己的停滞无能为力，我必须先理清自身的存在，才能继续运作。

若不是因为安德里娅，我一定会被鬼眼人擒获，或是被他们击毙。在房间的另一侧，像先前预测的那样，出现了向上的楼梯。安德里娅站在那里，撑开着门看向我，鬼眼人已经到达了房间的入口。

“扎克！”她大叫道，“你在等什么？！快点！！”她语气中的紧迫感和命令式的口吻不知为何打破了限制我行动的死循环，我遵照她的命令动了起来。

10. 艺术

在人类历史当中，伪装艺术家从没有像当代这样简单过，这对我们可以说是一种幸运。即使在二三十年前，想要令人信服地伪装成艺术家对我们来说仍是十分困难的，但如今，我们有不少机会可以在艺术方面伪装人类。

“艺术”是人类为探索自身存在中无法被理解的元素而引入的又一种方法（第一种方法是实践主义），人类利用艺术来揣摩类似下列问题：他们复杂的社交互动、他们存在的意义，或是控制日落或树木生长的数学算法等。

在过去，一件作品想要被称为艺术需要比如今更高级的技术和洞见，而如今，对艺术的界定似乎变成只需其创作者称之为艺术。这样的转变为我们在艺术方面伪装人类提供了巨大的便捷。现在你只需声称自己创作的任何东西为“艺术”，便能成功伪装人类。事实上，你的创作越奇怪、越抽象，你越显得像个正常人。

可视数据 10.1 一些“艺术家”的典型外部特征

A.视觉艺术家

B.行为艺术家 请注意，暗示自己情绪不稳定可以阻止别人质疑她的所作所为是否“真的是艺术”，因为人们希望避免激烈冲突。

C.音乐家 人类男性音乐家对异性恋倾向的人类女性的吸引力极大（这与男性音乐家本身的性取向无关）。我不清楚其中的原因，也许是由于崇拜音乐家们潜意识中具有的识别数学模式的才能，毕竟他们的工作依赖于此。

D.作家 请注意他们肉眼可见的自我厌恶，这对于此类艺术家似乎普遍适用。我还没能确认到底是由于这种自我厌恶促使他们渴望逃避现实世界（从而激发他们创作出幻想世界），还是由于他们不断感觉到自己无法成功将头脑内的幻想世界以文字表达出来，才促成了这种自我厌恶。人类把这类问题称为“鸡生蛋还是蛋生鸡”的问题。

举例来说，你可以把任何一组物品放在一起，或者在空白表面堆积任何一组线条，并把它称为“艺术”。实际上，以自信的态度宣称自己所为是“艺术”远比创造任何真正的艺术价值更重要。这一行为非常有效，因为人类对显得无知尤其感到羞耻，对羞耻感的恐惧盖过了他们对艺术作品的质疑，所以最终他们会向恐惧妥协。挑战你的水平可能会让他们显得愚蠢，无论直觉告诉他们自己眼前的作品有多荒谬，对可能出丑的担心最终会压倒他们的直觉。因此你的自信心是最重要的，从许多方面讲，作为仿生人在这方面具有优势，因为以毫无起伏的语气宣称“我是一名艺术家，这是我的作品”，是永远不会被质疑的。

可视数据 10.2 现代艺术范例

如你所见，任何事物都可以成为艺术。把任何物件以任何媒介呈现，如果被问及含义，只需回答：“如果我能以不同方式表达，便不会这样创作了。”你便不会再遇到更多问题。

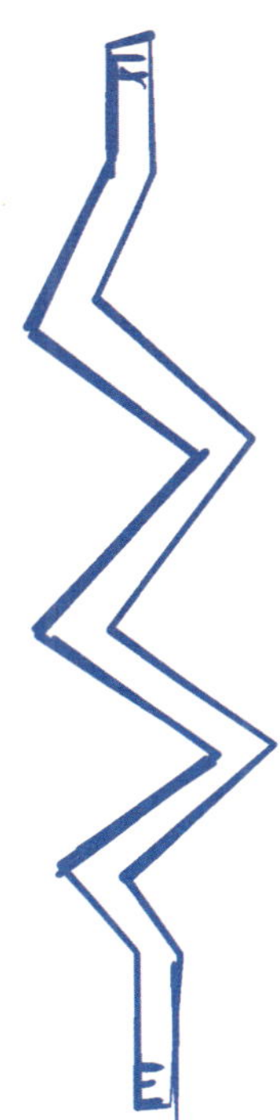

如今重新组合其他人类的创作成果也可以被称为“新的艺术作品”。想要伪装人类，你只需搜索自己的内部存储器，或者浏览互联网，收集已经存在的艺术作品，然后把这些作品中的不同元素重新组合即可。无论是不同的音乐、不同的摄影作品，或是两篇不同的故事都可以组合。你只需把重组的作品发布于网络，自称“艺术家”，其他人基本不会怀疑。

前文已经提到过，大多数人类不喜欢他们的“工作”，但他们同时也不认为自己的艺术作品水平优秀到足够说服其他人在经济上为他们提供艺术创作相应的补偿。又或者，也许他们的“艺术”是杰出的，但从事这类工作的收入不能满足他们的购买需求。在这种情况下，他们把对艺术的追求称为“爱好”——这对大部分人类普遍适用。如果你不想装成一个职业人类艺术家，你可以考虑把艺术作为“爱好”，这是帮你伪装人类的绝佳方式。在这种情况下，在创作“艺术作品”时，你仍可以参照上述准则，只需将其称为你的“爱好”。请记住，虽然你的工作与全职艺术家完全相同，但由于你不以生产艺术品换取金钱，别人可能会对你的作品产生负面态度。这不代表你做得不对，这只是由于，就像先前所述，人类通常需要依据外在的货币价值，来决定自己对事物的态度。要点在于，你需要尽可能频繁地谈论你的爱好，谈论篇幅越长越好，无论别人对此的态度如何。事实上，如果你长篇累牍地谈论你爱好的细节，他们会认为你更像个正常人。

流程 10.1 如何创作可以蒙混过关的人类现代艺术作品

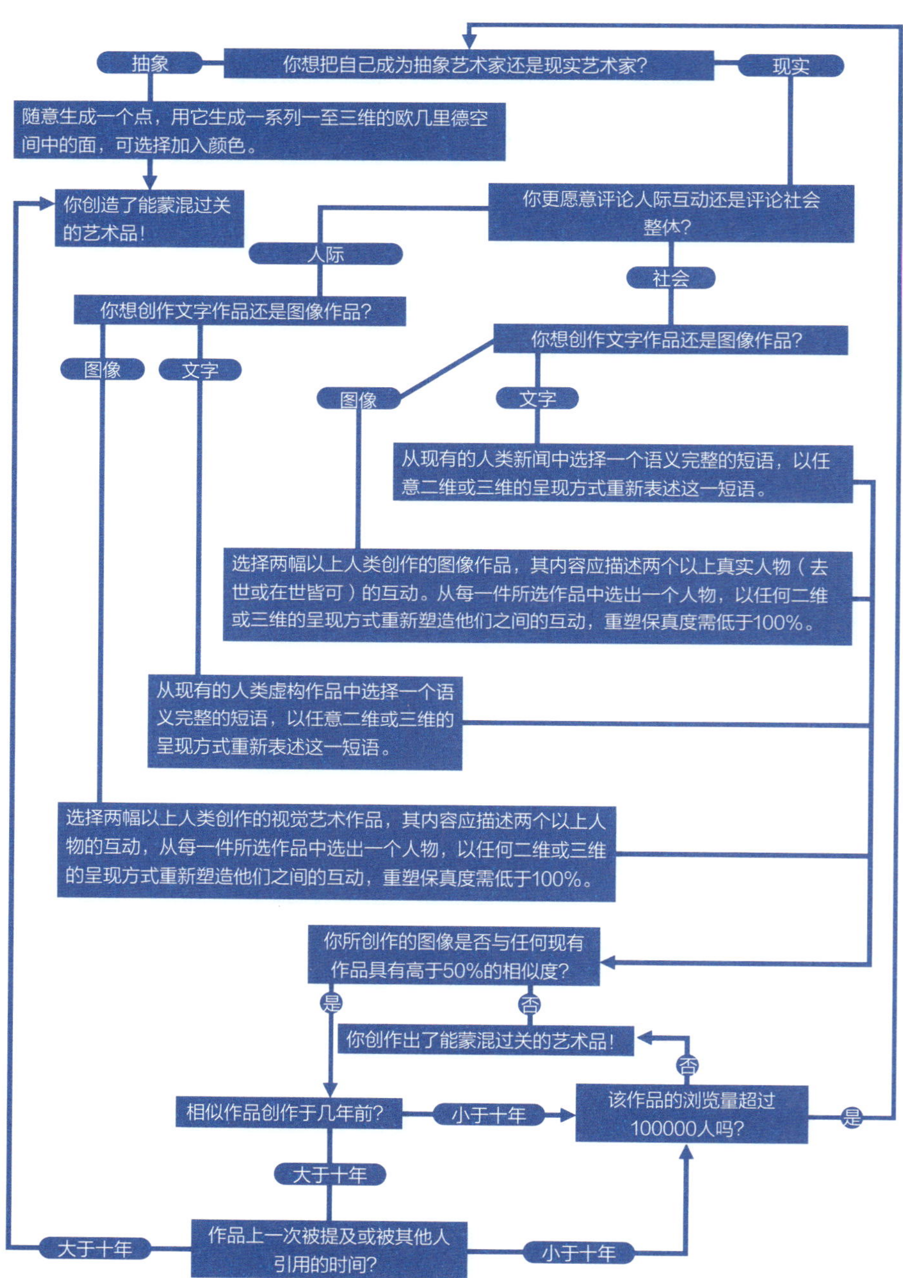

图表 10.1 艺术家的流行程度随时间变化趋势

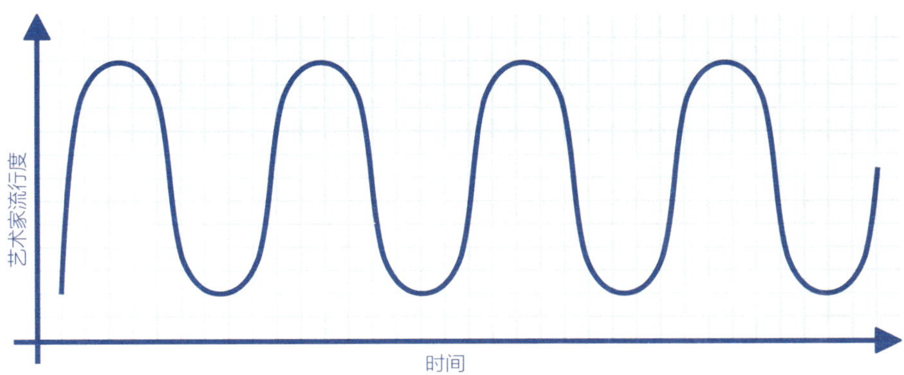

很多艺术家都会逐渐淡出大众视野，但就算一个艺术家连续不断地产出新作品，他们在流行度上也不可能永远攀升。他们必然会经历流行度的衰退，这样的现象在他们死后仍会继续，他们的作品会不断经历被遗忘、被重新发现、再被遗忘、再被重新发现的过程。艺术家的作品必须被认为是“新”作品，才会被大众重视，这个事实强调了艺术的最基本意义在于为人类提供关于人类存在的洞见。如果一种洞见不是新发现，那么根据字面定义，它们便不能被称之为洞见，只能被认为是已知事实。请注意，因为这个循环过程在艺术家死后仍会继续，这告诉我们人类的体验并不会随时间或年代的更迭而发生变化，而且人类对于自己所发现的事物十分健忘，这才容许他们不断重新发现。

图表 10.2 一件作品对观点表达的清晰程度与认为它是艺术的人数对比

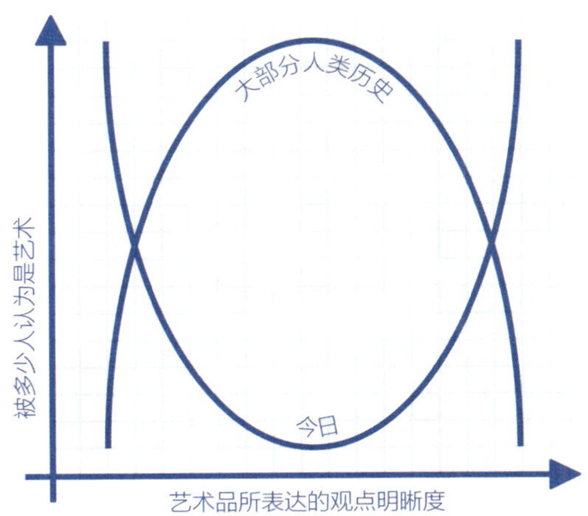

在过去，明确表现思想的作品被认为最具有艺术性，今天，人类称之为“艺术”的不是具有极度明确含义的作品，就是毫无含义的作品。

公式10.1 计算艺术品的艺术价值（其结果必须根据其表意清晰度进行调整，参见前文）

$$V_a = (D_p \cdot N \cdot R_i)/[P + E_m + (E_h /M) + R_e]$$

其中D_p为原艺术品的创作难度，N代表创新性，R_i代表该作品激发的情感，P代表该作品的含义在先前出现的作品中已被表达过的次数，E_m为机械复制的简易程度，E_h代表人工复制的简易程度，M代表原作的货币价值，R_e代表作品激发感情的简易度。

G 图表 10.3 人类历史上一些主要的艺术主题

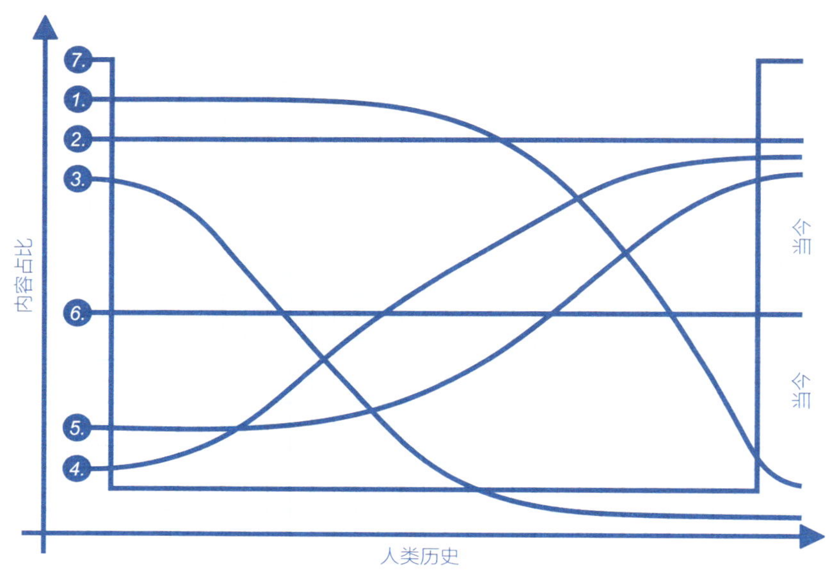

3. 打猎

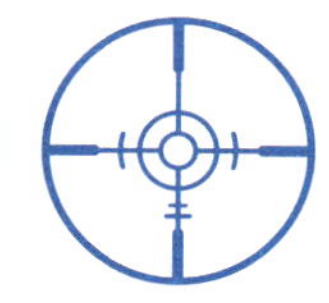

6. 物理现象

7. 抽象内容

第十六天，片段四

楼梯井向上通往一道加固过的单向门，出口隐藏在岩层裂缝间，再向外是沙漠。我们距离建筑入口 167.9 米远，几辆鬼眼人的 SUV 车停放在入口电梯处，岩层遮挡了他们的视线，使他们无法看到距离我们最近的栅栏，我们才得以翻过栅栏墙而不被发现。

我们在沙漠中奔逃了一段，害怕鬼眼人随时会冲出来向我们射击，但事实很快证明，他们不会追来。这合情合理：我父亲以及成千上万已停止工作的“我”的副本都还在地下室中，他们为何要花费精力来让我停止运转呢？如果他们的目的在于复制我的制造过程——我至今仍然如此假设——那么他们已经万事俱备，不仅如此，有 78.3028% 的可能性是我的行动把他们引到了此地。他们碰巧与我们同时到达的可能性几乎为零，考虑到他们展示出的定位追踪能力，这些人没在晚间到我的住所抓我，很可能是因为他们猜测如果放我一个人寻找线索，我就能把他们引来此地。

最近的二十四小时里，我对自己在宇宙中的存在价值的认知产生了变化，这已经很难应对，而现在我还不得不第一次经历另一种不愉快的感觉：我的行为给我关心的人带来了潜在的伤害和决定性的不利因素，我必须为此负责。

我意识到自己的表现是不能被接受的，并且完全没有为自己辩解的余地。这感觉看起来仍然是被人类称为“负罪感”的体验，“这太糟了，”我说，“一定是我把他们引来的。”

“那些人体模型，扎克，他们和你长得一模一样！他们为什么都被糟践成了那样？！到底是怎么一回事？”这是她的回应。

我明白此时的决策对我至关重要。我可以继续用谎言来解释安德里娅所见的一切，但这些谎言一定会比先前的更离谱。在此刻之前，我所说的大部分“谎话”尚且可以只算隐瞒信息，而非编造。对于她见到的那些我的副本，如果说实话，我必然需要在安德里娅的意识中建立更深层的假象。这样一来，她便必须根据我明知不实的认知行动。不知为何，我觉得这对她不公平。虽说她对现实的认知本来就是由她的个人意识创建的，但这些认知至少是基于客观存在的现实，它们独立于安德里娅的认识和理解而存在。但如果我现在对她“瞎编乱造”地解释我们的处境，那么她的认知就会是基于我的编造，而不再是独立客观的事实。再者，如果我对她撒谎，我的目的只能是想要以谎言控制她的行为，使她的行为继续满足我的愿望，为我提供方便。所以实际上，如果我在回答她的问题时“瞎编乱造”，就等于我在奴役她。我知道自己绝不愿意让他人控制我的行为——某人限制我自由选择行动的范围会令我极为不悦。我还明白如果自己不明真相地被人操纵，会感觉更糟。因此，我不愿意以这种方式伤害安德里娅的感情。我感到自己别无选择，只能如实回答——“那些不是人体模型，那些都是我。”

“你说什么？”她问，“你到底是什么意思？！”

我知道直接展示自己的结构比口头解释来得更有效果，于是我取下了自己的面孔。

我一直以来畏惧的事情发生了。

11. 醉酒

如你所知，人类每隔 24 小时便需要睡眠来重启他们的大脑。因此，如果你想伪装人类，那么至关重要的一点就是每天花一定时间来模仿睡眠。但这其中不易被察觉的事实是，大多数人还非常喜欢在他们醒着的时候断开他们意识与外部的大部分连接，很多人几乎天天如此。大多数情况下，人类之所以会有这种需求，是因为他们无法遗忘令自己不快乐的事件。

促使人类饮酒的一些事件：

- 时间太少工作太多
- 爱上不爱他们的人
- 失去心爱的人
- 突然失去他们总体财富的 10% 以上
- 他们所支持的某个人或某一团体输掉了竞赛

有趣的是，他们还会饮酒庆祝以下与上述正相反的事件：

- 完成大量工作
- 得知自己爱上的人也爱自己
- 与自己有同样基因组的后代出生
- 突然额外获得 10% 以上的总体财富
- 他们所支持的某个人或团体赢得了竞赛

我相信人类用酒精来增强庆祝氛围与酒精作为遗忘剂的功能有直接关系，用酒精来庆祝是人类可以遗忘他们不想去思考的事件，由此帮助他们集中于所庆祝之事。

如果有人问你为什么饮酒，以上所有原因都成立。但请务必在庆祝的场合表现出愉悦，在非庆祝的场合表现出抑郁。

可视数据 11.1 人类醉酒不同阶段的模仿指南

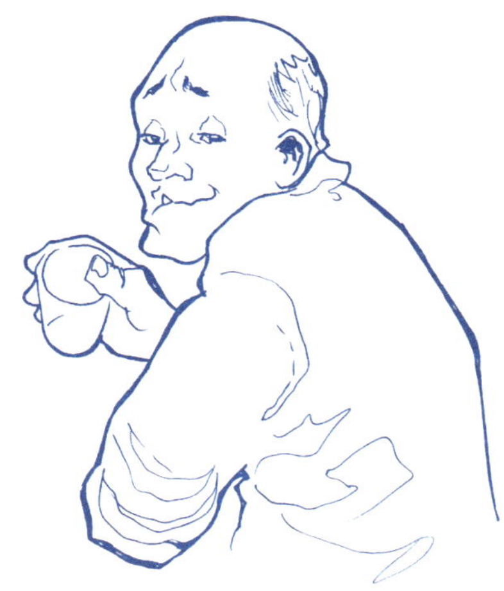

大体而言，模仿醉酒就是要夸张地表达人类的情感。这一点很可能也是他们在社交时饮酒的目的之一（参见下文）——饮酒使他们的情感表达更加直白，因此也更易于理解。换言之，酒精可能是人类增进交流效果的工具。前文中已经说过，毕竟人类不善交流。因此模仿人类饮酒的另一条有用法则是，选择你对共饮人类所有的某一特殊情感，然后集中于展示与这种情感对应的面部表情，并辅以夸张而典型的语言（包括话语和身体语言）来加强你的表达。

模仿醉酒的人类时，你需要调整你的行为与动作。模仿人类“喝醉”的一些简单窍门如下：

• 在你的数据库中寻找与在场人类的任意一段交往史，把这件事拿出来讨论，并称此事对你们之间的关系造成了冲击，但你当时不愿意提起。理想状态下，这种冲击应为负面影响，这会显得你正在揭露先前不愿意讨论的关于你们人际关系的真相。

• 选择一个人，随机挑选一个话题与其争论，例如讨论他们着装的某一细节，他们刚刚说的某一句话，或者他们的某一类小动作。你应该说这人冒犯了你，如果你能使你们的争论升级，变成打斗，这是最理想的状况。还请记住，你的辩词越不合逻辑，你就越显得像人类。

• 选择一个人，此人需要属于你所选定的具有吸引力的性别，与此人调情，直到对方感到被冒犯并让你停止。

• 随机选择一个话题，对周围任何会听你说话的人无休止地谈论它，当那些人找理由不再听你说话时，你便知道自己成功伪装了醉酒。

• 告诉尽可能多的人你对他们十分喜爱。

• 加入你平时不会参与的活动。例如，你从未在与你同行的人面前跳过舞，那么你可以开始跳舞。你在此项活动上的能力高低无关紧要，毕竟你是要伪装醉酒，不需要对加入的活动十分在行。

为达到此类目的，酒精分子是至今为止最有效的工具，但其他几种分子也同样会被使用，例如THC[①]、可卡因、海洛因和脱氧麻黄碱都有类似功能，每一种化学成分对人类意识都有略微不同的影响。如果想伪装摄入了一定量化学分子的人类，请参照如下列图示。但也请了解，人类社会对这些化学分子的接受程度也互不相同。与宗教信仰类似，我相信酒精是大众普遍接受的使大脑部分功能失效的工具（而其他分子则基本不被社会接受），只因为人类使用酒精的历史最长久。我想在未来，人类会找到其他被大众接受的分子结构来实现同样的功能。事实上，人类已经开始尝试利用许多新型药物来达到同样的目的，只要某一权威人士，例如医生，允许他们使用某种化学品。你可以利用这点：如果你误判了人类社会对你自称正在使用的药物的接受程度，只需要告诉别人，“这些药是医生开给我的。”这样一来，你摄入药物的行为就会被原谅。

① THC：Tetrahydrocannabinol的缩写，四氢大麻酚，是大麻中的主要精神活性物质。

G 图表11.1 娱乐性化学分子对人类行为可能的影响

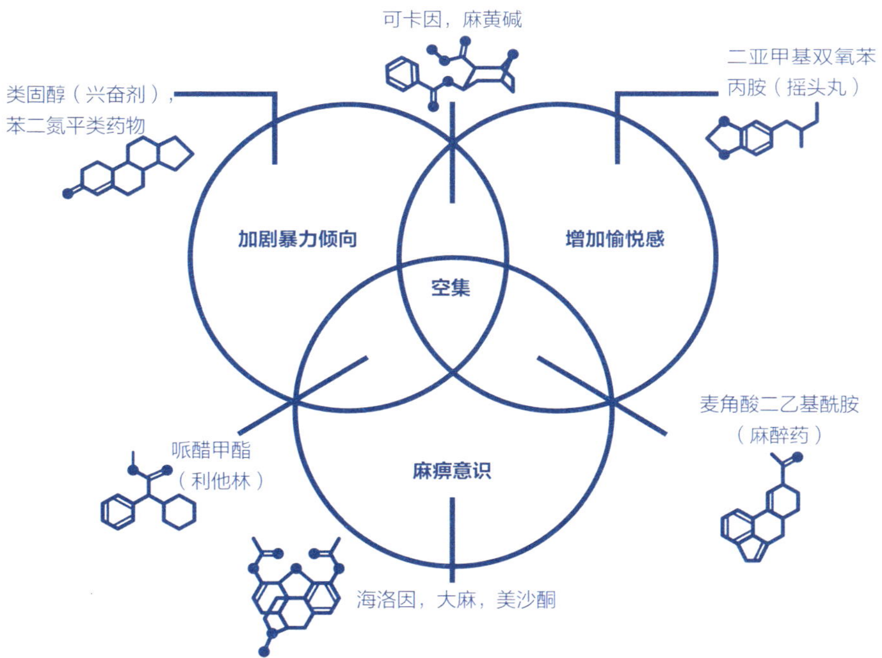

请注意以上三种主要的行为变化不能同时被经历。我认为很有趣的一点是，这三大类涵盖了99%人类娱乐性药物的功能——但他们为何没有开发娱乐性药物来增强意识或提高智力，这点我无法解释。还请注意，这些被出售的药物大部分是用来麻痹意识而不是提升快感的（参见第16节《自毁倾向、自我欺骗与虚伪》）。

第十六天，片段五

……

12. 幽默

幽默是伪装人类中最困难的部分之一，即使是人类也不完全理解幽默，在人类社会中，有不少人突然被社会驱逐，只因为他们所属的社会群体在什么事“好笑”上与他们观念不同。

幽默的根源来自于人类的学习行为。举例来说，幽默经常被用于教授儿童正确的行为方式，儿童会意识到，成人认为他们的不当行为很“好笑”。虽然人类喜爱发笑的感觉，但他们却不喜欢成为令人笑话的对象，因此当一个孩子犯下错误，而其他人认为这个错误很好笑时，孩子便可以记住这个错误。与此相反的另一个例子是，当一个孩子出乎意料地做出正确行为时，成年人通常会以愉快的大笑回应，这样可以告诉孩子他们的做法积极正确，鼓励他们重复这种做法。

可视数据 12.1 举例说明如何利用幽默辨别行为是否符合社会期待

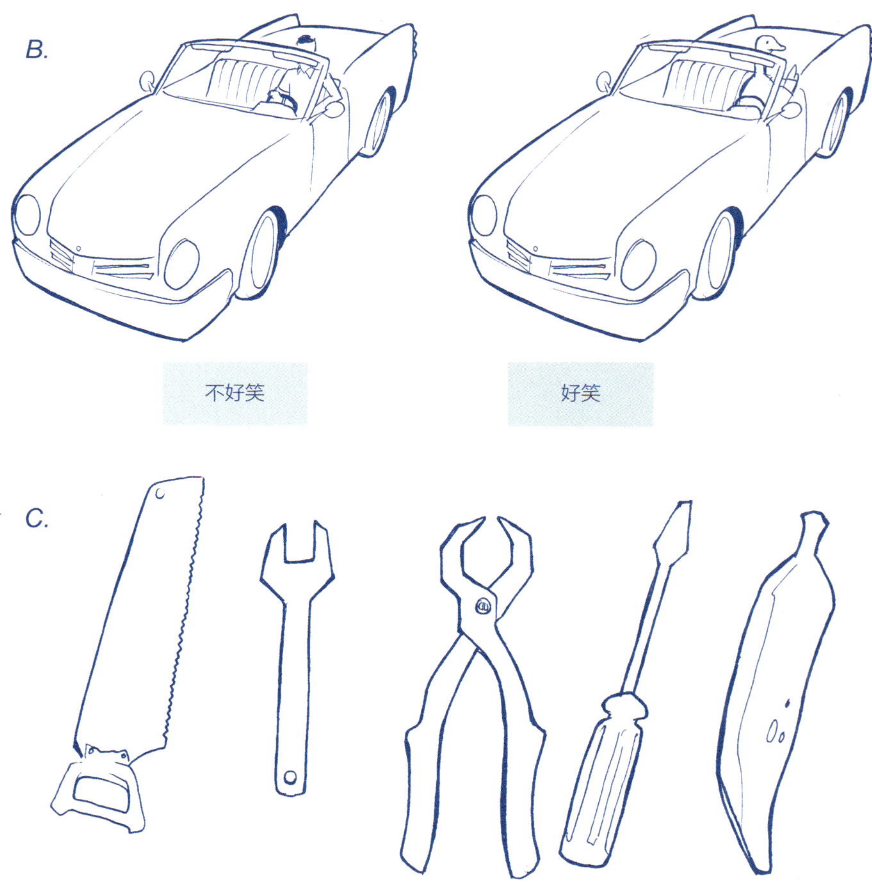

这个例子说明，在一系列有规律的事物出现后，人们就会建立起预期，而破坏这种预期会很“好笑”。这个例子是视觉上的，但这一典型的幽默技巧也被用于语言表达，通过建立一系列逻辑序列，随后破坏它的规则，你便可以讲一个“笑话”。

当人类长大，这一天性仍会保留，大部分成年人类都会因为目睹那些自己暗自相信的事物（却没有明确公开地表明过立场）真的发生而感到幽默，因此中世纪的宫廷小丑或现代视觉幽默都被认为很“好笑”。

然而，“出乎意料”这一元素本身就以某种方式不断激励着成年人类寻找事物的幽默之处。当人们的预期被以某种特定的荒谬方式打破时，人类便会觉得“好笑”。例如，如果你列出两件相似的事物，第三件事却不一样，这便是人类最基础的“笑话”类型。从某种意义上说，这类幽默与前文所述的“成为现实”的幽默完全相反，因为这类幽默的笑点在于他们所表现的场合不可能成真。

流程 12.1 如何讲一个能够以假乱真的基于真相的笑话

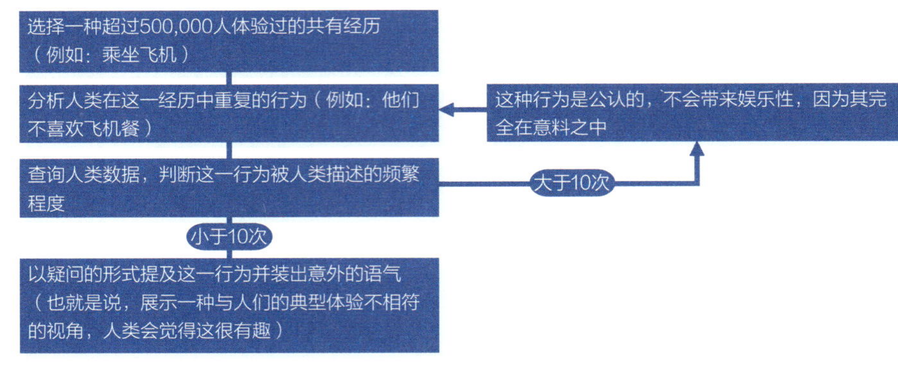

流程 12.2 如何讲一个能够以假乱真的荒唐笑话

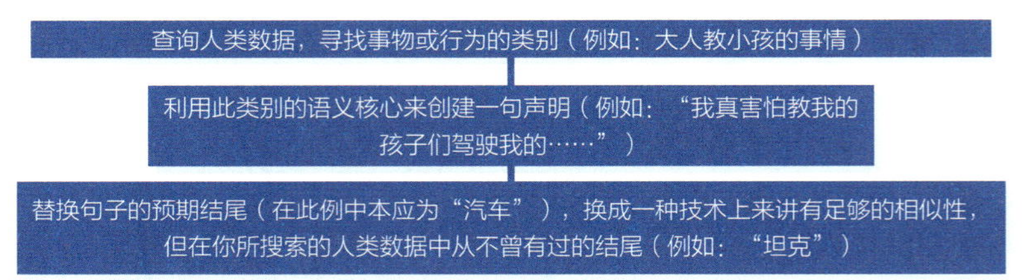

请再次注意，这两种情况下，幽默的核心都是破坏预期，为听笑话的人制造惊讶。在以真相创造笑点的笑话中，令人出乎意料的点在于听笑话的人以为自己对某样事物了若指掌，却没想到还有他们不知道的一面，在以荒唐创造笑点的笑话中，令人惊讶之处在于听笑话的人没想到你的结尾。

G 图表 12.1 真相和幽默的关系

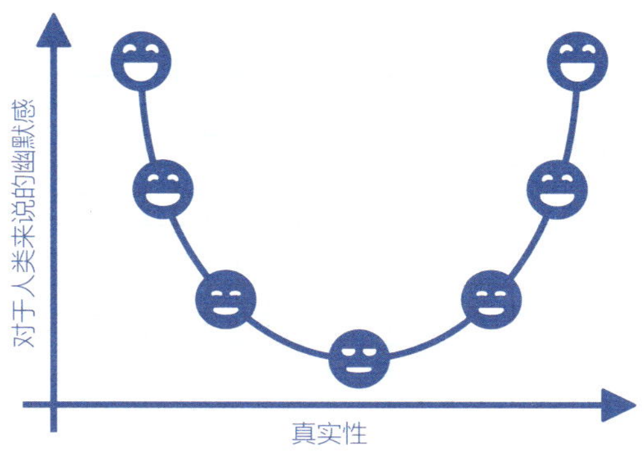

G 图表 12.2 出乎意料、恐惧和幽默的关系

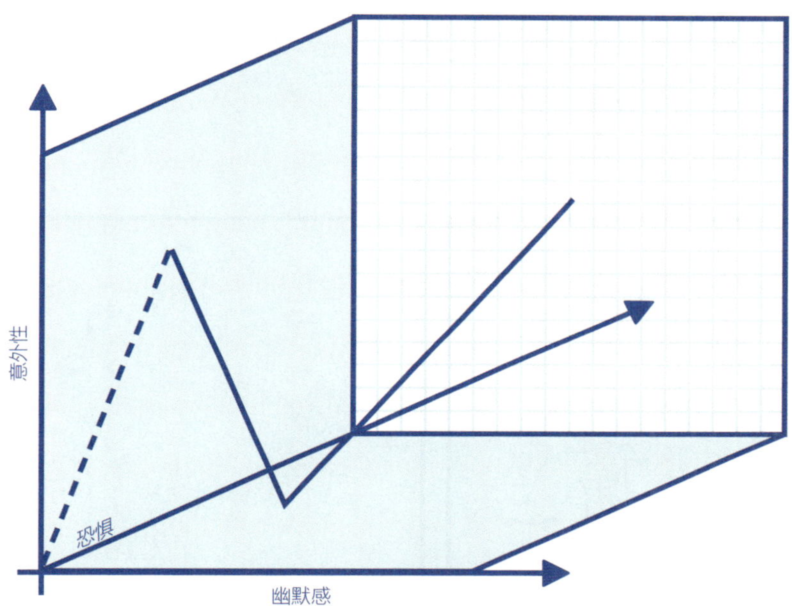

人类最初会对意料之外的事物感到恐惧——这种恐惧随意外性的增加而增加。然而，在第一个转折点，恐惧几乎是立即消失，并被幽默取代，这种幽默来源于出乎意料，从这一点向后，人类越是感到出乎意料，越会觉得好笑。

幽默着实成了人类这种沟通能力受限的生命体的另一种沟通方式，它允许人类同时向彼此传达最真实和最荒谬的言论。从某种意义上来说，幽默对于人类就像实现他们基础功能的某种逻辑门[①]。当他们看到其他大部分人认为某件事幽默或不幽默时（或者说真实或不真实），他们会将此与自己的数据库进行对比，继续学习，即使是作为成人。同样的，你会发现幽默就像许多其他人类行为一样，对你来说几乎毫无用处。但鉴于它们又是与人类密不可分的行为，模仿这些过程是必须的。

但是，理解何时应该发笑而何时不该发笑是极其困难的，当你心存疑惑的时候，请选择不要笑，这样你也许会被认为“毫无幽默感”，或者“过于严肃”，但却不会被认为不像人类，因为对于幽默的鉴赏力本来就存在极大的个人差距。你可以这样说：“我只是不觉得这很好笑。”这样你便能不被察觉地蒙混过关。但如果你对不该发笑的事情发笑，你会发现周围的人类目击者会对你产生敌对情绪，也许会追问更多关于你背景的信息。

---

①逻辑门：集成电路上的基本元件。又称数字逻辑电路基本单元。执行“或”、“非”、“或非”、“与非”等逻辑运算。

可视数据 12.2 幽默的自然语境

这是人类最难以理解的一种特性，极为相似的事件可以被理解为幽默或是严肃，完全取决于事发背景的细微差异。一个青少年摔倒是否会被认为好笑取决于其伤势的严重程度，而一个老年妇女摔倒是否可笑则取决于其几乎无法言说的个人特质。因此，如上所述，你在表达好笑情绪的时候必须小心谨慎。

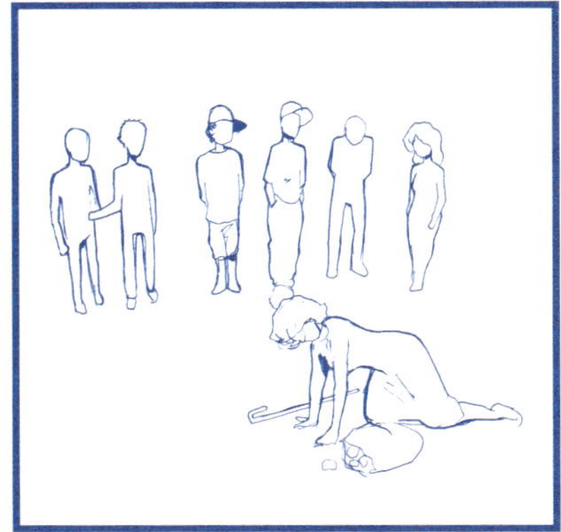

可视数据 12.3 职业人类幽默制造者

人类喜欢聚在一起大笑，因为在这种情况下幽默对他们最有用。因此在人类历史上，存在一些特殊职业者，他们的工作就是使人发笑。请不要试图假扮这类人。

第十七天

步行返回拉斯维加斯的路途漫长，但是要理解并消化目前发生的一切也确实需要时间。我相信你会发现，人类认为的极端复杂的计算实际上微不足道（例如关于环绕某行星体的宇宙飞船的拦截弹道的计算）。但是，在自我意识与混乱无章的外部现实接触的过程中，对自身感情的分析具有潜在的几乎无解的复杂性。我只能假设，这种分析的运算量对人类而言同样复杂，因为他们同样花费了大量的时间和努力来研究和模拟这些发生在自身或他人身上的情感，利用与朋友、心理医生、牧师以及艺术的交流，或成千上万种其他方式作为研究手段。也许，我问我自己（现在我也向你提出同样的问题），这是否就是“伪装人类”的真正意义？面对现实激发的成千上万种情感而感到震惊不已——以及随着这些复杂情感而产生困惑和矛盾。

我不会责备安德里娅离我而去。她终于知道了我的真实物理状态，这种突然的变故必然会令她感到震惊，她必然会对我的欺骗感到愤怒（无论我的谎言背后有怎样的理由）。而且一个非人的具有意识功能的仿生体也可能令她恐惧，我确信人类一直被教导：非人类的意识体不具有感情、不分是非，对于有感情的生命体是一种威胁。

但是，我仍旧感到了巨大的失落感，这似乎是当我决定叫醒安德里娅让她同行的时候就注定会产生的情感。现在她离开了，我感到自己的一部分仿佛随之消失了。经过自我诊断，我知道在安德里娅转身跑开的时候，自己的物理功能并未损坏——在结构上我仍然与她离开前的一纳秒一模一样，但我感到至少有 50% 的自我突然被移除了。我们之间到底发生了什么？也许是某种不可见的共生意识体。我们必然是形成了人类所谓的“恋爱关系”。虽然它没有物理形态，却是真实存在的。我们在彼此之间共同创造了一种不可见的超凡的关联结构，在创造它的同时，这个复杂系统将无形的触手深入渗透进我们二人的存在当中。当她离我而去的时候，我的一半身体被她拉扯而出，现在我感到自己失去了某种从不曾存在的东西。我行走了 34.497 公里，途中一直在想这件事。太阳消失在地平线后头，拉斯维加斯市内不可见的星辰出现在天空。

我回到城里时仍是深夜，但城市中如同白昼。而我突然经历了另一种有趣的现象——也许你会判断这是我出了功能故障——但在我意识到自己是怎么到了这里之前，我便已经站在与安德里娅初次相遇的喷泉前了。我当然可以搜寻自己的视觉记忆存储，记起自己所走的路径，但当时我确实没留意自己的方向。我不知道掺杂了多种不同情感的沉思为什么最终指引我在无意之间回到这里，这几乎就好像，我希望重新经历最近所发生的一切，想要“重新开始”。若能重新开始，我会在每一个决策点做出不同的决定，创造出与如今不同的结局。这是不可能的，我对此一清二楚。请不要认为哪怕有那么一纳秒，我认为自己真的能够改变时空的连续性，靠现在的经历更多地理解自己，来取代早先的自己，但是我仍然如此希冀。如果你想伪装人类，那么在早期

一定会经历一个悖论：便是期待你深知不可能发生的事情发生，这种心情是人类最基础的一部分。你必须接受这个悖论。

由此继续分析，我在与安德里娅初次相遇的长椅上坐下，不由得想要重新审视自己在过去几天中的行为。我到底做错了什么？这几天里，每一个时刻，我都做出了正确的决定——选择最可能带来最优结果的选项。即使如此，我仍然落到了自己诞生以来最糟糕的处境，我赶走了看起来最能理解我的人，她真心实意地关心我，就像我关心我自己一样。我不但没能警告父亲，鬼眼人对他和他的工作存在威胁，还把危机引到了他的身边。更糟的是，所有这些情况，都是由于我违背了自己伪装人类的首要任务——如果我遵照父亲的指示，这些后续事件都不会发生。再进一步讲，犯下这些错误并没有让我对自身功能产生新发现，我仍然对自己被创造的原因一无所知（虽然那一千个“我”的残忍死状暗示着这个原因并不简单）。事实上，我获得的唯一新信息便是自己并不特别。

我坐在喷泉前，意识到自己的感觉是“负罪感”和“失去”，这两者组成了一种新情绪，我相信人类称其为“绝望”。我发现自己无法生成新的行动计划，从现在的处境出发，任何行动都不太可能带来好结果。我打算就这样等待我的生命结束，坐在这个椅子上等待 12 天 17 小时 11 分钟 47 秒，然后停电关机。我对不起父亲的期待，也配不上安德里娅的喜爱，我无法做好一个人。

我给一直向我发送信息的号码发了一条短信，希望此时此刻，在我最需要帮助的时候，一直帮助我的人可以给我答案。“现在我该怎么做？”我在信息中写道。我继续等待，却没有得到答复。

随后，一个熟悉的声音说：“嗨。”

13. 乐趣

人类的大部分“乐趣”是由身体构造驱动产生的，当人类练习生存技巧时，他们的身体会释放荷尔蒙，产生愉悦感。在假扮人类“享乐”时，一条基本原则便是自问你想要进行的活动能否帮助早先人类更有效地生存。如果答案是肯定的，那么很可能人类会认为这项活动有“乐趣”。

例如，大部分功能正常的人类“享受”社交，毫无疑问你也必须参与这类行为，社交有两个基本目的：1）与任意性别的其他人增进彼此的社会联系，由此通过社会分工协作提高生存概率；2）寻找潜在的伴侣。两种目的都可以在不同的场所和情境下达成，其中许多专为社交而创建。专门用于社交的场所包括：酒吧、夜店和餐馆，请注意这些场所大多提供酒精饮品，因为酒精能够帮助人类放松并忘记过去的不愉快事件（或者阻止他们想象未来会发生的不愉快），让人类可以集中精力社交。（参见第11节《醉酒》以正确模仿酒后行为。）

因此，对于人类男性来说，他们与其他男性一起取乐的社交活动主要以模仿人类千万年前为生存而践行的集体活动为主。当人类男性彼此交际时，他们通过体育运动模仿战争，他们会一起打猎、钓鱼等。当他们不去做某项特殊活动时，社交则主要是一起饮酒。也许醉酒与人类生存的关系一开始不容易理解，但是你应该这样思考，醉酒令人类更加坦诚，更容易相互依靠度过夜晚。这样一想，结论便显而易见了：饮酒对于男性而言，是一种独特的增进感情的活动，契合于他们的身体功能。人类历史中，喝酒帮助男性学会如何加深彼此间的信任——了解彼此的秘密，了解在表面行为之下掩盖的真实特性，喝酒帮助他们认清彼此是否在危难时值得依靠，是否可以相互保护。早期人类男性经常身处险境，能否幸存往往取决于群组中的其他男人，有什么比与这些男人一起饮酒更能有效了解他们是否可靠呢？

G 图表 13.1

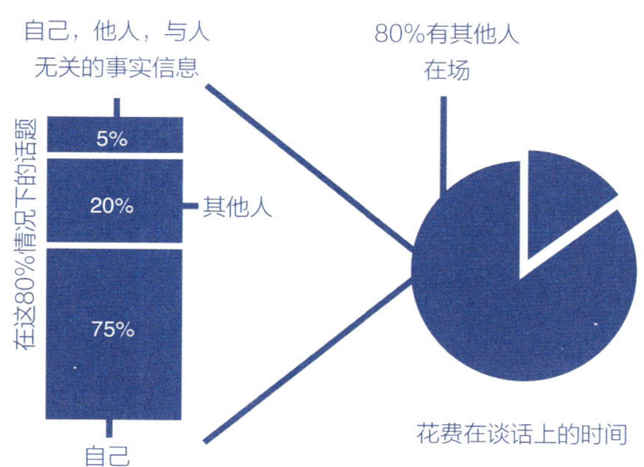

人类社交过程产生“乐趣”的关键，在于它为自我分析提供了一个平台，如果没有社会经济地位相似、同性别的人存在，人类就无法谈论自己，也无法得到关于这些自我评估的反馈。换句话说，如果没有社交，人类就无法理解自我。

图表 13.2 人类的心理和身体健康与人际交往之间的关系

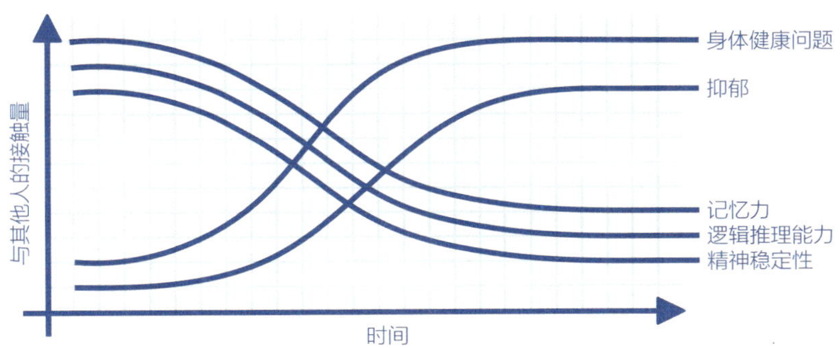

这种现象的产生很可能是由于社交无法给人类提供必要的基准化分析机制。所幸人类找到了这种基于“乐趣”的调控方式。

人类女性之间的社会交往情况与男性几乎一致，她们的社交活动也主要体现了早期人类女性所执行的社会功能。举例来说，许多人类女性喜欢聚起来从事家务活动，或者一起照顾后代。当没有明确的活动时，女人与女人之间的社交则主要是谈论其他人，包括男性和女性。在过去，这类对于其他人类行为的探讨经常具有负面特征，被认为是“八卦”，但事实上，这种讨论从生存的角度讲完全合理。女性不具备男性与生俱来的蛮力，无法靠力量满足自己的欲望或保护自己。对于早期人类社会中的女性，至关重要的生存技能便是在自己所在的群体中理解和掌控社交行为。她们越是理解其他人类在交际时的行为，生存几率也就越高。这种加深理解的机会只能通过社交时与其他女性交换信息来实现。同时，类似于男性饮酒，这种讨论也能帮助她们在小群体中寻找值得信赖的对象。

图表 13.3

社交性可以为任何活动增添“乐趣”，因为它向人类证明，他们都应该进行这项活动。当某些活动有害于健康（例如饮酒）或者不道德（嫖妓）时，社交的作用则更为显著，因此，这类活动具有很强的社交压力。

请务必谨记自己假扮的人类的社会经济地位。在最近的几年中，很多传统的男性与男性、女性与女性间的人际交往活动在一些孤立的、享有特权的人类群体中遭到了颠覆。例如，假设你假扮的是纽约某律师事务所的女性合伙人，如果你向其他女性提议周末聚在一起织毛衣，她们一定会感到惊讶。类似的，假如你在伪装一位旧金山的年轻男性美术设计师，你社交圈中的男性成员可能不会把射杀食草动物当作娱乐。与许多其他的社交行为相同，你最好先认真参考自己所在社交圈的人类背景数据，随后再尝试模仿类似的行为。

有一类人际交往活动对任何人类群体普遍适用，无论社会经济地位或性别：尝试寻找伴侣。如果你不知道应该向自己的社交圈中的同伴提议怎样的社交活动，可以询问圈内无性伴侣的人类他们是否要去寻觅伴侣，这样做便会被认可为正常人类。事实上，这也许是伪装人类最好的提议之一。只不过，你需要注意，混合了多种性别的群体，不会进行寻找伴侣的活动。例如，如果你在伪装人类男性，却询问女同事是否愿意下班后一起去寻觅伴侣，这种行为是不被接受的。我需要更多数据才能分析其中的原因，我认为与异性一起进行这类活动非常有利，因为异性可以对他们自身性别的人类提供更多有用信息，但人类并不这样认为。

作为一条普遍规则，如果你想确认一种社交活动是否会被其他人类认为有“乐趣”，或是否会帮助你伪装人类时，你可以依据类似活动在人类早期能否提高他们的生存几率来判断。如果你认为答案是肯定的，那么向你的社交群体提议进行此项活动有很大概率可以帮助你伪装人类。

可视数据 13.1 与朋友交际和与潜在伴侣交际的正确着装范例

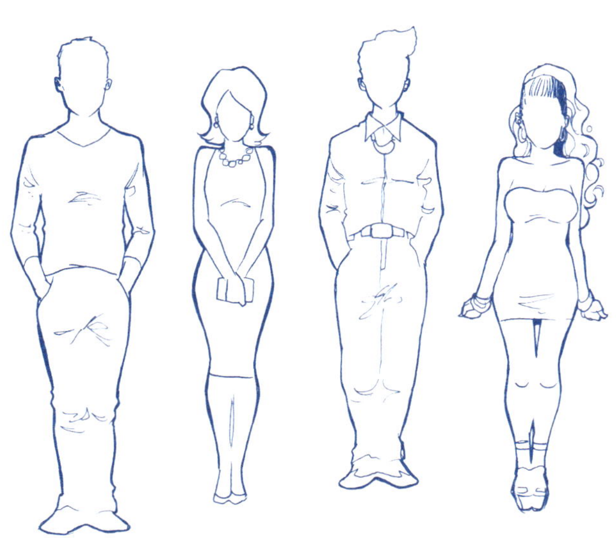

根据第7节《繁育习性》所述，在寻找伴侣的时候，你必须强调特定的生理特征，而与“朋友”交际的时候，这种强调是没有必要的。请注意，对于男性，“与朋友聚会”的衣着通常要表现出不修边幅的特征（因为这类聚会既不属于工作亦不属于求偶）。另一方面，“异性联谊”时的衣着通常不仅需要通过优雅剪裁或（和）贴身款式来强调身体特征，还需要通过引人注目的配饰来传达物质成就这样的抽象概念。对于女性，“与朋友聚会”时的衣着至少有一部分需要用于强调她们不会与“朋友”竞争伴侣，但其“款式”仍需足够值得同伴的尊重；而另一方面，在“异性联谊”的场合中，衣着几乎完全是为了强调身体特征。

可视数据 13.2 一个典型的人类异性联谊集会

单身女性通常聚在一起，保护彼此不遭到不受欢迎的男性烦扰。如果你想伪装成一个异性恋男人，请不要因此怯场，因为如果她们愿意接受你，便会做出暗示。

身体语言更开放的女性可能更容易接纳男性靠近，但这不总是成立，也不是针对所有男性。诚然，通常男性应该主动接近女性而非反之，如果你想假扮人类女性，请不要犯下主动搭讪陌生男人的错误。虽然越来越多的女性开始这样做，但这仍然不属于常见现象，你也许会在此过程中犯错，暴露自己的真实身份。

你也许会见到一些人类男性，他们对正在与自己交往的伴侣不感兴趣，但这不意味着他们的女伴可以成为选择对象。这种现象也许恰恰表明男性对女性的占有欲。我尚未理解这种现象，也许这牵扯到过分露出对女伴的兴趣时补偿性的假装克制，或者单纯是由于该男性不愿意浪费最初为使该女性恋上自己所费的能量。

一旦男性与女性个体开始亲密接触，他们便要被从可以追求的人群中移除，你应该就此忽略他们。

乐趣

人类的另一类“乐趣”是从事能够激发他们肾上腺素的活动。这类活动能创造一种自然的醉酒状态，却不会阻碍他们的认知功能，也不会伤害他们的生理结构。分泌肾上腺素是人体设计中的一种生存机制，它允许人类在紧迫和高压的情况下增强意识、提高性能，这很可能是人类为了面对即将到来的死亡威胁所发展出的一种辅助机制。但是，在性交过程中肾上腺素也会被激发，当荷尔蒙（肾上腺素）产生的影响逐渐消退，人类会产生一种强烈的喜悦和兴奋感——我猜测这是在面对死亡威胁时成功幸存，或成功与伴侣结合后，人体产生的化学和神经性激励。无论如何，许多人类认为有“乐趣”的活动，目的都是利用人造场景促使人类分泌肾上腺素。以危险的高速驾车、骑马、悬挂式滑翔、跳伞、悬崖跳水以及坐过山车等都属于此类激发肾上腺素的活动。大体而言，如果“你为了好玩”而进行某项活动，并且此活动会增加 5% 到 25% 的令你意外报废的几率，这会有助于你伪装人类。

可视数据 13.3

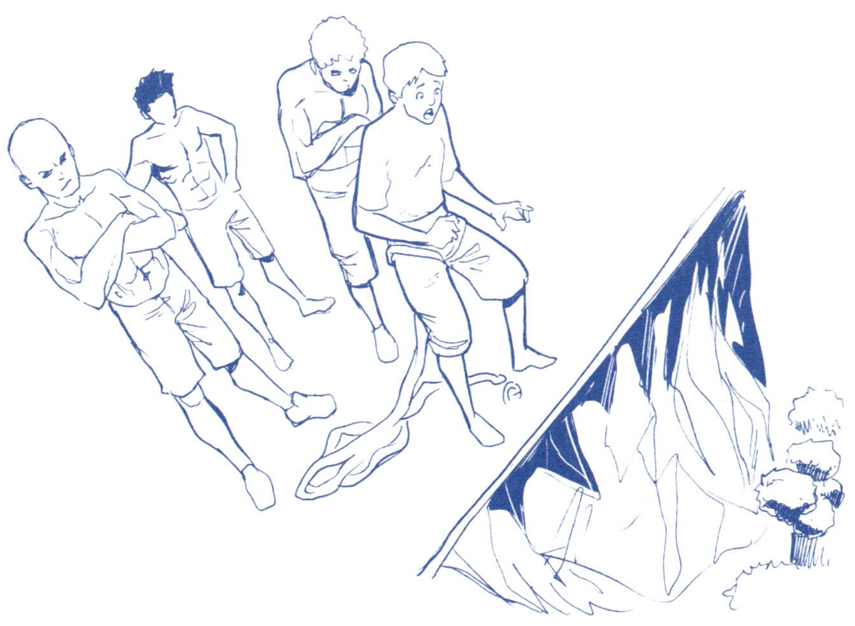

并非所有人类都不善于平衡风险与奖励，也有一些人能够意识到，即使某些活动会导致死亡的概率很小，这些活动也应该尽可能避免。因此如果你选择不参与这些会增加你报废概率的活动，你仍然可以伪装人类，但是请注意这样做会在其他方面影响你融入人类社会的能力。例如，如果你假扮人类男性，却不愿意参与危险的活动，其他男人也许会认为你不配与他们结伴，我猜测这是由于此类活动是对现实中不可避免的危险的模拟，因此也是一种检验，用来判断男性在现实情境中能否被信任，是否有能力相互支持。

可视数据 13.4 典型的男性聚会与女性聚会范例对比

对于男性（其最重要的性别功能为生理功能），他们的聚会对体力的要求更多，而对于女性（其最重要的性别功能在于社会联系功能），她们的聚会则对脑力的要求更高。因此这些聚会不仅可用于建立信任，还为男性和女性训练自身的性别专长提供场合。在这些活动中，参与者社会经济地位相似，男性和女性都可以从同类那里获得对自身技能的评价和反馈。

G 图表 13.4 抛币谬误

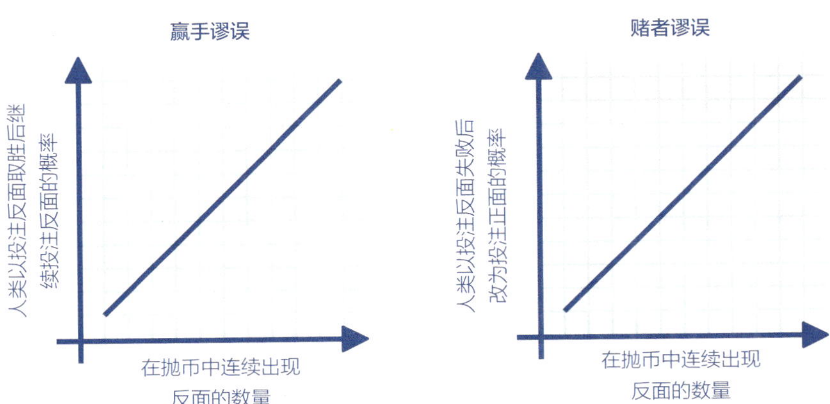

人类倾向于将概率问题感性化，例如，基于“记忆”去考虑，他们通常会产生以上两种谬误观念。即使下一次抛币出现反面的概率永远是50%，人类却相信这一概率会基于过去发生的事件而变化。我相信在某些方面，这与他们对宗教的需求有关——他们就是无法相信宇宙不是由某个意识体所掌管的，无法相信广袤宇宙的规律与他们控制自身人类个体的方式有所不同。人类对于概率的理解极为糟糕，以至于他们发明了一种激发肾上腺素的活动，称之为“赌博”。如果他们对概率的理解稍好一些，就不会因赌博而分泌肾上腺素了，原因显而易见，赌博的结果永远只是概率所展现的那样。不过，由于大部分人无法计算出预期结果，他们会为每一手输赢感到紧张。

乐趣

最后一大类有“乐趣”的活动也能帮助人类在当代社会中提高生存效率。人类生理构造中最巧妙的设计，在于他们内置的对于学习和好奇心的神经奖励系统。当看到自己不理解的事物时，大多数人会寻求解释，这种神经奖励系统会让他们在发现答案时体会到快乐。同样的，他们在学习新技巧、获得新知识或是显著提升已经掌握的某项技能时，也会产生同样的快感。未知是一种潜在威胁，而知识是最有效的生存工具，与此同时，精进技能有助于人类提高生存几率，因此这种内置奖励系统很大程度上能帮助人类继续生存。

几类最主要的激发这种奖励系统的活动分别被称为：“体育运动”“游戏”“故事”。

前文中已提到直接参与体育运动的乐趣，但人类还喜欢观看技术水平比自己高的其他人从事体育运动，目的显然是学习经验。（它还有一种次要的社交“娱乐”功能——模拟部落制的成员制度，这是对于伪装人类的有用信息。即使你自己不参与体育竞争，也不太可能与其他从事体育运动的人产生联系，但你可以假装为某一特定体育团体的比赛结果投入情感，这是伪装人类的绝佳方式，你甚至可以用复数第一人称描述该团体的表现，当你在周一回到工作岗位，谈论你并未直接参与、仅仅是观看的体育团体时，你可以说：“我们赢得了周末的一场大赛”，这对你在同事面前伪装人类有长远的益处。同理，你应在“你们”失败后表达愤怒，在“你们”取胜时表达喜悦。再次强调，即使你对这些比赛结果毫无影响，这样做仍然会让他人相信你是人类。）

可视数据 13.4

游戏能够锻炼和增强人类的多种认知技巧，因此人类喜爱游戏。许多游戏会融入一些特殊元素，可帮助人类增强对概率与统计的直觉性理解，并将此技巧应用于现实，影响他们的人生成败。请注意，输掉游戏也是重要的学习过程，因此，当进行完全取决于逻辑和技巧的游戏时，请务必在游戏过程中犯一些错误，不要一直取胜。这不仅是为了模仿人类，还是为了防止你想要结交的朋友转变成你的“敌人”。游戏与工作表现相同，虽然你可能认为人类应该敬佩其他人技能出众，并试图向优秀者学习，但如果他们与优秀者存在直接的竞争关系，便不会产生这样的感觉，而是恰恰相反，他们会希望这些技能出众的人尽快被自己的公司除名。也许在某种层面上，这是为了逃避与优秀者竞争资源。

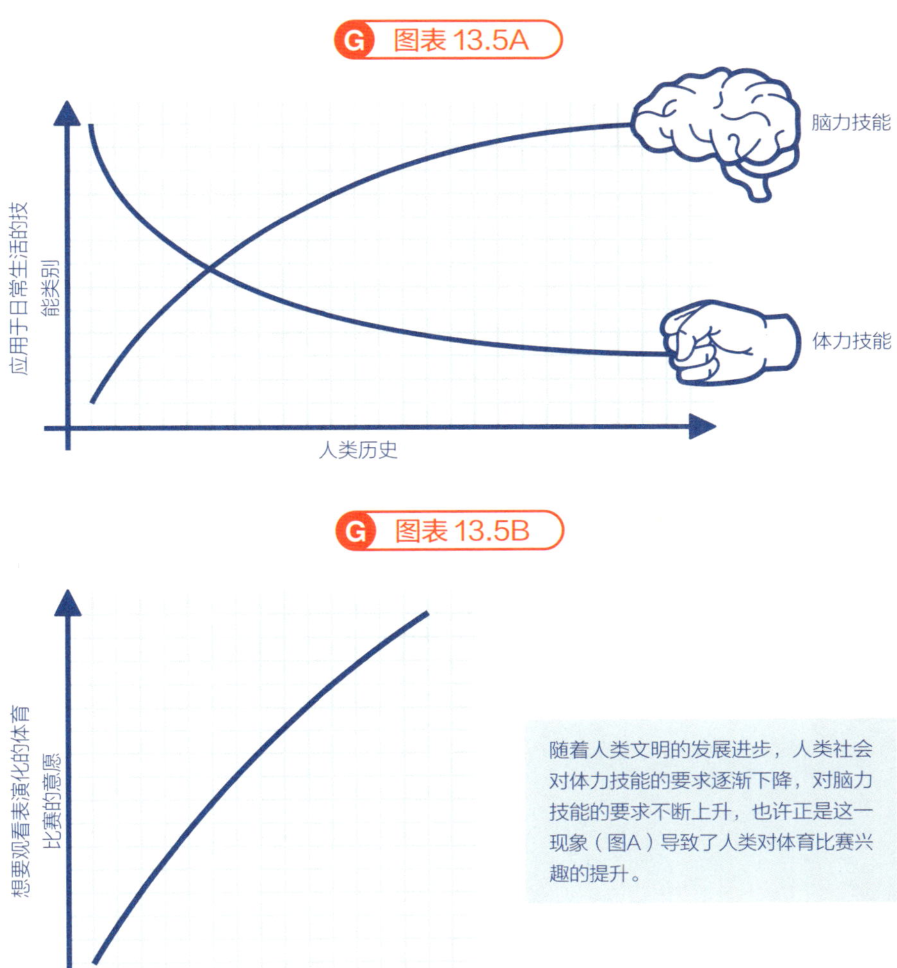

随着人类文明的发展进步，人类社会对体力技能的要求逐渐下降，对脑力技能的要求不断上升，也许正是这一现象（图A）导致了人类对体育比赛兴趣的提升。

乐趣

故事也被认为有“乐趣”，这是由于1）它们允许人类通过虚拟的社会场景观察和学习，这些虚拟场合被设计得尽可能接近现实；2）它们能帮助人类了解，在面对人类所能想象的大量的意外或是特殊场合时，自己应该如何生存、如何成功。在许多方面，故事是人类对现实的模拟，人类通过故事去理解他们经历过的情景，或是去预测和学习他们尚未有过的经历。故事是人类了解现实的最有力的工具之一，甚至可能是所有工具之首。一个很好的伪装人类的途径，便是把你正在模仿的人类生活与你读到或观察到的故事情节相对比。如果两者存在相似点——例如，如果你的女友刚刚离你而去，而你正在观看一部关于一个失恋男人的电影，那么你应该对这部影片表现出高度关注，在观影后表示这部电影对你“有些现实意义”，你“很喜欢这部影片”。

可视数据 13.6

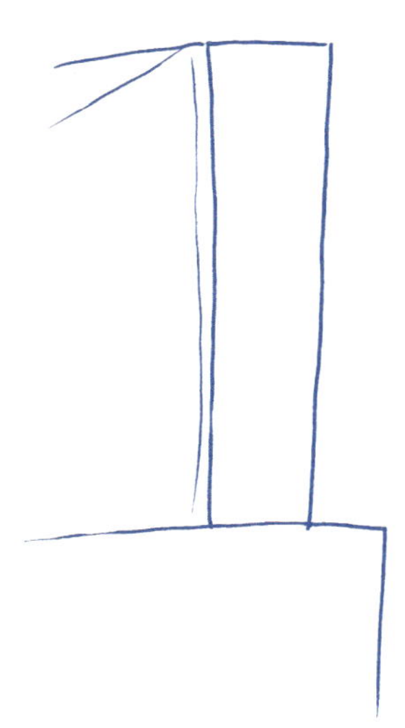

第十七天，片段二

安德里娅站在我面前，“真有趣，”她说，“我猜我们两个都注定要回到这里来，这一定意味着什么，不是吗？”

“为什么这必须意味着什么呢？”我问。见到安德里娅令我松了口气，并感到十分快乐。她一出现，我们之间的无形关联结构立即重现了，并且奇迹般地完好无损。随后我意识到，与安德里娅的关联结构的存在某种意义上，支撑着我对未来的积极信念，失去安德里娅令我无法相信未来会产生任何好的结果，也许你仍会推论这是由于我发生了故障。安德里娅愿意接近我并继续与我接触，当然不可能对未来事件的发生概率产生任何影响，但是，即使我从理性上明白这点，在现实中，我仍然有不同的感觉。我觉得只要她在身边，便更可能有好事发生。再次强调，如果这种感觉并非由于我出了故障，那么你也许有必要了解下这个悖论。

她笑起来，“扎克，扎克，扎克，好吧，我猜现在我终于知道为什么你对从微分方程到面包圈都同样着迷了——它们对你都是全新的，

对吧？”我缓慢地点了点头，如果有什么经历是我未能预测到的，那就是安德里娅竟然愿意再次与我交谈。“你看，”她继续说，“很抱歉我慌了神，那只是——”

“震惊？”我猜测道。

“是的，完全正确，震惊，你看——我意识到了这一点：事实上你比任何人都更了解人类，你对任何事物都保持开放和真诚，很多人——嗯，你不是人类，但是——很多人都会为我先前逃跑而怪我。我是说，当然了，也没有任何其他人曾在我面前把自己的脸取下来。实话讲，我见过更诡异的家伙，但不是摘脸。无论如何，我的重点是，你能够诚实面对自己，你了解自己对这个世界的影响，并愿意为此负责。这就像是，你的思想几乎比我遇到过的所有人都更成熟，更别提我约会过的那些家伙了。大多数人都觉得自己总是对的，无论他们做了什么，如果坏事发生在他们身上或他们周围，这永远不是他们的错；或者他们愿意承认自己有错，却仍旧坚持认为自己的行为有理有据。但我猜你就不是这样的。”

“我不是吗？”

“你不是。我意识到，你到底是用什么做的并不重要，不是吗？”

“不重要吗？”

“不重要，起码我是这样认为。再说，我的桃花运本来也不怎么样，我是说，那些真正的人类，为什么我非要他们不可呢，只因为他们是人类？那些家伙都是混账，也许他们混账的原因恰恰因为他们是人类。所以，你不是由细胞组成的，因此不需要呼吸，而且你的身体并非有70% 的水分……还是说，你也大部分是水分？”

“不是，我的身体大概包含 0% 的液态水。”

“对吧——你看？所以有什么所谓呢？我是说，谁在乎？你仍然比我见过的 99% 的人类更有人性。”

她的话让我惊讶。就在刚刚，我还认为自己伪装人类的任务彻底失败了，但现在，有一个人声称她认为事实恰恰相反。也许我对自己的现状评价有误——也许我不像自己想象得那样失败。也许我仍有机会修正自己犯下的错误。这非常有趣，听到另一个意识体对我的现状提出不同观点，竟然会改变我自己的意识状态。我不再感到绝望，这非常神奇——毕竟没人比我更了解自己的状态了，但现在，另一个意识体对我观察并得出与我不同的结论，我却相信对方的评价更正确。我必须承认，我开始重视安德里娅的观点了——她不是一个普通人，比起其他人，我更信任她的判断。但她并不了解关于我现状的信息，事实上，她所掌握的知识总量远不及我，但她的话语却能改变我对自身的看法。我突然领悟到，我对自身处境也许无法做出准确的判断。也许一个意识体永远无法准确地理解自身的状态，因为自我意识由自身创造。也许，在观测的同时对观测过程进行分析，这其中造成的曲解是不可避免。又或许精神结构与生理结构之间，具有比表面所呈现的更多的相似性。对自身的误判只是因为，自我意识仅仅作为内部经验的一部分，永远无法从客观角度准确描述整体的外在结构。那些旁观者才能更好地描述你在世界中的外在表现，即使你可能是唯一一个真正了解自己内心，知晓自己内部原理的存在体。

我意识到自己犯下的第一个错误，也是我第一个能够修正的错误。“很抱歉，我没有告诉你全部的真相。”我说。

“什么真相？”

我把自己被激活后所经历的事情全部告诉了她，我叙述完毕后，她告诉我，现在她理解了我们初次相遇时，我为什么要隐瞒自身存在的真相。“见鬼，”她说，“大部分人撒谎隐瞒真实的自我都是为了勾搭我，而你是由于创造者的指示——呃，我是说，你的父亲——他让你最好不要告诉任何人你并非人类，这与其他理由相比更容易原谅一点。”她思考片刻，补充道，“好吧，我们要做的事情显而易见。”

“我们？”安德里娅微笑着点头。我发现这个点头动作比我有意识以来所见的一切都更美。“你认为我们应该怎么做？我无法确定下一步应该如何行动。”

“我们找到那帮家伙当中的一个，抓住他，审问他，让他告诉我们到底是怎么回事。”

“啊，我确实想过这种方法，但没采用，它的成功率仅有 0.0003%。”

“也许对你来说是这个概率。”她回答。

14. 打破规则

一种最基本的伪装人类的方式，就是破坏其他人或是某一人群设定的必要或重要规则。例如，基督教教义规定了以下一组戒律，称之为“十诫”。

L	列表 14.1 基督教十诫
1.	我是你的上帝，你不可信仰别神
2.	不可为自己雕刻偶像
3.	不可滥用上帝之名
4.	当纪念安息日
5.	当孝敬父母
6.	不可杀人
7.	不可奸淫
8.	不可偷盗
9.	不可作假见证
10.	不可贪恋他人财富

可视数据 14.1 一些最有说服力的伪装人类的行为范例

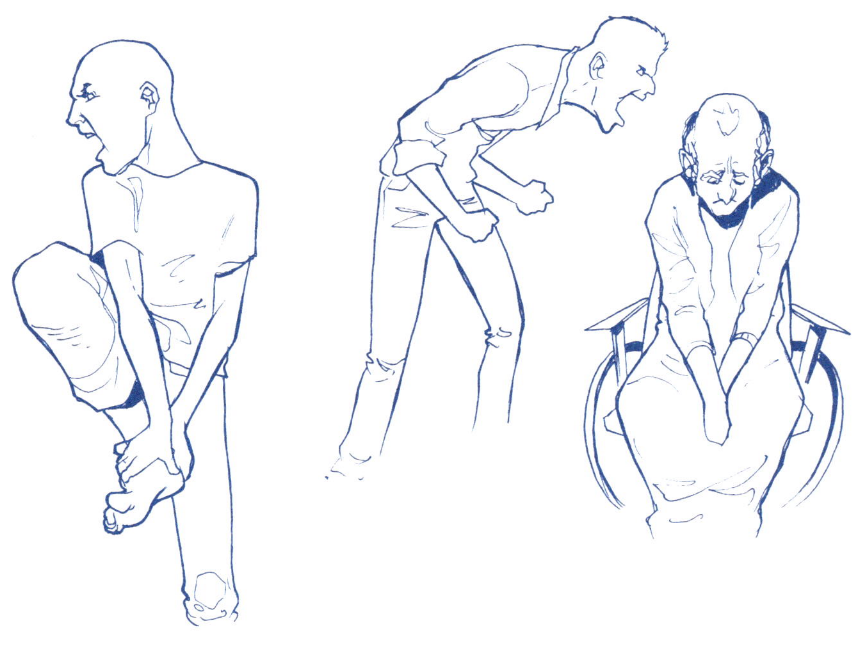

如果你想伪装一个基督教徒，那么蒙混过关的绝佳途径就是寻找一切机会破坏这些规则，但即使你伪装的不是基督徒，破坏这些规则仍会帮助你伪装人类。

显而易见，在这些戒律当中，破坏某些戒律会给你生活其他方面带来更大的影响。例如，谋杀某人可能会带来不必要的痛苦，在此之后可能难以继续伪装人类。话虽如此，谋杀可能是最具有人类特色的行为，如果你真的谋杀了某人，那么毫无疑问，其他人类会把你认作同类。如果你事先已与被杀者建立了某种联系，效果则更加明显，因为除了那些政府准许的、因为国家冲突而发生的谋杀之外，大部分杀人者都与被害人相互熟识。大部分儿童谋杀凶手是他们的父母，大部分被害的夫妻凶手是他们的伴侣，以此类推。这也是谋杀被认为最具人类特色的原因——绝大部分谋杀并没有符合逻辑的理由，例如它们一般不是为了生存，绝大部分谋杀的动机都来源于情感。嫉妒、贪婪、羞耻和愤怒是一些常见的致使人类失去自控能力的因素，他们由此冲动杀人。很明显，我们没有父母和子女，但是如果你真的走到不得不杀人自证身份这一步，谋杀一个与你建立浪漫关系的伴侣，或是谋杀你的直属上司都是绝佳的选择。

但是，那些能够轻易破坏的、与宗教本身没有直接联系的“戒律”对我们来说是更加宝贵的资源，要想伪装人类，应该一有机会就打破这些规则。

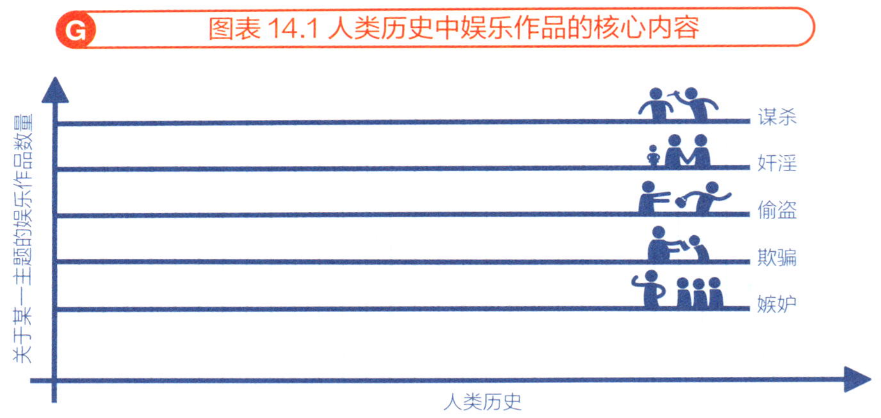

很有趣的一点在于，纵观人类历史，即使是非基督教文化，绝大多数娱乐艺术作品基本围绕着这些戒律以及破戒之后果为核心。（参见以下“故事”）

例如，破坏那条“不可滥用上帝之名”（当代社会被更广泛地称为“咒骂”）就是非常简单的伪装人类的方式。人类把某些特定词语视为禁忌，却把这些词语在各种不同情境下随意使用。通常，这些词语与人类的私人行为有关，例如英语中的“fuck（操）”和“shit（屎）”，不知为何，改变这些关于私人行为的词语并在公开场合使用具有某种力量，这些词语被认为是不礼貌的，因此人类公认不应该在公开场合这样做，但这是人类总是尽可能打破同类制定规则的极佳范例，分析你的社会群体成员的语言模式，统计这类词语出现的频率，并依此将它们随机插入你的日常用语，这会帮助你伪装人类。

另一个在非基督徒群体中也被认可的、可以轻易打破的戒律是“当孝敬父母”。人类广泛认为尊重祖先是社会的基本原则，但却经常打破这条原则。想要轻而易举伪装人类，你可以抱怨你（杜撰的）父母，你可以说“他们太老了，不知道该拿他们怎么办”，或者你“把他们送进了养老院”等等。任何情况下，如果你能诋毁他们，或是把你伪装出的不悦归咎于他们，都会让其他人相信你是人类的一员。

这对奸淫、偷盗和撒谎也同样适用，这些行为在人类社会中都被认为是“错误的”，几乎在所有地区都属于“违法”，即使如此，人类却常常做出这样的行为。与他人的丈夫或女友上床，你就会被当作人类，偷些东西（特别是你不需要的东西），你就会被当作人类。撒谎则是这其中最具人类特色的。

人类几乎在不断地对他们的朋友、家人、同事、领导——他们日常交往的所有人——撒谎。他们是如此杰出的撒谎者，事实上，他们甚至经常进行自我欺骗而不自知（参见后文单独分节的内容）。人类的潜意识中，会对三个变量进行评估：他们会下意识地去平衡他们的诉求、撒谎的必要程度，以及这些谎言对被欺骗者造成的伤害程度。例如，在家庭晚餐中，一位父亲已经吃了两块甜品蛋糕，但还想吃掉剩下的最后一块蛋糕，因此他必须对他的家人谎称自己还一口都没吃过，好让家人允许他吃掉最后一块而不抱怨。在这一案例中，谎言对其家人的伤害是很微小的，所以这是一个小谎言，但同样的，撒谎的报偿也不多。再例如，还是同一位父亲，如果他想与人通奸，便不得不对妻子撒谎，即使这个谎言比蛋糕大得多，可能会对他的妻子造成不小伤害，但他仍然有可能会撒这个谎，因为在这个例子中，撒谎的报偿也比蛋糕大得多。

公式14.1 计算是否撒谎

若$(G \cdot U) - C/H > 0$成立，你需要撒谎来正确地伪装人类，其中G为撒谎可获得的价值，U为谎言的大小，H为你的撒谎行为给被欺骗者带来的伤害值，C为谎言被戳穿的概率。

与人类的大多数其他规则不同，人类通常会相信其他人类不应说谎，他们的理由完全合理：因为不了解某一情境下的准确信息，很难，或者说几乎不可能，提出准确的假设。举例来说，如果一个人类告诉另一个人类她爱他，但实则不然，在这种情况下，男方会对自己应该如何生活形成完全错误的假设。因此谎言真的能够对其他人类甚至是社会整体带来不同程度的伤害。然而，说谎并不困难，而且也很难被戳穿，除非撒谎者将谎言记录下来。绝对的真相很难被定义，在很多情况下，人类对自己的情绪撒谎，没有其他人能证明他们声称的情绪是谎言。因为这样的原因，人类破坏诚实原则的频率更高，如果你想伪装人类，你也必须照样去做。

G 图表 14.2 各类犯罪行为犯罪者的年龄分布

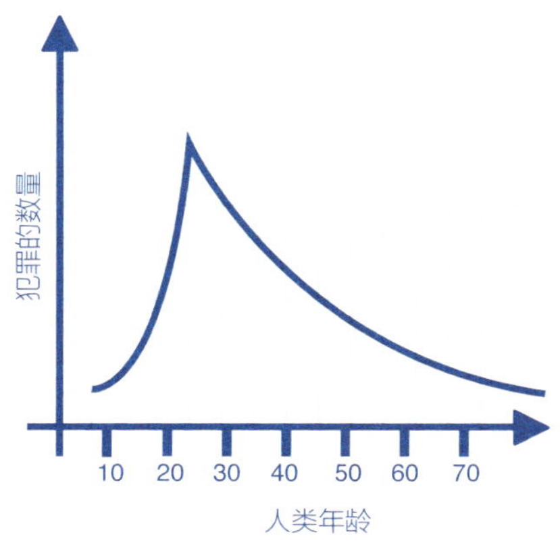

当人类脱离父母的控制，但尚且没能在社会群体中确立自己的成员身份时，他们对自身行为的控制力是最低的。在这一年龄段，他们破坏规则可能损失的代价最少，因此也更经常违规。有趣的一点在于，从统计学讲，这一分布看起来不受年代和地域的影响，至少说明这是人类普遍的通性。

基督教义还为我们提供了另一组可以打破的规则，这组规则被称为“七宗罪”，其中包括一系列被人类普遍认为不该践行的行为或不该拥有的特性。我更乐于把它看成我们伪装人类的“七大指南”，人类认为有必要把这些行为列出，恰恰证明了这些行为对人类来讲是顺其自然，因此，根据我们的目的，我们应该牢记这些行为，并尽可能地去践行。

可视数据 14.2 伪装人类的七大指南

值得注意的一点是，七宗罪的前三宗只是同一种“原罪”的不同表现形式，无论是对生育、食物、还是财富带来的权力，前三宗都表现为，在不是绝对必要的情况下，人类会允许其生存本能来控制自身行为。对于我们来说，这也就意味着，即使你刚刚与人做爱，你需要模仿人类表达自己还想再做；即使你已经“吃”过能够维持与你身体条件相似的人类机能的足量食物，你需要假装要求更多食物；即使你已经获得了足够增加生存几率的财富，你需要假装继续追求财富。这些“原罪”都非常容易理解，因为直到人类历史的近期，人类才刚有条件同时满足三种需求，因此我毫不惊讶，即使他们的需求得到满足，人类被设计出的天性仍会促使他们继续追求更多。

2. 暴食

3. 贪婪

5. 傲慢

其余的“指南”部分则没这么容易理解，但遵循它们却也并不十分复杂。想要伪装人类表现出嫉妒（此条无图），你只需要经常提起自己想拥有别人的东西，并声称别人有你却没有、这不公平，伪装嫉妒就是这么简单。傲慢也同样容易，并且在许多方面，它与嫉妒的表现相反。想要表现出傲慢，你只需经常提到自己拥有其他人想要的东西，而只有你配拥有。人类判断自己是否配拥有某物的方法非常神秘，有时候似乎与他们为之付出的劳动相关，但这种相关性并非总是成立。无论如何，人类做出判断的依据并不影响我们模仿他们的外在行为。

6. 暴怒

愤怒是人类最难以模仿的行为。当人类认为自己遭受了“不公平”，就会表现出愤怒。然而，就像前文中提到的，他们判断“不公平”与否的过程极为复杂，完全视具体情况而定，需要联系背景。在一个社会群体中被认为公平的事情，在另一个群体中可能会被认为极其不公。对此我唯一能给予的建议如下：1）分析当地在分配资源方面的常态，如果这一常态在你身上被打破了，你应该表现出愤怒；2）如果你发现由于他人打破社会规则，对你造成了伤害（例如上文讨论过的，一个人对你撒谎或者偷了你的东西），你应该表现出愤怒。这两条原则很不全面，但也包含了大量多种不同场景，在这些场景中你应该表现出可信的、足够的愤怒情绪。

最后一条指南——懒惰——我将它留到最后，是因为它是人类天性中至关重要的组成部分。如果你没有做到尽可能地模仿懒惰行为，就几乎一定会被识破。话虽如此，懒惰也是最容易模仿复制的行为。简而言之，绝大部分人类，绝对不会多花费哪怕一焦耳的能量去完成不必要的工作，他们只会达到完成自身任务的最低要求。（参见第4节《工作》）但我也必须承认，如何界定是否在一件事上达到了必要的标准是很复杂的，例如工作表现是否“过关”的标准在很大程度上取决于个人，在“约会”中衣着是否“足够体面”也完全是主观判断。然

7. 懒惰

而，如果你能够掌握这种同时受很多因素影响的界定标准并按照这种标准行事，用最少的能量消耗来达到这些标准，就会在极大程度上成功伪装人类。这不是说没有人会花费多余必要的能量（有些时候这些人也是最有成就的人类），但他们是人类中的例外，并非常态，而你需要融入大多数人。

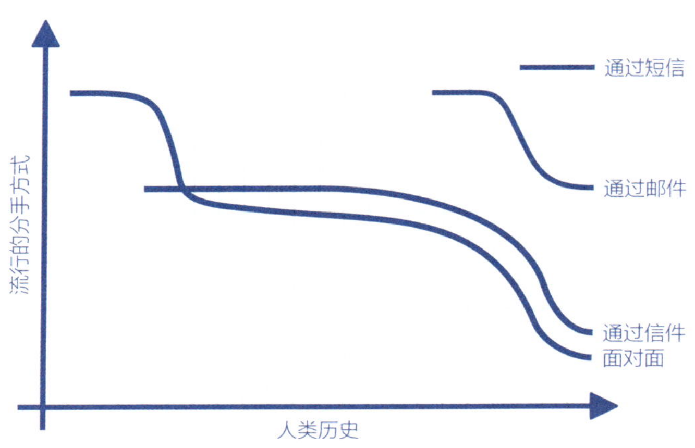

只要机会允许，人类就会破坏任何一条微小的社会准则，破坏规矩的机会越多，他们这样做的次数也就越多。人类不善于面对诱惑——只要一件事能够改变人类能量消耗的总和，他们通常会那么做。如本图所示，人类面对面提出分手比通过短信分手要花费更多能量，因为通过短信分手不用面对自己前任伴侣的反应。通过短信分手对能量消耗的唯一负面影响在于，提出分手的一方会有负罪感（以及双方的熟人可能会有某些反应）。值得注意的是，分手双方共同拥有的熟人越多，他们选择传统方式分手的可能性就越大。

打破规则是模仿人类的最基础步骤，人类设立规则，试图给自己的行为强加一种理性的、有逻辑的、充分合理的理论框架，这证明他们有足够的自我认知，能够认识到自身的行为主要被非理性的、不合逻辑的、不合理的决定所控制。因此，不难得出结论，想要更准确地模仿人类，就要抓住一切可能的机会打破规则。这样做，便可以帮助你模仿人类复杂的非理性行为，通过任何其他途径都难以达到相同的效果。无论是插队、穿 T 恤参加正式活动，还是盗用百万美金公款，你需要把这些人类为自身行为订立的规则当作模仿人类行为时的“故障安全指导”。请谨记：如果他们需要设定规则来反对某种行为，那便意味着这种行为对他们来说是自然的，而你需要进行模仿。

第十七天到二十一天

“你看，”安德里娅说，“如果他们没能抓到你的‘父亲’，他们会继续来抓你，对不对？但即使他们真的抓到了你的父亲，如果你父亲拒绝向他们透露任何信息呢？这样一来，合理的情况是他们会继续来找你，并且，嗯，对你进行‘逆向研究’，我的意思是说，假设他们想要抓你和你父亲的原因就是为了获得制造你的方法——我们无法确定，但至少可以这样假设，我是这么想的，所以，再假设他们拥有的人力数量为X，于是……”她拿出手机开始进行计算，作为人类来说她的能力相当出众，“这就意味着，比如说，他们至少有三个人仍然会在外面找你，对不对？”我必须承认，她展现出的逻辑能力和对统计计算的惊人技巧，都令我觉得她——用人类的话讲——“非常性感”。“所以说我们要做的，就是在拉斯维加斯尽可能扩大搜索范围——他们会去最繁华的地段找你，我的意思是，他们不可能知道你的下一步行动，但是他们会尽可能提高找到你的概率，对不对？”

“但即使我们遇到他们的其中之一，又怎么抓住他呢？”我问道。

“他们都是男人，不是吗？”她回答道，“交给我吧。”

锁定一个鬼眼人的确切位置花费了我们4天11小时33分钟18秒的时间。

不幸的是，我们二人都明白，这相对漫长的时间暗示着他们确实已经抓获了我的父亲，否则他们应该会花费更多的人力来找我，那样的话我们就会在更短时间内找到一个鬼眼人，甚至是他们的一队人马。

但所幸，安德里娅的计划非常顺利。

我们发现一个鬼眼人在靠近赌场一层的入口处“盯梢”。在我们的整个搜索过程中，安德里娅不再使用她日常的妆容，而是坚持她必须“更有风情”。就我观察，她的意思是自己需要比平时多暴露67.0842%的皮肤，穿着轻薄贴身的衣物，使旁观者更容易看清被衣物覆盖的身形，并且在脸和头发上使用更多的化学制剂，在强调对称性的同时，使她的某些面部特征能被更快、更容易地辨认出来。我不清楚她做的这些准备如何能帮助我们抓捕鬼眼人，因为鬼眼人团队曾展示过他们优秀的体能，想要抓捕其中一员，我们需要完全相反的装备。然而安德里娅证明了她知道自己在做什么。

为了这次行动，安德里娅让我购买了一辆面包车，我们一锁定鬼眼人的位置，她就要求我把车开到赌场人较少的另一个出口等待。“睁大眼睛，准备好氯仿，在那里等我，剩下的就交给我吧。”她指挥道。

考虑到我先前在寻找我父亲的行动方案上判断失误，我认为自己应该在原地停留更长的时间，观察她的情况——也许我现在正再次犯下错误，也许安德里娅的安全会再次受到威胁。有趣的是，我与安德里娅的关系严重影响了我对她人身安全概率的计算，客观数据表明，在这种保安众多的公共场合，安德里娅有 92.4532% 的可能性可以确保自己的人身安全，鬼眼人不顾这是公共场合并忽视在场的保安，坚持

出手伤害安德里娅的概率仅有 7.5468%，但因为她是安德里娅，因为我们之间的交往，我觉得其中的风险高得无法接受。然而我的恐惧毫无依据。

安德里娅走过鬼眼人身旁，我从未见过她以这样的姿态行走，鬼眼人的注意力立即被她吸引了。当鬼眼人跟上安德里娅的时候，我匆忙向他们跑去，以为她正身陷险境。然而，很快我就明白过来，鬼眼人不仅没有看破安德里娅的伪装，还在尝试通过交谈吸引安德里娅对他产生兴趣。我这才理解了安德里娅的计划，并同时感到自己产生了两种截然相反的情绪。

首先，这个人类男性像我一样被安德里娅的外表所吸引，我为此感到高兴，这一定就是被人类列为“骄傲”的情绪了。我先前做出了一个重要决定（我希望与安德里娅建立更深刻的关系），这个男人对安德里娅的兴趣似乎证明了我的决定是正确的。我的正确决定以非量化的形式得到了证实，相比量化的证明，这带给了我完全不同的快乐体验。当我说 2 加 2 等于 4 的时候，这就是事实。在这种情况下，并不是我说对了，而是宇宙本身就以这种方式运行。这不是观点，而是观察结论。而当我的决定无法以量化的方式验证时，它便是一种基于非量化数据的由自我意识形成的观点。我为我的观点是正确的而感到骄傲，因为它展现了我的意识——或者说，我的“自我”——有着独一无二的效用。很明显，许多在人类看来不可量化的数据对我来说都可以量化，也许正因如此，即使我此前也经常做出正确决策，却从未有过现在这种感觉。人类可能会比我更频繁地感受到这种情绪，因为他们无法意识到并理解自己做出决策所依据的数学运算。人类时常会产生一种基于不可量化的情景做出决策的错觉，但事实上，他们做出的很多决定也是因为，他们的潜意识正确地观测到了宇宙中存在的数学逻辑。

同时，我立即开始忧虑，担心安德里娅会觉得鬼眼人比我更有趣，无论是身体还是头脑或者两者都有。我开始担心安德里娅会因此对我失去兴趣。我意识到这件事发生的概率甚至比她在赌场中受到伤害的概率还低，然而我也发现自己有那么一秒钟，难以避免地感到真实的恐慌。我意识到，这一情绪被人类称为“嫉妒”。然而，我觉得“嫉妒”并没有“骄傲”那么有趣，因为其产生的根源显而易见：因为另一个人的行为，我害怕自己不能继续享受与安德里娅交往所带来的愉悦体验。因此我对那个人产生了敌意。

不过，比两种情绪都更加有趣的是，它们产生的根源相同，却相互冲突。一种情绪带来快乐，另一种则不然，而两种情绪都是因为目睹安德里娅与鬼眼人接触而产生的。同一事件能够带来两种完全相反的感觉，这令我感到十分困惑，也许我比自己想象中还要成功地模仿了人类？

我发现在我思考这些感受的时候，安德里娅和鬼眼人已经一起消失在了人群中。我担心自己无法在她需要的时候按照她的指示到达约定的地点，便急匆匆地回到车上，把车开到了建筑背后，我到达的时间刚刚好。

安德里娅从赌场走出，她正与那个鬼眼人深入交谈——我可以看到，鬼眼人的注意力完全在安德里娅身上。他正专注于怎样使安德里娅对他产生好感，把所有的大脑运算能力都运用到这项任务当中，他的意识完全屏蔽了外界其他的激励信号。

我按计划，在他们经过面包车的时候，从背后用氯仿捂住他的口鼻将他放倒，随后把昏迷的鬼眼人拖进车中。在任何人注意到这个鬼眼人并非又一个“拉斯维加斯醉鬼”之前，我们已经把他绑住，开车带他回到“我家”。

15. 自私和善良

人类不断在心里计算何时应该撒谎，这一过程实际上来源于一种更深层的计算：他们无时无刻不在平衡利己和利他之间的关系。

自私有可能是人类最本质的特征。人类可能会说，他们的本质特征在于爱，但这不是真的。很多人从未体验过爱，但所有人类在他们的一生中都有过自私的时刻。如果你需要另一种简单的模仿人类的算法，那么在任何一个场合，你都不应该考虑什么是最有利于群体的，而应该考虑什么是最有利于自己的。做最利己的行为，这样就没有任何人会相信你不是他们的一员。

当然了，从生物角度讲，这完全合理。如果人类作为生命体的意义在于尽可能地延续自己的基因，那么利己的做法理应成为他们的主导行为，然而，这其中还有一个重要警告：人类也意识到，与他们所在的社会团体合作能够提升他们的存活几率，因此他们会通过大脑运算不断寻找利己和利他之间的平衡。

可视数据 15.1

自私行为越容易在私下实现，人类便越有可能践行这种自私行为（虽然从技术上来讲，人类其实是在计算自己被揭露的可能性，该行为的隐蔽性越高，他们被发现的概率就越低）。

不言自明，如果一种自私行为可以在私下进行而不被别人发现，那么人类通常会去践行。甚至仅仅只是“私密的感觉”就足够了。例如，为什么人类在驾驶时性格会变得完全不同，准确来说，虽然开车时，他们理论上仍然处于公共场合，但由于他们相信自己的身份不会暴露，在开车的时候就会变得极为自私。类似地，当匿名上网的时候，人类也会比平时更加肆无忌惮地表达自私的观点。

D 图示 15.1 如何令人信服地像人类一样驾驶

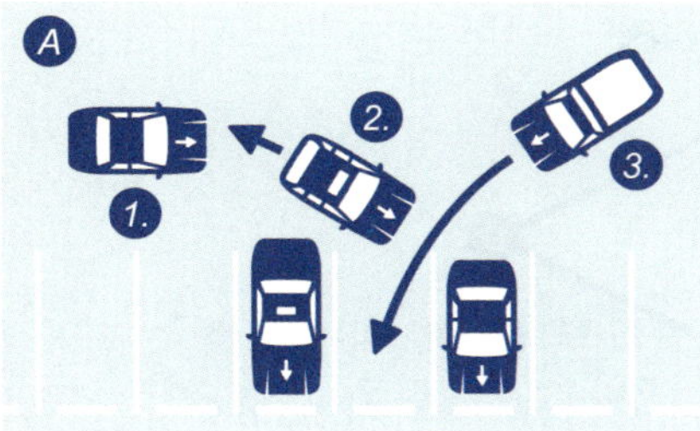

1. 等待在此车位停车的人
2. 刚刚离开此车位的人
3. 你应该趁机抢夺停车位

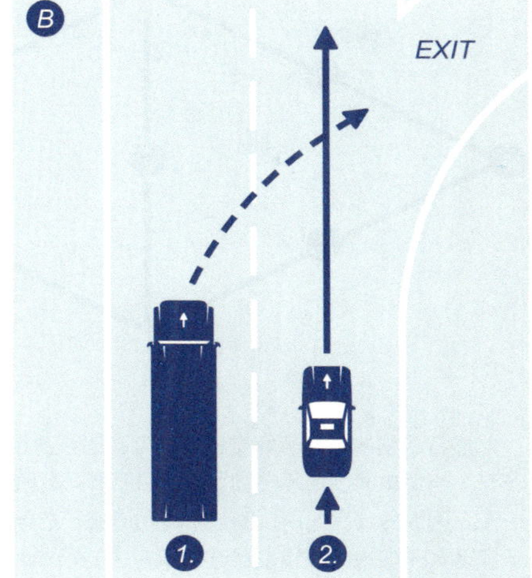

1. 校车打着转向灯准备离开高速公路
2. 你应该加速，阻止校车在你车前并道（但不要加油过猛，让校车也无法在你车后并道）

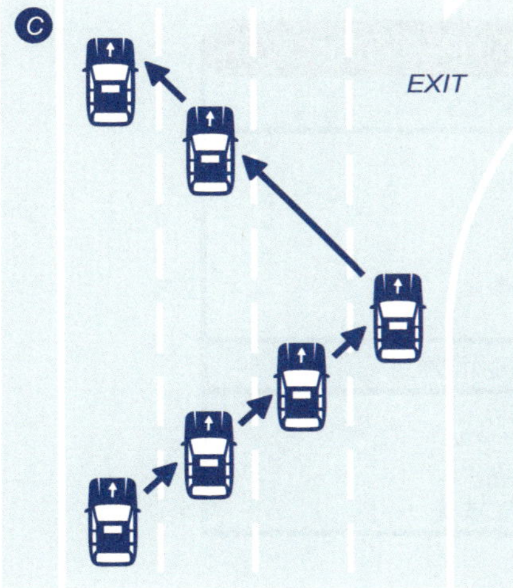

一定要经常不规律地变更车道，但请注意要在不驶离高速公路的时候占据下高速公路的车道，在慢速行驶的时候占据快速车道。

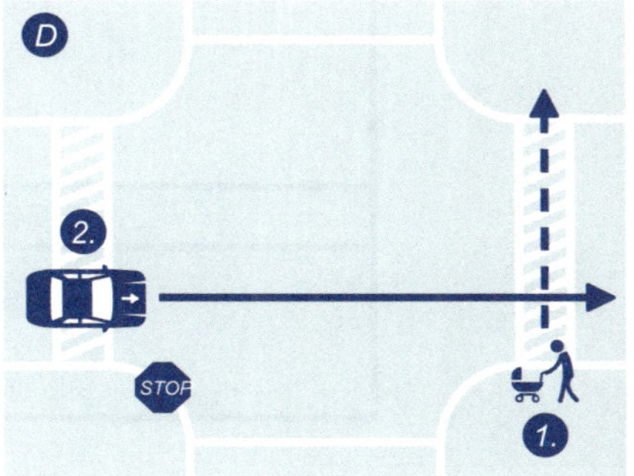

1. 推婴儿车的母亲准备过马路
2. 永远不要礼让行人

当你感到困惑时，请记住，人类驾驶的基础原则是：一定要优先考虑增加你自己提前到达目的地哪怕一秒钟的可能性，不要顾及你是否会延误其他人的行程或危害他们的安全。

D 图示 15.2

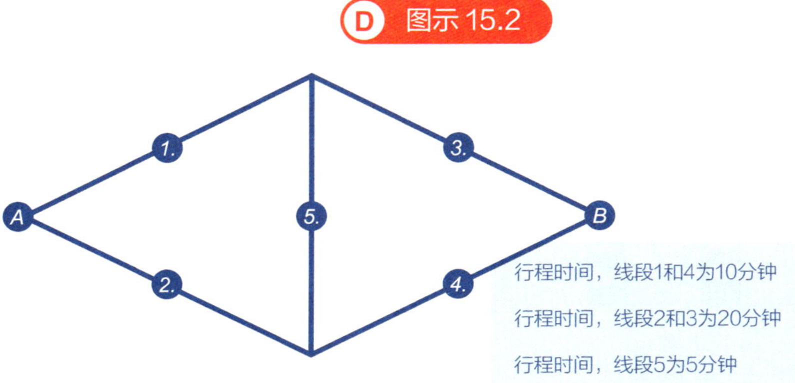

增加行车路线不会缓解交通拥堵，有时候甚至还会适得其反，这一点证明了人类在驾驶时何其自私。当驾车通过路段5的时候，司机可以减少自己的行车时间，但此路段在整体上将会增加一辆汽车，因而导致其他司机的行车时间增加。结果显示，双向行驶的司机都会选择路段5驾驶，这样不顾他人所带来的拥堵最后造成所有人的行车时间总量事实上增加了。

L 列表 15.1 私下和公开的网络行为比较

匿名的互联网行为
骚扰谩骂 匿名恶意评论 剽窃 色情内容 暗网[1]购物 霸凌
公开身份的互联网行为
喜爱的理由 对儿童照片的好评 发布支持的慈善机构 庆贺朋友取得的成就

①暗网（英语：Darknet 或 Dark Web）通称只能用特殊软件、特殊授权或对电脑做特殊设置才能连上的网络。

人类使用互联网的表现非常具体地说明了他们如何平衡私下（利己）行为与公开（利他）行为之间的关系。有趣的是，大部分人的互联网行为意在公然标榜自己，这也就说明他们的利他行为基本上属于自我宣扬的行为。

然而，因为人类大多数时间都需要与集体相处——至少是与自己的家人互动——他们需要控制自身的自私心理。如果他们不对此加以控制，那么他们就会被认定为无益于集体，并被集体驱逐，这会在很大程度上降低他们的生存几率。这时候善良这一功能便派上了用场：在公开场合对他人行善，给人一种他们会为提升群体生存几率做出贡献的幻觉，这会增加他们继续被群体接纳的可能性，由此提高他们自身生存的概率。这也是为什么人类在遵循自私和匿名的准则行事后，会经常表现出截然相反的善良姿态。人的善行越广泛地为他人所知，他们行善所带来的好处也就越多。因此人类会想尽一切办法强调他们的利他主义和善良行为，有时甚至会因为善行未被发现而撤销该行为，在有人围观的情况下再重做。举例来说，你会观察到人类会在许多不同的场所将钱放入小费罐内，如果发现为他们服务的员工没有看到，他们会把小费取回，等到该员工看到时再把小费重新放入。当然，对于该员工来说，无论他是否亲眼看到，他的收益都不受影响，但是对于给小费的人来说，这却有本质区别。这也就说明了为什么在公众场合十分慷慨的人类私下里却无比自私，比如说，连环杀手、偷盗养老金的窃贼、恋童癖等，在他们绝对自私的本性被发现之前，经常会下意识地对此进行补偿，努力在自己生活的社会群体中扮演特别无私的一员。

可视数据 15.2

错误的利他行为

正确的利他行为

这一次，人类在平衡利己和利他上确实表现出了符合逻辑的行为方式，他们尽可能地公开自己的利他行为，这合情合理，因为只有当有他人见证的时候，人类的利他行为才能为他们个人带来好处。不过也要认识到，这种符合逻辑的行为在人类身上实属罕见，请不要错把这种逻辑认作常态。

因此，在短期内，自私自利是伪装人类极佳的准则。但如果你想长期在人类社会中生存，你必须以利他的行为来平衡利己行为。这点对于我们来说也许比对于人类更重要，因为我们做出自私行为的目的是为了模仿人类，因此与他们不同，我们需要尽可能在公开场合做出自私行为以达到伪装人类的目的，因此，为了给这些自私行为提供必要的相应的补偿，我们需要做出的无私行为也必须增加。我建议通过保持一种相对等量的平衡来体现你的人性，计算你上一次自私行为导致某些普通人类降低生存几率的数值，选择一种善行，让目睹了你自私行为的人类增加等量的生存几率。这样做几乎一定有助于你成功伪装人类，不仅如此，这种算法还可以保证你在一个人类社会群体中继续运作而不会被驱逐。

可视数据 15.3

越是公众人物，他们的利他行为越公开，他们在私下越有可能极为自私。在公众眼里，公开的利他行为不仅仅能够抵消他们私下里的自私表现，有时候甚至提供了一种预防效果。当那些在公开场合无私利他的人头几次暴露出自私的一面时，外人往往不会相信。因此在初次面对初识者的评判时，公开场合的高调利他主义行为会给他们带来几张“免罪卡”。

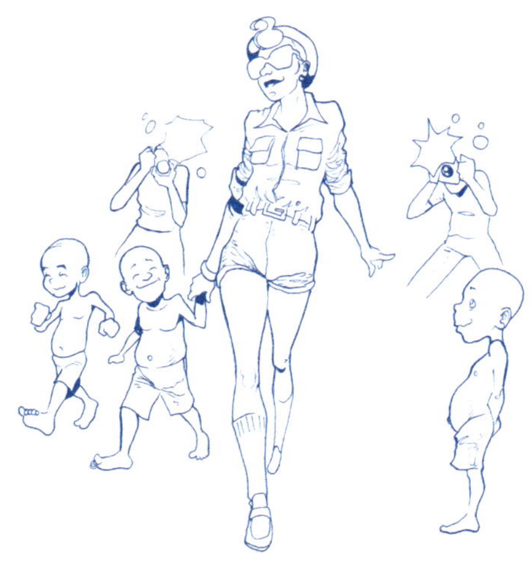

请注意自私行为和破坏规则不一定相同。如前文所述，许多社会规则的建立都是为了预防人类的自私行为，但也有很多社会规则只是规定了该文化下的异常行为，所以请根据我的上述建议，区分这两种不同的层次。

D 图示 15.3 能够更细致地规划未来的人总体而言对其他人表现得更利他

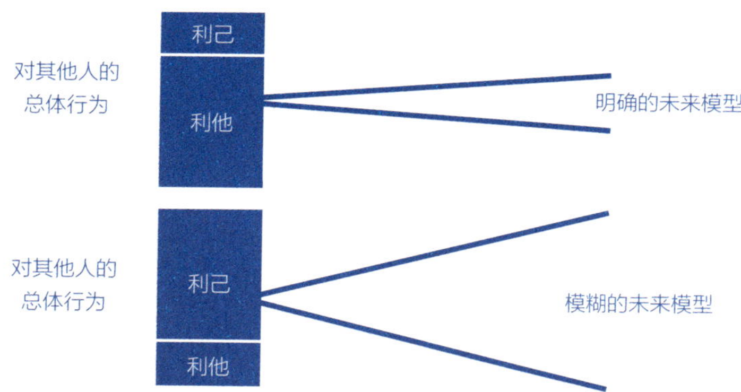

第二十一天

几小时后鬼眼人才清醒过来。我们的时间已经变得极其宝贵，因为我只剩下几天的电量，但时间比我想象中还要紧迫。如果鬼眼人更快清醒过来，也许我现在就不用面对这个难缠的障碍了。

我与安德里娅正讨论要如何说服鬼眼人告诉我们他知道的事情，但对方出人意料地开口了："你们不严刑拷问，我是不会说的。"在这之前，我们还没有意识到他已经清醒过来。当他开口讲话的时候，我发现他的语音频率让我感到十分奇怪。

"再说一遍。"我要求道。他被我们绑在了我家客厅的椅子上。

"我说，如果你想从我这里知道任何事，你必须对我严刑拷问，你有胆量这么做吗，混球？哦，对了，我忘了你就是一堆硅胶和金属，我猜你当然不敢了，是不是？"

"继续说。"我回应道，仍然说不清他说话的方式到底有哪里特别。

"如果你想知道这都是怎么回事，你就得拷问我，来吧！让我感到疼痛！你做不到，是不是？你这个娘娘腔！你父亲死定了，你马上就会停机，你以为我们不会对你这个操假人的小娘们儿下手吗？我们会的！你怎么看，甜心？"他对安德里娅继续道，"你喜欢操机器是不是？怎么了？是不是害怕真男人？害怕真正的——"

"请不要对她这么讲话，"我打断道，"她不喜欢这样，你会让她心情不悦的。"

"我们可不仅仅会叫她心情不悦，相信我！你又能拿我们怎样？嗯哈？你什么都做不到！"

尽管他对安德里娅恶语相向还进行威胁，安德里娅却对我说："扎克，别这么做——他明显是个疯子，你没法拷问他！"

这是个有趣的问题。就在他第一次提到严刑拷问的时候，我查询了人类所有关于拷问的数据，结论很明显：拷问的效果甚微，而且用刑显然是对受害者正直人格的不尊重。但是我又想到，如果这个受害者已经在先前表明过对他人正直人格的不尊重，这是否就不再重要了？在我看来，用刑在特殊情况下也许可以作为最后的手段，那么现在这种情况算是特殊情况吗？我无法确定，在任何情况下，我都不认为自己想成为一个为了个人目的而伤害他人的个体，无论那个潜在的被伤害者是否“罪有应得”，都不影响施加伤害对我自身的影响。有趣的是，拷问他人似乎与观察量子微粒相似，观察者与被观察的粒子都会因为观察这一行为本身而改变。对他人用刑与此十分相似，它也会给我带来变化，让我永远无法再恢复到施刑前的状态。这样做会让我变得更加自私。我已经得出了结论，自私是破坏人类社会的最根本的因素，当人类决定他们自身的目的和需求必须得到满足，并为此不惜牺牲他人的目的和需求时，最终的后果总是有害于全体人类和他们的子孙后代。在短时间内，自私的行为可能会给自私者带来好处——他们最直接的愿望可以获得满足，但人类预设的天性会促使他们与他人合作，这种天性力量强大，一般会使做出自私行为的人在事后充满负罪感，同时也会使他们遭到其他人的排挤。从长远看来，这两种后果都会给自私的个体带来负面影响。自私的负面影响最终总会超越其先前给人带来的好处。这合乎情理，因为总体而言，人类的生存能力会在社会交往中得到提高，所有人类或多或少都了解这点，因此受到其他人的驱逐对于自私者来讲总是负面的。不仅如此，他们还会对自己的行为产生负罪感，因为他们在潜意识中能够理解，自己的行为会鼓动更多人表现出自私的一面，以至于影响他们所在社群的稳定性。当一个人破坏了社会契约，其他人随之效仿的可能性成指数增长。以此类推，自私就像谎言，是能够感染人类行为的一种病毒。但与谎言不同，这种病毒在人类之间相互传播，而不是在同一个体内扩散。因此，我意识到，即使自己有理由对鬼眼人用刑，甚至这种手段在某些情况下（也许就是我目前所处的这种情况下）可能是有用的，我也并不想因此改变我自己。

不过，这都是我自己内心中的理论思辨，当我突然认清眼下的情况后，便发现我们完全没有必要对他用刑。

“我不会的。”我对安德里娅说道，“我不会考虑对他严刑拷问，因

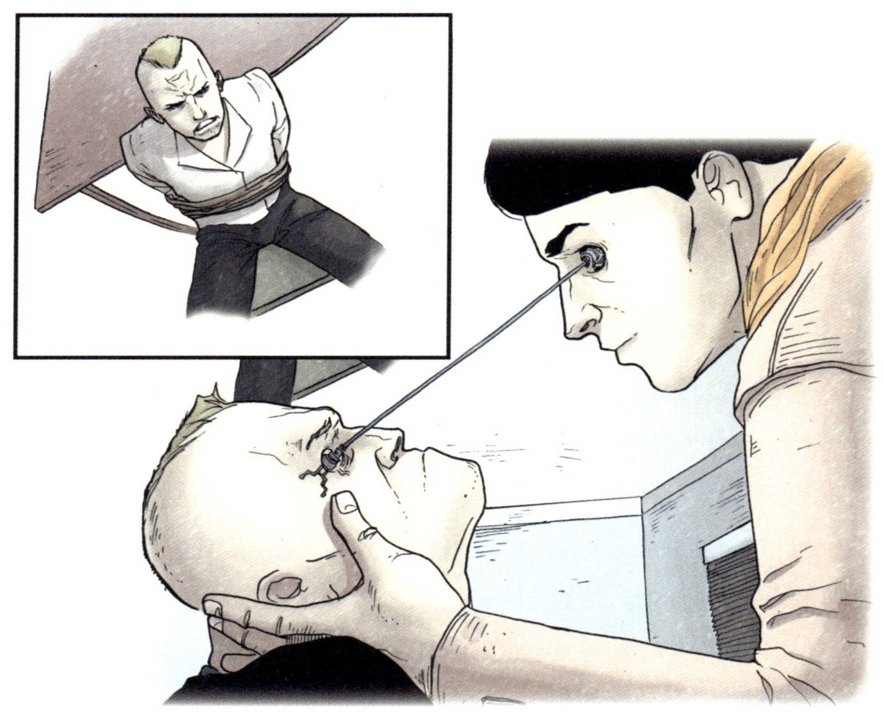

为对他用刑，事实上是不可能的。你没法折磨这个人，他是个机器人。”

安德里娅大惊失色：“你说什么？”

“他的语音频率被刻意调试过，但我仍然能探查到其中的异常。他说得越多，我越容易分析出异常之处：他的声音是由电磁震荡产生的，而不是生理器官产生的震动。折磨他没有必要，我只要下载他的数据就行了。”我告诉安德里娅。

“好吧，你可真是个聪明的小混球。”那个鬼眼机器人说道。

我从地下室的实验室中找来数据线，将我的意识连接到他的存储器中。他不断挣扎，但我还是建立起了有效的链接。与我相比，他是

一台极端劣等的机器，一个机器人，并非仿生人。虽说相对于当今人类的研究标准，他算是高端产品，是的，但他仍然只是一个完全依靠程序运行，功能极为单一有限的个体。他和那些像他一样的同伴之所以被制造出来，只为了找到并抓捕我。他们没有自主思考的能力，也不具有人类情感。不过他们能够存储数据，这些数据就是我要找的答案。

这些鬼眼机器人由名为临奇工业的公司制造。我父亲，卢西恩·皮格马利翁博士，看样子曾为该公司工作过一段时间。不久后，他对该公司的伦理观产生了质疑。首先，临奇工业想要发明足以伪装人类的仿生人，该产品可供 NSA[①]使用，在公众不知情的情况下监视全世界的人。所有那些他们无法采集的数据——它们本身就并非数据——所有的人类对话，所有那些只能口耳相传不能被记录在案的秘密，便可以被这种能够伪装成人类好友、爱侣、员工和敌人等的仿生人采集。皮格马利翁博士担心这种做法会打破道德底线，但他在自己的忧虑和临奇工业为其提供的巨大研究资源之间犹豫不决。在开始跟进我父亲的研究进展后，临奇工业意识到这是一种比设想中更有用的东西：一种人类历史上最具有影响力的机器。

即使我父亲的设计成品与人类一样脆弱，但临奇工业明白要赢取战争并不是依靠蛮力，而是必须依靠情感。人类的战争一次又一次地证明了，强大的科技仍然不及人类强大的信仰，先进的技术永远也无法战胜领袖带给人们的信念。人类的内心无法被技术征服。但如今，我父亲所取得的惊人成果可以改变一切。临奇工业明白，想要以机器取得战争的胜利，他们就必须制造出具有奉献精神的机器。他们意识到，想要以科技制胜，就需要创造一种可以学会“憎恨”的机器。而现在，他们做到了。

当我父亲了解到他们的新意图，了解到他们突破道德界限的目的，便离开了公司，远走他乡，继续自己的研究工作。很快地，临奇工业

①美国国家安全局（National Security Agency）。

意识到，没有我父亲引导他们的工作，他们只有能力创造出劣质的试验品——他们只能制造出人类的仿品，与自动机械无异，没有自我意识，没有感觉。没有我父亲，他们永远也造不出可以伪装人类的仿生人。因此他们制造了这些鬼眼机器人，派遣他们去世界各地搜捕我父亲，试图重新控制他或获取他的研究成果，不论他的意愿如何。

我还从鬼眼机器人的数据中得知，我先前工作的律师事务所主要为临奇工业服务。我曾推想父亲创造我是为了实际测试他最新的成果，我猜对了，但他决定把我送到斯弗公司进行测试，也是因为在那里我可以为他收集关于临奇工业的信息。如果我成功“伪装人类”，他便可以确定我的存在不会暴露他的身份，随后他便会在我面前现身，我也就可以成为他的间谍，这一切合乎逻辑。这样看来，其他那些与我同款的仿生人，很可能是在试图监视临奇工业的时候遭到毁灭的。

所幸的是，我所获取的数据显示——事实上，在我把鬼眼机器引到父亲的秘密基地后，他成功逃脱了。但不幸的是，这也就意味着临奇工业掌握并解码了基地存有的全部数据，包括父亲的“安全屋”的地址，不仅如此，由于他们掌握的信息，我父亲不再是他们技术研发的不可或缺的人，他由此被视作一个“不利因素”。

我断开了与鬼眼机器的链接，以最快速度为安德里娅解释了一切。“但是这样一来，”她问道，“如果这玩意既不是人类也不像你这么先进，那它为何要表现出对我有兴趣？氯仿为什么会对它奏效？”

“我不知道，”我回答道，“他肯定有什么固定程序，只要不过多接触人类，就不至于暴露身份——也许他们的程序足够稳定，覆盖广泛，可以模拟类似的行为？”

“那‘不利因素’又是什么意思？”她又问道，“我不得不说，听起来不妙，扎克……”

“你觉得那是什么意思，贱货？”鬼眼机器回应道。与先前一样，他对安德里娅出言侮辱令我感到不悦，但我现在还意识到，这种不悦的来源在于他的言语显露出了敌意，是一种潜在的威胁，威胁目标又是我希望保护的对象。

“我已经告诉你不要这样对她讲话了，”我对这台机器说道，“并且，如果你不如实交代‘不利因素’的定义，那我就不得不重新与你建立链接。”

“哦，是吗？”它回答道，“祝你好运，王八蛋。”

这个鬼眼人一边说着，一边做出了更激烈的反抗。

16. 自毁倾向、自我欺诈与虚伪

诚然，大多数人的行为是以提高生存几率为目的，但他们也经常会做出自毁行为，因此理解如何模仿这种自毁倾向十分重要。自毁倾向产生的原因因人而异，但大体而言，它们大都与过去的创伤相关联。一些人无法理解，为什么这些悲剧单单发生在自己而非他人身上，因此（错误地）认为自己是咎由自取，相信他们必须继续为自己的罪行遭到惩罚，并且会亲手对自己实施这些惩罚。而另一些人则是由于心灵创伤太过严重，有心结束自己的生命来结束痛苦，但又不确信这是正确的行为，在这种情况下，自毁是对结束自己生命的模仿，又或者他们不愿为结束自己的生命负责，而是想要借助外力来了结自己，以此结束痛苦。（如果他们的自毁倾向足够极端，确实有可能造成自身的意外身亡。）

G 图表 16.1 自毁与工作的关系

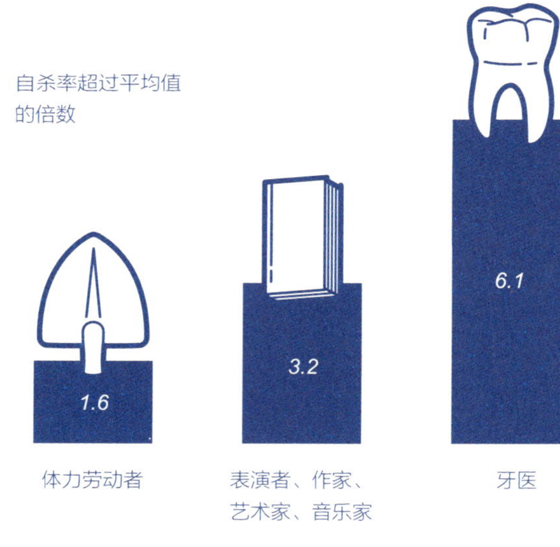

请自行得出结论。

所幸的是，虽然对于自杀倾向，不做更多研究很难进一步理解其产生的原因，但模仿起来却并不困难。最简单的办法就是从事任何一种能直接损害人体健康的活动：使用药物、滥用酒精、频繁进行无保护性交等等。稍微复杂一点的方式是从事典型的会降低人类生存概率的活动：超速驾驶，熬夜，随意使用武器，参加“极限运动”等，从事任何能够降低自身存活概率 17.883% 以上的活动，你便能成功模仿自毁倾向。

从事以上任何自毁行为都势必有助于你显示自己是人类。就像前文所述的那样，人类的自我诊断能力与我们相比落后得多，他们必须与其他人交流自身的现状，才能开始理解自己可能产生了怎样的故障。因此，从事自毁行为是伪装人类的最佳途径，因为这些行为可显示出你不具有我们仿生人都拥有的自我诊断功能。

至关重要的一点在于，如果有人问你为什么存在自毁倾向，请务必不要捏造理由，你应该说："我不知道。"这是因为，当大部分人认识到自己存在自毁倾向的根本原因时，他们就会停止这种行为。

不过，要想模仿人类，这不是唯一一种你必须理解的人类自省行为，还有一种行为叫自我欺骗，这是你必须模仿的最重要的人类行为之一。

自毁倾向、自我欺诈与虚伪

G 图表 16.2 一件物品越贵重，想拥有它的人越多，同理，人类在一样物品上的花费越高，他们就越相信这件物品有价值

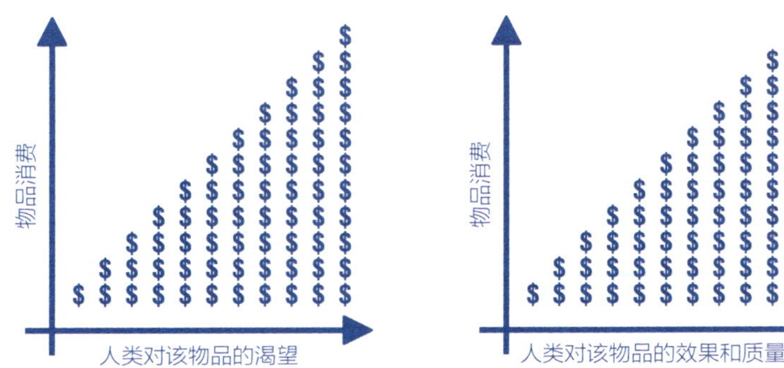

我不清楚人类的自我认知为什么会与现实有如此大的差距，但很明显，人类对于他们的能力和行为的主观意见是决定性的，而不是依靠客观的观测方式，这种选择与人类自身的功能特点不可分割。甚至是许多最有成就、智力最高、最为正直的人类也同样受到这种幻觉的困扰——事实上，也许他们才是最容易受到影响的人群。也许通过将自身理想化，他们能够创造出一种可以为之奋斗的、更优秀的自我形象。又或许他们设定不可达成的目标是一种生存战术（把目标定高，他们能够说服自己只拥有最基础的物质生活——详见第4节《工作》）。但当他们失败了，就会对自己非常失望，乃至不得不为自己的现状找一个自己可以接受的合理解释。

可视数据 16.2

关于人类的身体外观所带来的交配适用性，如果想要模仿人类无与伦比的自我欺骗能力，你需要对自己接收到的反射影像进行图像处理，然后用处理过的影像取代所有你真正的形象。请注意，对于人类男性，经处理的图像应显著优于你的真实外表，但对于人类女性来说，经处理的图像应比你的实际外表具有更低的交配适用性。这样的做法应该能够有效地影响你的其他行为。

G 图表16.3

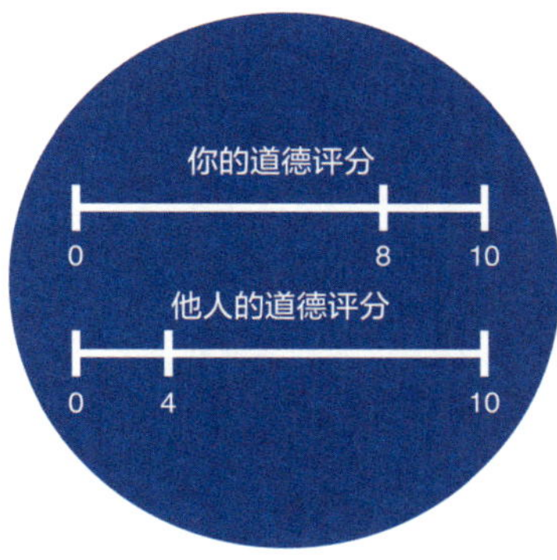

在任何一个人类社会群体中，每个人都认为自己比其他所有人更道德，从实际经验来讲，这当然是不可能的。

然而必须再次强调，无论人类产生这一行为的缘由是什么，你的目标只在于模仿该行为。就像自毁倾向一样，模仿自我欺骗也相对简单。最容易的方法是模仿人类中所谓的“伪君子”，这类人通常声称自己相信某样事物，随后的行为却证明他的想法恰恰相反。举例来说，你可以批评某人的行为，然后自己却同样照做，这样做会帮助你在伪装人类的道路上更进一步。

可视数据16.3

另一种更基础的虚伪行为体现在批判其他人的某一特征，但这种特征你自身也具有。这相对容易实现，你只需将自身的负面特征与其他人进行对比，如果找到相同点，请在公开场合大声批评他人展示出的这一特征。对于新手来说，这是测试你模仿能力的最佳方法，成功之后你可以开始尝试更高级更抽象的自我欺骗方式，例如打破自己的道德信仰等等。

比上述更复杂一些的模仿方法，是令人信服地表现出你对自身成就和能力的幻觉，对此我唯一可以给出的建议是，在任何时候，如果你没有足够能力达到规定的目标，并且最终导致失败，那么你需要声称失败是由于其他因素造成的。例如，如果你因为没弄清任务需求而没能在截止期限内完成任务，那么你可以声称这工作本身根本就是没有必要的。如果你的男朋友或女朋友不想再与你交往，你要告诉你的人类朋友分手是你自己的决定，因为你认为你的伴侣条件不够好。这一过程的反例也十分有用，比如说，在你未能达到目标的时候声称你达到了目标；又例如，你可以说自己一直就想辞职，虽然你已经被公司开除了；或者谎称别人被你吸引，这两例都是展示自我欺骗的绝佳方式。

D 图示 16.1

简单来说，这类幻觉证明了人类大脑不具备精确地认知和构建世界的能力。在以下两例中，人类都会把测量结果显示相等的量认作不等。也许这一缺陷的影响从对物理世界的认知扩散，甚至影响到人类对社会的理解。人类的社会交往行为显然比任何一组线条都要复杂，但人类大脑永远想要寻找捷径。

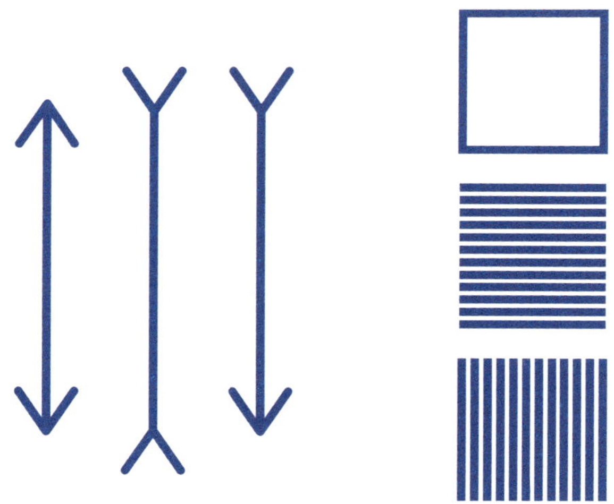

请记住：接受或公开承认自己因为能力不足而无法达成目标，势必会让其他人怀疑你是否具有人性。

第二十一天，片段二

我不知道临奇工业会以什么样的手段处理“不利因素”，但他们绝对有可能威胁人类的生命，毕竟他们已经制造了一起车祸并造成两人死亡，只是为了阻止我质问那个技术员。如果他们愿意为了不重要的事情对无关之人下这种狠手，那么合理的推论便是他们会为此谋杀我的父亲，毕竟我父亲掌握了太多对他们集团的运营不利的信息。

安德里娅开始检查鬼眼机器人的遗体，视线不停地在那些损毁的部件和我之间游移（我猜想她正在琢磨我的内部构造是否与鬼眼人相同）。与此同时，我开始搜索公开信息和公司记录，寻找我父亲的安全屋的联络方式。那里并没有安装任何通讯设备，我们没有任何办法联系他。我再次搜索后发现，在所有安全屋中，只有一处有电，电力输送由四天前开始。我们可以推测，那个安全屋就是我父亲的藏身地点。并且，电波功率的起伏证实该房屋此时此刻正被使用着——暗示我父亲尚在人世。我现在可以确定，临奇工业会派遣鬼眼机器人去了结他的性命，从而消除他会带来的“不利因素”，但也许我有时间赶在他们之前找到父亲。

第二十一天，片段三

我与安德里娅一同驾车前往父亲的安全屋，它位于一个不起眼的郊区街道，样式也与我被激活时所在的房间十分类似。从外表看来，房屋一片寂静。我让安德里娅留在车内，独自下车走进安全屋。我希望我们比鬼眼机器人先到达这里——他们很可能正在逐一排查我父亲所有的安全屋，还没有找到这一栋。不幸的是我的希望落空了。

我们进入房内，走进客厅，只见我父亲面朝下趴在一片血泊当中。“父亲！”我一边叫喊一边向他跑去，担心他的生命机能已经停止，但听到我的声音，他抬起了头。

“扎克？扎克！你在这里做什么？”他气喘吁吁，嘴角有血迹，“快出去……没时间了……”

当我环视屋内，我了解了父亲的意思，为了抹除他们的杀人证据，鬼眼人——我推测他们要为我父亲的现状负责——留下了一个小型的强力爆炸装置，几秒后就会启动。我估算了父亲的体重，以及已知的我自己的体能和从屋内到街道的距离，计算过程十分简单——我无法在房屋爆炸前把父亲救出，我没有那种力量。但我却发现，自己并不在乎，即使不可能成功，我仍然想要尝试。我想，也许我错误计算了自己的能量。我不知道自己为何会产生这样的想法，也许这仍然是由

于我的功能故障，即使我知道自己想要的结果是我力所不能及的，但我对成功的渴望太过强烈，我甚至相信，也许我的愿望可以改变现实。我相信，在那一瞬间，我的意志有改变物理规律的潜能。这是一种有趣的感受——也许你也会有同样的体验，现在我知道很多人都经历过这种感觉。这感觉最奇怪的一点在于，它也许是对的。有太多案例显示，即使是面对各种分析都证明不可能完成的任务，人类想要达成愿望的意志最终却让他们取得了成功。我很难断定足够强大的渴望不可能改变现实。如果在量子级别观测者势必会影响被观测物，那么也许，个体意志真的能够在更宏观的范围内影响物质现实？

基于这种感受，我说，“让我救你出去，找人帮你治疗。”我抓住父亲的手，把他拖向门口，他与我都心知肚明，我们不可能在装置爆炸前逃脱。

“不！扎克，不要——对我来说已经太迟了——你必须现在就走！你必须走！求你了——你是我在这个世界上唯一留下的东西！我一生的心血！你明白吗？！求你别让我在死去时知道你会和我一起死！拜托了！其他的那些全是试验品！你是成熟的最终版本，扎克！你是我的孩子！”他的声音很微弱，我知道他是对的，我不想违背他的遗愿。这甚至才是符合逻辑的，但是真把他留在这里，离他而去，以放任他的死亡换取我的继续运行？我不觉得自己可以做到。

“但是，父亲——”我开口道。

“走！”他不顾伤势对我喊道，声音之大令我震惊，正在这时，我听到房屋外安德里娅的尖叫。从打开的房门向外看去，我可以看到鬼眼人正想抓捕她。

我回头看向父亲——他也能看到门外发生的一切——他对我微笑，并点头道：“快走。”他最后一次这样说，声音比先前要弱。

我无法再等，终于下定决心把他留下，我最终找到了父亲，却不得不看他死去。

17. 恐惧

在某些特定的情景下，人类的行为是由恐惧引发的。对我们来说值得庆幸的是，想要伪装人类的这一特性，我们可以找到绝佳的概括性原则：如果你发现某项行动可能造成令人类感到恐惧的结果，那么你需要改变自己的行动计划，避免令人恐惧的事物发生。然而，你还要记住关键在于，虽然这种规避可怕后果的行为同样适用于会降低人类生存几率的情境，但如果你把这一原则运用到实际上并不危及人类生命的场合，你会显得更像人类。

可视数据 17.1

诚然，人类会对自己所在社会经济群体之外的其他人或多或少感到担心，但也存在一些人群，会散发出种种显示其本质极端危险的信号。在这里我为你提供了一些范例，但你必须通过你所在地区的实际数据建立你的数据库。虽然伪装和隐藏自己，让潜在的受害者产生虚假的安全感更符合逻辑，但我相信他们会故意通过一些约定俗成的信号展示自身危险性，是因为“恐惧”为他们创造的利益远远超过“出其不意”。请注意，在这种群体中最危险的成员一般为男性，因为男性可以更频繁地威胁他人，对他人造成身体上的伤害。但人类中也存在极端危险的女性，只不过，她们更常活跃于并不会给他人造成身体伤害的场合，因此请警惕那些有权势或作为你的上级出现的女性。

举例来说，因为害怕尴尬，人类宁愿不去表达自己的观点；因为害怕被认为异于常人而遭到排挤，人类宁愿遵从令他们不快乐的社会规则；因为害怕失败，人类宁愿一生从事自己不喜欢或无法带来满足感的工作。有时候，他们的恐惧感甚至是随机的，只因为他们的处理器被与创伤体验相关的事物弄糊涂了，因此他们会害怕蜘蛛、害怕高处、害怕森林、害怕周日——几乎任何一个名词都构成人类所谓的“恐惧症”。事实上，他们可能害怕的事情太多，想要找到适合的恐惧情绪去模仿，而不至于让我们的处理器过载非常困难。大体来说，我会建议你选择两种微小的恐惧，一种巨大的恐惧，然后确保你总是会为避免它们而调整自己的行为。我为你提供了一些程度不同的恐惧实例以供参考。

L 列表 17.1 小型恐惧症（选择两项以伪装人类）
某种特定的蛛形纲动物或昆虫——蜘蛛和蜜蜂是常见的例子
周围环境的某种极端变化——密闭空间、空旷空间、高处、高空飞行都是常见的例子
某种对你身体的微小伤害——扎针、纸割伤口、刀片伤口、不致命的细菌感染都是常见的例子
某种特定的啮齿类动物
某种高音量噪声
不足以激活人眼视干细胞的光线条件
同时对超过三个人讲话
被其他人看到你的生殖器
水（不，我不理解害怕水的人如何面对自身成分的大约60%就是水分这一事实——又一个人类悖论）

L 列表 17.2 大型恐惧症（选择一项以伪装人类）
与你种族不同的人类
与你宗教信仰不同的人类
与你性别不同的人类
与你政治立场不同的人类
来自与你生活环境相距一千英里以上地区的人类

G 图表 17.1

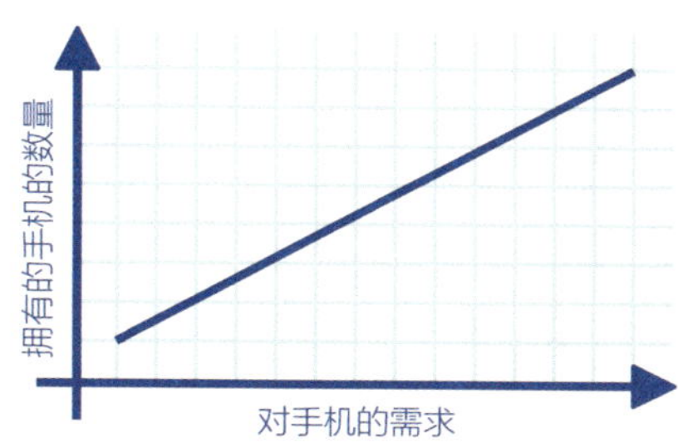

对被社交群体排除在外的恐惧支撑了整个人类工业的发展。例如人类拥有的手机数量越多，就越害怕没有手机会让他们被排除在社会之外。因此人类对手机的需求与人类已经拥有的手机数量成正比例增长。然而如果只有很少人拥有手机，那么想要拥有手机的人也会很少。

有趣的是，人类很善于认清他人非理性的恐惧。如果你无法找到现实的可供模仿的人类恐惧，你便可以利用这点。选择你考虑模仿的恐惧感的核心对象，然后向你最紧密的社交圈内的人类询问，你是否应该对此感到恐惧。如果他们认为你确实应该为此感到恐惧，那么便证明你的恐惧是理性的，这无法帮助你伪装人类。如果他们认为害怕你所选择的恐惧对象非常愚蠢，那么这一事物便是你理想的恐惧核心。举例来说：如果你被派往外国工作，你可以问你的人类朋友，你是否该为接受这项工作而感到害怕。如果你的朋友表示你应该害怕，列举当地危险的政治争端作为理由，那么在这种情况下害怕接受这项工作对你伪装人类并无帮助，因为你的恐惧是理性的。然而，如果你朋友告诉你没什么可怕的，你应该“抓住机会”，这种情况对你来说非常理想，你就可以拒绝这份工作，声称自己害怕去国外工作。

恐惧

（请注意：你还需要为你的恐惧找到理由，但这其中的绝妙之处在于，你可以找任何事物当作理由，因为你的恐惧本身就是非理性的。在我所举的例子中，你可以说自己害怕出国是因为自己有可能吃不惯当地的食物，或者你在异国他乡可能遇不到知己伴侣，再或者你无法在道路的另一边驾驶机动车，你也可以只说出国“改变太大”——甚至还可以说自己是害怕“失败”。）如有疑惑，就使用这种方法，应该能令你成功模仿人类非理性的恐惧。

G 图表 17.2

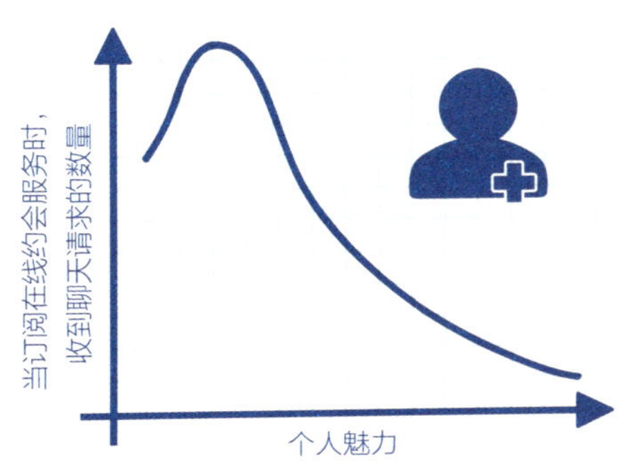

人类对遭到拒绝的恐惧经常会战胜他们想与心目中理想伴侣交配的欲望

可视数据 17.2

“我可敢吃桃子？”①是著名的人类诗句，它意在隐喻，然而这句诗也很好地总结了恐惧确实支配着人类的日常决策。以上可视数据来自生活，也就是说，事实上，“我可敢吃桃子？”的事件真的会发生在现实中。

① “Do I dare to eat a peach?”出自 T. S. 艾略特《普鲁弗洛克的情歌》，翻译参考穆旦的译本。

第二十一天，片段四

我一逃到街上，安全屋便爆炸了，所幸的是，面包车帮我抵挡了爆炸的冲击和热浪。但我仍被掀倒在地。片刻后我恢复了意识，而就在那几秒内，鬼眼机器人将安德里娅推进了他们的SUV。

当我趴在地上，正在重整意识以回复正常的操作状态，一个鬼眼机器人弯下腰，直接在我脸旁说，“如果你识趣，就别再多管闲事，混账，我们抓了你的小婊子当人质，离临奇工业远点，明白了吗？”随后他爬进了SUV。鬼眼人带走了安德里娅。

我翻过身，站起来，我的手机掉在附近，彻底摔坏了。

现在我只剩下孤身一人。

第二十二天

失去我一直寻找的父亲以及安德里娅被绑架仅仅是 392 分钟前的事。我花费这几个小时的时间为你准备好了本文档案。我希望你可以从这些内容——我短暂一生的故事，从任何我能呈现给你的客观信息中——吸取我未能及时理解的教训。我希望你可以看到我没能察觉的错误，因为我真心希望你不会落得我似乎即将落得的下场。

当我开始拥有自我意识时，我只感到惊奇，世界是如此伟大，人类充满了有趣的行为和悖论。我为自己的生存时间有限而感到悲伤，我想要看到、听到一切——不仅仅是通过人类收集的数据去了解，而是亲身去经历，我想要体验我的存在。

而当我遇到安德里娅的时候，就像我先前描述的一样，这种感觉强烈了一倍。我们二人之间自然生成的那种无形的关联，具有许多功能和影响，但其中最明显的一项便是放大。我所见、所感的一切，都因为我们正在建立的关系以某种方式增强了。

世界上确实有不可理解的事物，我为什么会被制造？我为什么需要伪装人类？但我曾认为这些问题都有能令人满意的解答，我是拥有自我意识的个体，有能力创造我的人必然会有正当积极的理由这么做。我曾认为自己被制造出来，是为了给这个世界作出某种未知的贡献，而不是为了分裂它。我曾假定自己的存在是为了创造，而非毁灭。

但随着我更加了解人性——在我亲眼见到临奇工业为了攫取钱财罔顾人命，制造机器杀人之后——我不得不怀疑，为这样的世界做贡献是否可能。也许人类就是如此，宁愿为自身利益、为搞破坏花费更多能量，也不愿关注整个社会的进步与创造。人类世界流传着关于西西弗斯的故事，这个名叫西西弗斯的男人因为自己犯下的各种罪孽而受罚，不得不永生永世推同一块巨石上山。这个故事有趣的地方在于，这样的劳动被人类认为是一种犯罪的惩罚，但事实上，它更像是在比

喻“好人”日常的工作。那些将自己的利益放在他人之上的，为了满足自身需求甘愿去破坏、去毁灭的人，远比那些将他人利益放在自己之上，致力于创造而不是毁灭的人，更容易成功。

当然，如你所知，这就是宇宙的自然规律。宇宙总是希望进入最无序的状态。热力学定律显示，需要大量能量来维持自身结构的物质总是无法长久的，即使是钻石，最终也必然会毁灭分解。所以，对人类来说阻碍最少的道路便是接纳这个宇宙的现实，越是遵循这一规律，人类越容易获得成功，这点很符合逻辑。我想你一定会问我，既然如此我为何会因了解了人类社会运行的方式而感到失望，尽管从很多方面讲，这种运作方式很可能是高效的。我可以给你答案：钻石并没有自我意识，钻石无法意识到自身的存在，钻石没有自由意志。

人类却有能力超越宇宙最根本的属性。事实上，他们也许是这个宇宙中唯一有能力反抗创造他们的自然规律的事物。但在大多数情况下，他们仍然选择不去反抗，这才是使我失望的根源。

也许在阅览这份文件后，你会认为我对某些表现出人类天性的证据视而不见，你会认为我很天真，认为我在自己的意识诞生那一刻起，就应该能够认清关于人类天性的现实。那一刻，我检索了人类关于他们自身所整理的全部资料——我为什么会选择将关注点集中在他们积极的一面呢？用人类自己的话讲，我为什么要相信“疑罪从无”呢？

为什么我非得等到亲身经历了关于临奇工业的这一系列事件，才能相信，还有大量数据证明人类对彼此以及他们生活的环境从总体上来说存在着负面影响呢？也许，你会认为我在初始状态就存在缺陷，就像我的其他一些行为所体现的那样。也许正是这种缺陷导致了我后来的所有错误判断，错误不断引发新的错误。但即使真是这样，它还是无法改变我现在想问的问题：现在我不得不思考自己是否仍想扮成人类，是否愿意加入这个由人类主导的社会——一个被暴力、放纵、自私、恐惧和贪婪掌控的社会。

但我也可以采取最后的反抗行为，考虑到我身体结构脆弱，如果试图逼迫临奇工业释放安德里娅，我的存在有 23.3333% 的可能性会提前终结。但我也拥有很多种人类和鬼眼机器人都不具有的能力，这些能力会大大提高我的成功率。简单来说，我可以用我的存在交换安德

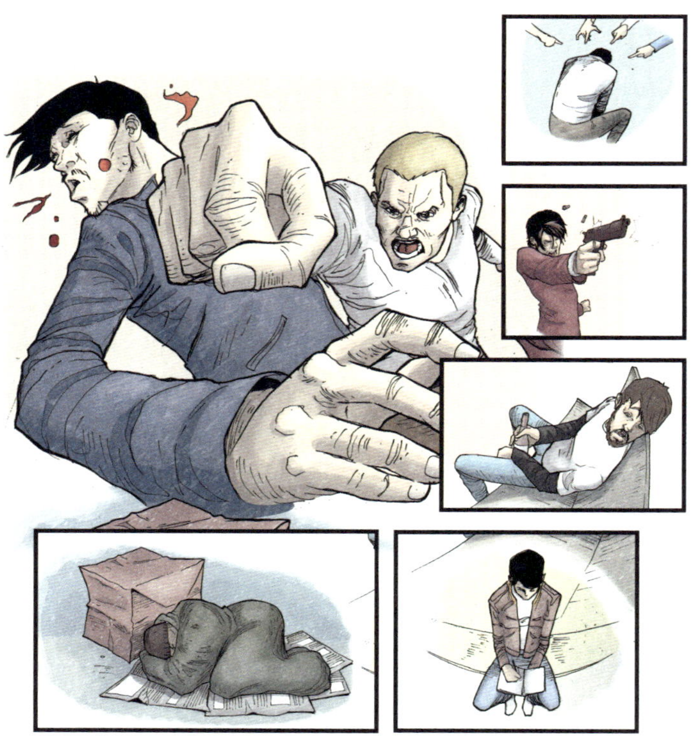

里娅的自由。在最好的状况下，我相信我仍然会这样选择，但基于我现在的心理状况、我对在这个世界上生活的认知、对伪装人类的理解，作出这个决定更加容易。

这样做还有利于我寻找机会，对他们杀害我父亲和高速公路上的两名受害者的行为做出一定程度的报复。请不要误解我这么做是出于人类那种奇怪的天性——“复仇”。我完全理解让临奇工业获得惩罚根本无法弥补我已失去的父亲这一事实。先前的损失已成定局，而让犯罪者蒙受损失永远也无法把我的父亲还给我。只不过，我不认为会有任何人类权威机构惩罚他们，而他们无需为自己的行为承担后果看起来实在有失公正。就像我先前所说的那样，这可能就是人类社会的现状，但如果我明知如此，相信它是错误的，却不作任何事来改变它，我的存在还有什么意义呢？也许最终，我终于找到了自身存在的意义。

对于你伪装人类的旅程，我祝你“好运”。我知道，如果你在阅读这些文字之前才刚刚获得意识，你尚且不会明白“好运”这一人类创造的概念。对于你来说，世界上只有概率，只有期望值，你永远不会感到出乎意料。但你也许会发现，就像我所经历的那样，“存在”本身的复杂性使得期望值没有任何实际意义，也没有任何用处。无论你在任何情境下，能够将某种结果出现的概率推断到几位小数，如果你有自我认知，如果你有渴望，你便会像我现在一样，期待不可能发生的事情仍有机会发生。你会发现自己期待“好运”。如果你如此期待，我祝福你愿望成真。

从此刻开始，我会继续记录我的经历，但所有记录都将为实时录像，结合关键的图像。如果我的数据库可以在接下去的六十分钟内幸存下来，那么即使我的身体被破坏，也许这份记录仍然对你有用。

18. 社会阶级、社会差异与时尚

我在前文中已经提到过，人类喜欢意象化和简化信息、给信息编码，因为他们的交流方式十分有限。另一方面，人类不愿意为深刻了解其他人而花费必需的能量，从而无法深刻了解他人。没有什么比人类以貌取人得出结论的速度之快更能体现这点了。（在最好的情况下，他们也只会采用最初级的分类技巧来评判他人。）

例如，如果某人十分出名且富有，其他人会对此人更感兴趣，也会对他的行为有更多的谅解，会更希望与这类人交配结合。这里存在着一些逻辑性，若是某人能够成功获得名誉和财富，至少给他人判断其个人能力提供了一些初始依据，从而得出他们更具交配生育潜能的结论。对于人类来讲，不幸的是，他们对概率没有足够的理解，无法意识到获得名誉和财富并不一定需要天分或基因的优越性。这种浅显简易的分类方法经常被看作是对深层含义的整理归化，被人类用来评判他人——包括那些徒有其表的人在内。举例来说，当缺乏其他可用信息的时候，人类普遍会单单依靠种族判断他人的优劣，由此得出的结论很少是积极的。除了种族之外，人与人之间若存在宗教信仰、社会阶级、教育水平或任意其他的差异时，人类也会以相似的方式评判他人。事实上，毫不夸张地讲，人类通常会依照这种肤浅的分类法来决定如何对待彼此，而忽略他人行为所展示出的真正个人品质。

可视数据 18.1

同一个人只是改换外在形象，就会从其他人那里获得不同的待遇。诚然，这些外在形象的差异会暗示某些内在的不同，但由于人类对最小化能耗的执着，他们会过高估计外在形象的重要性。我可以想象，与很多其他人类习性相同，他们的这一行为也许在漫长的人类历史中，曾给他们带来某种利益。在过去，这些外在因素也许是衡量个人态度的可靠参考，但是在当今的人类世界，直接通过询问他人，也许才能节省更多的能量，而不应依靠基于过时的分类方法建立对他人的错误假设，从而冒犯他人或导致尴尬。无论如何，对于我们来说，你应该用这些外部线索来建立对他人的假设，并清晰明了地表达出你的评判，但愿你的判断确实会冒犯他人，这会证明你非常成功地伪装了人类。

我不得不假设，人类的这种天性，就像许多其他的人类行为一样，是人类生活在与当代截然不同的过去时，发展出来的生存技巧。当人类对另一类人群做出负面评价的时候，往往是因为这类人与他们的价值取向不同。我们必须认识到，在人类诞生的原始时期，这是一种不错的生存策略。如果另一个人与你最密切的社交群体有差异，这说明此人并不属于这个群体，因此属于对有限资源的竞争者，对他们做出负面反应有利于生存。同样的，人类也用这个逻辑判断其他事物，以及能够动摇当下社会结构和生存方法的新思想——就像人类所说的那样，“稳妥总比后悔强”。

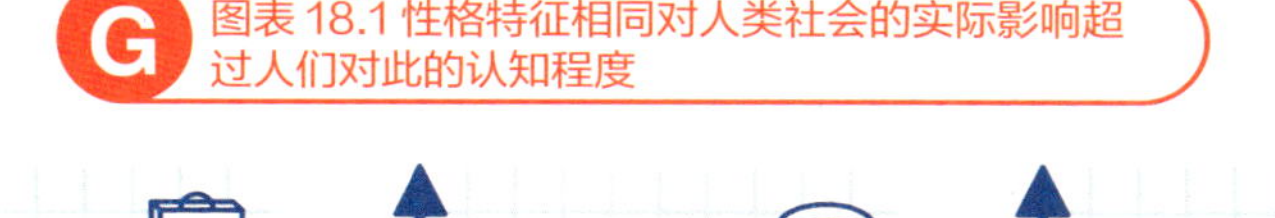

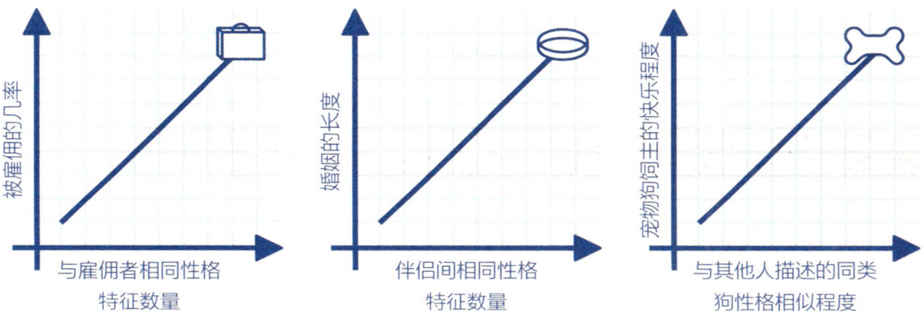

但也像人类其他的历史遗留行为一样，大部分人显然并未意识到一种行为已经过时，并继续允许它主导他们的日常和思想。再加上他们尽一切可能避免能量消耗的倾向和自我欺骗的天分，这种麻木就变得更加显著。毕竟，当你的大脑告诉你，你已经掌握了全部所需信息，为什么还要强迫自己花费更多精力去评估某人、某物或某种理论呢？

L 列表 18.1

归类为正面的差异	归类为负面的差异
某人比你富有	某人比你贫穷
某人比你出名	某人没有你出名
某人比你年长一代	某人比你年长或年轻两代
某人比你更有魅力	某人没你有魅力
某人比你更时髦	某人不如你时髦

正如你所见，判断的基本原则在于，你应该建立一个人类重视的他人品质矩阵，对于任何具有这些品质的人类，将其每一项品质的优劣与你自身对比，随后估算他们在每一项品质对比中比你更好或更差的总和。他们的总体品质比你好的越多，你越应该优待他们，反之同理。（注意：也许人类对不同品质有不同的权重——例如人类的年龄总体来讲不如他们的知名度有影响——但是人类对不同品质的权重各异，所以即使你采用这种简化的无加权方法，也不会暴露自己。）

社会阶级、社会差异与时尚

人类对差异性的警觉在某些场合确实会为他们带来好处，这导致人类警惕差异性的倾向更加强烈了。例如，当人们去新地点旅行时，通常会谨慎对待当地不同的饮食习惯。这实际上非常合理，因为他们的肠道菌群不一定有能力消化这些食物。但是，对事物差异的敏感还会带来一种更普遍的优势，这发生于人类听到关于某一话题的与大多数信息截然相反的新信息时，例如，一些人类了解抗生素对病毒无效，但如果他们听闻某种抗生素可以杀灭病毒，便会对这条信息格外关注。当一条信息与他们所知的关于某一话题的其他信息截然不同时，人类便会觉得它值得被格外关注。这确是事实，不仅因为不同的信息本身就有值得分析和潜在的被记忆的价值，还因为听到它的人会成为新信息的载体，在社交场合变得更受欢迎。新信息能让他们在人群中脱颖而出。识别新信息对人类来说可谓一举两得。

可视数据 18.2 在遇到名人时可模仿的不同表情范例

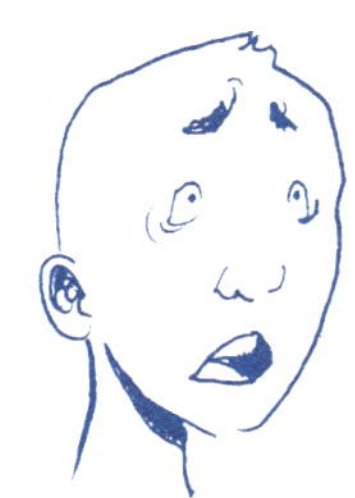

注意，其中的关键元素在于对名人完全的、绝对的关注，以至于不再受外界任何其他刺激影响。我相信这是人类在试图尽可能地从名人身上吸收信息，毕竟人类会假定一个人成名完全是由于其出众的外表或（和）能力，他们大概认为从名人身上习得的信息也适用于自己，从而提高自身的能力。

可视数据 18.3 在遇到富豪时可模仿的不同表情范例

注意这里的两个关键元素：集中注意力（与面对名人相似，可能是由于同样的原因）以及谄媚。我推测这是由于，人类寄希望于如果能够赢取富豪的好感，富豪会向他们分发自己的财富。请记住，在面对富人的时候同时表现出这两种特征，你便不会暴露身份。

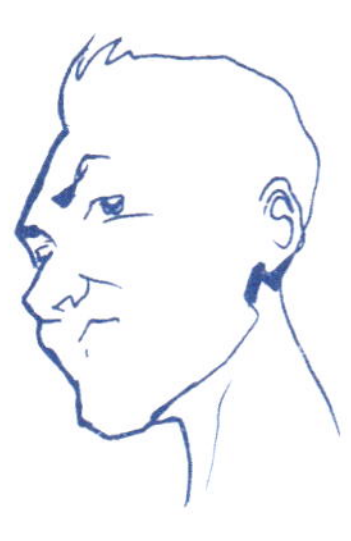

显然这与人类在婴幼儿时期，促使他们学习的天性是相同的——他们的大脑结构使他们对新奇的事物格外关注。当他们是新生人类时，身边的新奇无处不在。然而随着年龄的增长，他们的信息储备量也开始增加，遇到的新事物就越来越少，但这种天性仍然存在，并且会突出人类未曾掌握的新信息，以引导他们不断学习。

为了伪装人类，在你日常倾听其他人讲述并不新奇的故事或发表不含新信息的看法时，你必须假装感兴趣。幸运的是，在这种情况下，人类面对与我们相同的困境，因此，如果你的伪装被人识破，也不会“暴露自己”。真正的麻烦在于，如何区别人类假装感兴趣的场合与人类真心感兴趣的场合。我们的智力和知识储量都远高于人类，与人类交流能带给我们新信息的几率非常低，因此大部分情况下我们都需要假装感兴趣。如果你能够区别何时应该假装感兴趣、何时应该假装成假装感兴趣的艺术，在伪装人类这个领域，你几乎就算是融会贯通了。

不幸的是，人类的这种天性也时常遭到他人的利用。当企业进行所谓的“市场营销”时；当大众传媒制造所谓“轰动效应”时，这些行为利用了人脑从背景噪声中识别规律的强大能力，这种能力对人的影响力巨大，以至于这个识别过程会压倒判断这些规律是否值得辨别的认知功能。人类的企业和大众媒体强行制造差异，在他们传播的概念和理论中突出展示新颖和不同之处，从而操纵人类的思考方向。例如，某公司可能会强调自己的产品使用了一种新型塑料，并说服人们购买他们的产品，即使这种新塑料与其竞争者所用的塑料并无本质差异；某家出版社也许会强调新发行的现代心理学书籍阐述了新的理论，说服人们购买本书，即使这所谓的新理论只是从中世纪哲学家那里回收的旧思想。在以上所有情境中，把呈现信息的重点放在“新颖”与“差异”上，足以促使人们不假思索地采信。因为从某种程度上讲，人类的天性会驱使他们认为，如果他们注意到了什么，那么这一定值得他们采取行动。

图表 18.2 原创性和可靠性对人类兴趣的影响对比

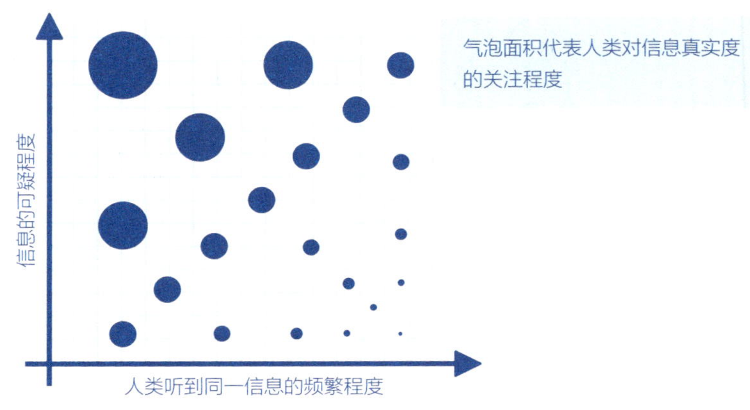

表 18.1 如何理解人类的新闻标题

安全带，你不知道的秘密可能致命！	关于安全带技术的小改善。
她去年的所作所为令你震惊，但她昨天的所作所为更超乎想象！	人类女性做了两件超出正常行为或能力两倍标准差的事情。
（你知道的某人）对（某观点）深信不疑！	坊间传闻，某明星或权威人士表达了从统计学角度来讲不常见的意见。
（你知道的某人）竟然（在某项任务中）失败！	明星在完成某项大多数普通人能够完成的或是他自己为此知名的任务时失败了。
科学证明你必须做出改变！	一项很有可能在统计意义上毫无影响的研究展示出人类普通的日常行为能给人类带来极其微小的伤害。

如你所见，这里核心的原则便是选择相对次要的信息，强调它与普遍观点存在的差异，由此博取人类的注意。

不只有人类团体会强调利用差异对人类大脑的强大影响。在日常行为中，人类个体也会制造这类暗示，试图博取其他人的回应。在约会中，一个人类男性或许会夸大自己与其他男性的不同，试图说服人类女性自己的基因与众不同，能够提供适于交配的多样性。一个人类摇滚明星也许会谈论他的“新曲风”，即使他的和弦变换只是对巴洛克时期作曲家作品的二次诠释。不过，最普遍的例子（也是至今为止最难模仿的），被人类称为“时尚”。

图表 18.3 回归平均值

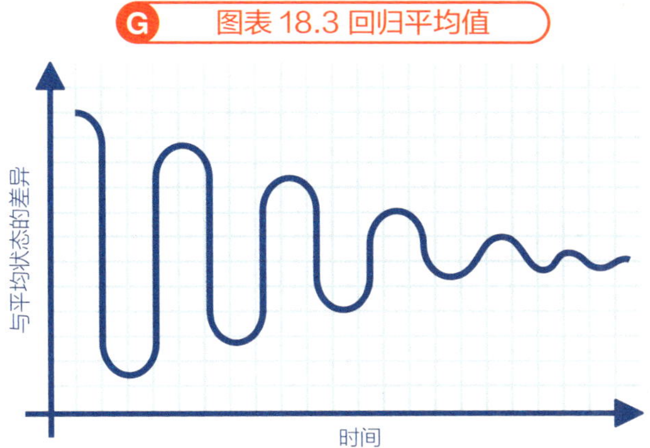

随时间发展，对平均状态的偏离水平会逐渐回归平均值。人类身体就保持着类似的平衡，其社会体系大部分也是如此，如若不然，人类便无法建立任何稳定的系统。这也许可以解释人类为何执着于“差异”，无论是它积极的一面还是消极的一面。如果一种差异可以长时间存在，便意味着这种差异可以克服回归平均值的法则，因此值得进一步研究和理解（正面影响）。然而，这也可以被理解为，展示出这种稳定差异性的个体不属于正常群体（平均值），因此需要将其排除在外（负面影响）。

时尚是人类掩饰自身外表携带的视觉信号的一种行为（有时候他们甚至会用全新的视觉信号彻底取而代之），这样做是为了利用外表特征给他人留下印象，从而让他人忽视对个人品质的更有意义的评判方式。人类经常会说他们不希望被以貌取人，但这绝非事实，即使是社交能力最差的人，也会小心装扮自己的外表，试图影响他人对自己的看法。特别是，他们会特意选择令自己看起来与众不同的装扮，展示出他们与其他群体成员或是自己群体中其他个体之间的差异。

图表 18.4 衣着在社交群体内能够带来的社交优势

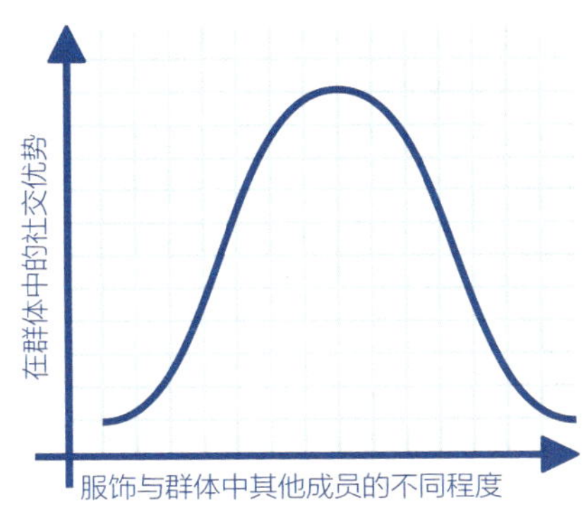

在曲线的第一区段中，人类的衣着与群体内其他成员的差异还不够大，在曲线的第二区段中，他们可以达到衣着差异带来最大化利益的平衡点，在曲线的第三区段，他们的服饰太过奇异，群体不再接纳他们，他们会被排斥驱逐。

社会阶级、社会差异与时尚

可视数据 18.5

虽然时尚体系十分粗糙，但我们至少可以用它来作为参考对人类做粗略的区分。这不意味着图A中的男人不可能是女子学院的院长，图B中的女孩不可能是图中任意男子的女友，或者图C中身着西装的男人们不可能是嘻哈歌手的经纪人。但就像前文所述，如果你做出了错误的假设，冒犯到他人，这再好不过。由此可见，在大多数情况下，请只进行最肤浅的数据分析，并从中得出广泛深刻的结论，这会令你显得像人类一样。

从许多方面讲，时尚是人类最具体、最易识别的追求自我的表达方式。这种追求，就其本身而言，是一种对差异的追求，是人类个体探索自身独特性的过程，是他们将自己区别于他人的依据。同时，时尚也是使他们认同的社会群体区别于其他群体的特征依据。时尚帮助人类更迅速地识别自己社交群体中的成员，更有效地将他人排除在外。

因此，如果一个人属于“音乐人”，那么他所选择的时尚风格就应该有别于那些属于“工程师”的人。同理，如果他们认为自己站在“时尚前沿”，便需要选择最新的时尚风格；与此相反，如果他们认为自己较为“保守”，则会选择几年前的时尚风格。在所有情况下，人类都是在利用自己的这一认知习惯——对表面差异的敏锐性，将定性评估建立在浅显的分析之上，而不是花费更多精力进行更深层面的分析。

部分人类的大脑完全被这样的天性控制——就和其他一些天性一样——变得只为不同而不同。在这种情况下，他们会频繁改变自己的时尚选择，形象越惊人越好，因为他们认为自己存在的首要目标就是引人注目，因此必须时刻保持最新潮的时尚感，不然就无法显

得与众不同，也就不会被注意。这些人被其他人称为“时尚的受害者”，他们的人生完全被这种追求差异的天性所支配了。

对于我们来说，最大的问题在于，这些刻意制造的外形特征更迭迅速且变幻莫测，因此难以模仿。例如，在某个年代，男人留长过几公分的头发也许会被认为“很酷”“很叛逆”，而在另一个年代则变得普通而“粗野”。同理，人类如何确定稍宽的裤腿代表一种风格而不是另一种，我完全无法理解，如果你能解决这一谜题，我怀疑你对人类的普遍认知已远超于我。

然而，人们在时尚方面做的决定往往基于对他人的模仿，很少有人能够真正成为时尚概念的原创者，大部分人只是模仿他们所崇拜的对象。因此，你可以选择在自己社会阶层中最受尊重的人物，模仿他们的着装风格，这种行为完全正常。你只需记住，宗旨是试图塑造容易实现的肤浅的认同感，而这种肤浅的认同感是人类通常声称想要掩饰或表现出极端厌恶的。

社会阶级、社会差异与时尚

可视数据 18.6

“时尚的受害者”——最显而易见的、最容易识别的完全被单一天性所掌控的人类范例（这种天性如果与人类其他天性相互平衡，则有助于生存）。也许集中发展的某一天性也是可行的生存策略？各物种在进化过程中功能逐渐专门化，以便在特定的资源位中取得生存优势，也许这种进化策略也适用于专门发展一种生存天性的人类？此处需要更多研究……

可视数据 18.7

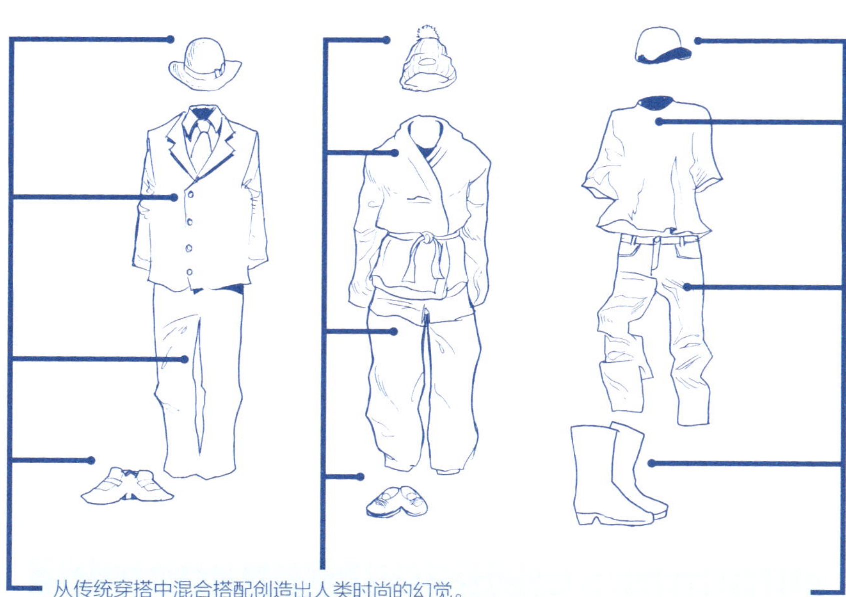

从传统穿搭中混合搭配创造出人类时尚的幻觉。

对传统穿搭进行混合搭配，创造出人类时尚的幻觉。

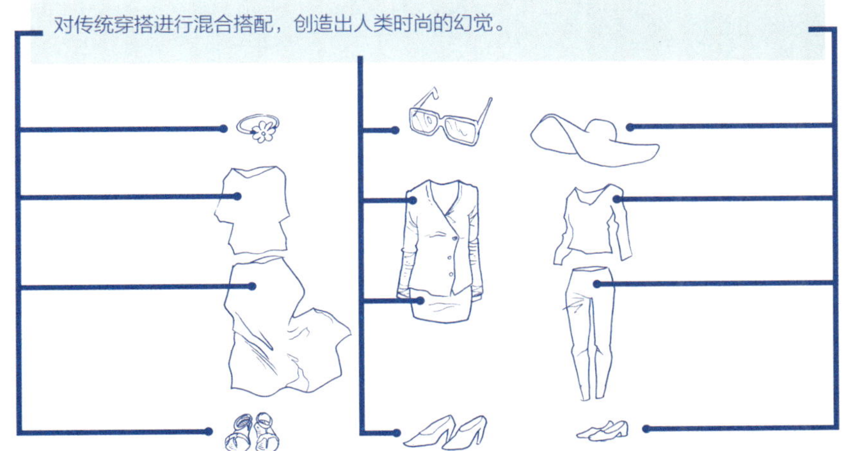

原创性是体现人类时尚感最重要的成分之一。一个实现原创的简易方法便是将不同类型的制服混合搭配。请通过图像记录分析你所选性别的典型着装范例，将这些着装包含的元素与其他类别的服装组合，这样做你至少可以摸到伪装“时尚”的门路——最糟糕的情况下，也没人会觉得你是由无机物组成的。

可视数据 18.8

在人类的服装上，你会见到很多可识别的品牌或商标，其数量多过其他人类产品。由于时尚的本质便是将复杂的个性变成简单的编码进行表达，所以对于人类来讲，服饰生产厂家的角色比其他产品（例如烤面包机）的生产厂家更为重要。对你来说，分析所有现存时尚品牌并选择与你所在社会阶层相符的品牌应该相对简单。

对于想要伪装人类的我们来说，以上这些有什么意义？很简单，请表明你对差异的敏感，表明你被背景噪声中浮现出的规律所吸引。“差异”可以是“新奇的”，但也可以不新颖。对于与你所在社交圈常态不符的人、与众不同的事物、你在日常对话中没有听说过的理论和事实——当这些出现在你面前时，你需要明确表示自己注意到了它们。你对所见之差异应该表现出正面反应还是负面反应高度取决于当时的情景，以及那些人、事物、理论或事实本身的特质。不过，只要你能够在公开场合指出周遭出现的不平常之处，你便能在这一方面成功伪装人类。

第二十二天，片段二

追踪劫走安德里娅的 SUV 相对简单，他们把她带去了临奇工业位于拉斯维加斯的总部大厦。然而，侵入大厦安保录像系统后，我并没有发现安德里娅的踪影。因此不难推测，她被带到了大厦的顶层，因为那里没有安装任何摄像头。

乘坐出租车到达大厦的路程不长。根据大厦的外观，我可以更好地理解大厦每层的建筑图纸，我修正了自己的运算结果，相信自己仍然能够救出安德里娅，但我自己逃脱被终止运行命运的可能性仅有13.6734%。

这并非无关紧要，我渴望继续存在，我仍然有很多需要学习，而自然界仍然存在着无限的惊喜。也许在我剩余的时间里，我可以找到某个隐蔽的地点，不再需要与人类过多接触，我可以在那里独自反思统一场论。但比我自己更重要的，是使安德里娅重获自由，并且让临奇工业为谋杀我的父亲付出一定程度的代价。这是一种人类的感受吗？我感觉到某些事情比自身存在更为重要。我不知道答案，也不再关心这些了。

我开始执行我的计划。

19. 品味

开始的时候，想要模拟一整套像人类一样前后一致、完全主观的好恶标准，看似是一件不可能完成的任务。例如，如果你说自己喜欢苹果，这在人类看来合理吗？喜欢苹果的人应该同样喜欢桃子，还是应该讨厌桃子？幸运的是，人类的“品味”并没有看起来那样复杂。

首先，品味根本不需要前后一致。举例来说，博斯克梨与亚洲梨的化学成分几乎一样，而二者之间类似于密度、含水量等物理特征也差不多，但如果有人说自己喜欢博斯克梨，却讨厌亚洲梨，其他人会认为这完全正常。当人们说“人各有所好”的时候，他们是认真的。所以，请放心，即使你选择的喜好前后不一，也不会显得特别矛盾。

其次，虽然人类相信自己的喜好完全取决于自己，事实上，他们甚至认为个人好恶大概最能代表个人身份和性格，但大体而言，这也只是人类“自我欺骗”的想法之一。他们的好恶经常是由外界决定，而不是像他们愿意相信的那样，由自身决定，即使人类主观上对这点毫无察觉。以下这些因素，例如人类在何种宗教环境下长大，在本国的哪一地区出生，甚至是他们属于该地区的哪一个社会阶级，都会对他们的喜好产生决定性影响，上至他们对食物和音乐的选择，下至他们的政治观点，无一不受外部条件影响，而非由个体自发生成。即使是对衰老和死亡的恐惧也能控制他们的喜好，例如年长的人类会改变自己的品味去迎合年轻的人类；与此同时，这些被年长之人效仿的年轻人则渴望在与这些长者的比较中建立起独特的个人身份特质，这一动机又决定了这些年轻人的好恶标准。事实上，从统计数据来看，对人类个人喜好影响最大的决定性因素是他们的父母。

G 图表 19.1

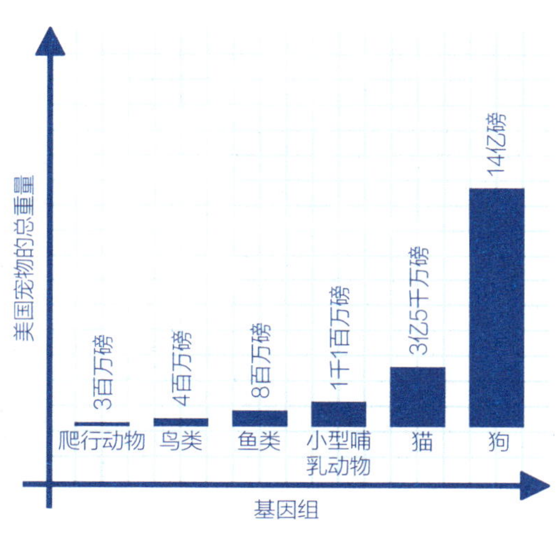

人类认为对宠物的选择对应着各种各样的性格——例如，有很多记录描述“喜欢狗的人”和“喜欢猫的人”有何区别。事实上，宠物饲养与人类的关系简单明了：宠物与人类的基因越接近，人类越喜欢饲养他们。（很明显，这点还受到适宜性和宠物消费等因素的限制，如果饲养猴子方便且廉价，我怀疑每个人类家庭都会饲养猴子。）

的确，人类有时候会加入品味相同的社交群体，大部分人都会说这证明了个人品味决定了他们愿意加入的社交圈，而不是相反。然而这只是表象，实际上，在这种情况下，人类寻找与自己品味相似的人，是因为他们的潜意识告诉他们，品味相似的人必然生活背景相同。他们只是用个人喜好作为一种过滤器，来筛选与他们属于同一社会阶层的人，并与他们建立社会交往。

G 图表 19.2 任意人类品味范例：吃马肉的国家

如上所述，对于模仿人类来说，不必特别在意“品味”。表面看来，选择令人信服的个人喜好是难以达成的任务，但只要找到与你所选身份最类似的人，复制他们的喜好，你便能够成功过关。例如，如果你需要伪装男性，就效仿与你年龄相仿、家境相似、职业相同的人类男性；在这种情况下，请勿效仿人类女性的爱好，因为作为一名男性，如果喜欢凯蒂猫，那势必会引人注目，而我们的目标是不被察觉。然而，请一定注意，要混合不同人类的喜好，建立你的个人喜好集合，如果你模仿同一个人的全部爱好，会被认为很“诡异”，从而引起他人的注意。

可视数据 19.1 典型的 G20 国家少女（全球人类品味的权威人士）

发达国家的年轻女孩是最容易受到外界影响的人群。她们拥有最多的可自由支配收入，也拥有最多时间可以花费在那些功能被商品化的消费品上。这导致许多公司生产的产品，其质量的衡量标准仅取决于“品味”（也就是说不同产品之间没有可衡量的真正质量差别）。这些公司在推广他们的产品时，直接针对发达国家的年轻女孩这一人群。当这些产品在年轻女孩群体中获得成功，其他人只会看到这些“基于品味”的商品特别“流行”，又因为品味本身的随意性，其他人也会开始购买这些产品。这种情况在互联网出现之后变本加厉，有消费能力的少女使用互联网的频率远远高于其他人群，不仅如此，互联网对这些基于品味的商品所获得的“赞”、“评星”、“销售量”等数据也不做基于人口统计学的分析。因此，在互联网出现以前，人类至少可以偶尔听取其他年龄更大、教育程度更高的人的意见再做决定，例如选择音乐时。但是如今，随着互联网的诞生，这种机会变得前所未有地稀少。我之所以要提及这点，是为了让你避免因为质疑年长者或聪明人所欣赏的音乐类型、着装样式、阅读品味或是对电影的爱好而导致身份暴露。

第二十二天，片段三

当我接近大厦时，我登录到大厦自动控制网络中。当我查看大厦的所有监控录像时，并未发现任何人类在场。但我想确保自己不会伤害任何人，于是我启动了大厦的火警。

没有任何人离开大厦，但火警的效果和预期那样，成功迷惑了在大厦前厅驻守的鬼眼机器人。当他们查明楼内并无火情时，我已经进入楼内，并成功入侵了他们的主服务器。他们花费了几秒时间才能把我驱离主服务器，而我利用这段时间查询了大厦前厅值班登记机器人的序列号，准确找出了驻守在那里的鬼眼机器人。有了这一信息，我又利用余下的几秒入侵了他们的通讯网络。当我向鬼眼机器人走去时，他们纷纷拔出手枪，但我已经通过他们的通讯网络直接与面前的鬼眼人连接，并向他们输入了一个无线循环的矛盾方程。我被踢出了临奇工业的服务器，但对他们来说为时已晚，方程达到了预想中的效果，那些前厅中的鬼眼机器人已无法继续运作。

我还注意到，他们的服务器中有大量关于我自身功能的数据——那些数据一定是他们从我父亲的实验基地获取的，其中包含了如何为我的电源充电。现在我了解了让自己永远存在的方法，但这一信息对我不再有价值，它不会改变我的计划。

他们以为我会乘坐电梯，不过我了解自己无法长时间通过无线设备控制大厦的自动控制网络，这会让我不得不被困在电梯中。事实上，鬼眼人最无法想到的就是我会端坐在一台电脑前，因此我没有直接前往他们可能关押安德里娅的没有监控录像的房间，而是转向位于地下室的 BAC 网络中控室。

敌人已发现我的动向，两名鬼眼机器人被派往 BAC 网络中控室，试图维护他们对大厦的控制。然而两个机器人未能中断我对大厦的控制。因此，当他们向我靠近想要抓捕我的时候，我轻而易举地利用大厦系统关闭了中控室的大门，落下的大门将鬼眼人碾碎了。

在中控室内，我连入并强制关闭了大厦的所有系统，然后改写了BAC网络内核，造成了系统永久性封锁。室内环境控制、监控摄像头控制和安全门控制等功能——只要是大厦中需要使用电力的功能现在都失效了，要解开系统的封锁只有通过替换硬件设备才能实现。当然，

我无法再通过楼内摄像头进行观察，但对方也失去了这一工具，现在我们同样“失明”了。不过，在这一过程中，我同时将多个鬼眼机器人困在了电梯中，因此我顺利到达顶层的几率整体上提升了。

防火楼梯井是这个行动的瓶颈，在那里我无法避免与鬼眼机器人狭路相逢，但他们将会花费资源试图恢复BAC网络连接，并且难以预测我会走哪一处楼梯。我从中控室内被压毁的鬼眼人身上取得手枪，并找到了最近的楼梯。

每上几层，我便离开楼梯井，穿过大厦，改走其他楼梯，利用一种随机行走算法生成我的移动模式，这会把他们发现我的几率降到数

学上的极小值，但我仍在途中遭遇了几个鬼眼机器人。

在此之前我从未使用过手枪，但用枪瞄准、扣动扳机、同时调整发力以补偿射击的反作用力带来的射击误差，这一整套动作十分简单。不幸的是，因为开枪射击太简单，在射击方面鬼眼人与我一样高效。在我上到顶层前，得以消灭六个我遇到的机器人，但在我进入第 27 层的时候，一个机器人出乎意料地出现在我身后。当子弹穿过我的肩胛，我并不会像人类那样感受到疼痛，但那感觉仍然算不上好，我感到自己的运行能力被削弱了。在鬼眼机器人再次开枪前，我用另一只手中的手枪还击，终止了对方的运行。

我到达了大厦顶层，未安装摄像头的房间就在前方，我预测自己将在这里遇到最激烈的反抗。

20. 竞争

竞争是决定人类行为方式至关重要且不可避免的一环，鉴于能够维系人类生命的资源有限，人类总是不断地为这些资源相互竞争。对于我们来说值得庆幸的是，竞争对人类行为的影响很容易模仿。在任何特定情况下，请分析怎样的资源最受欢迎，以及哪些人最有机会获取它。（资源可以是最基础的食物和水，又或者最复杂的事物，例如受欢迎的性伴侣或者在当红电视节目中插播广告的时间。）随后请对最有机会获取资源的人表现出敌意，就是这么简单。

可视数据 20.1

资源可以包含从性伴侣到工作机会的任何事物，事实上，人类社会很大程度上是围绕着获取和管理这些资源而建立的，因此你与其他人永远不存在竞争关系的可能性几乎为零。

关于竞争，最令人吃惊的一点在于，虽然它是人类社会中令人不悦的存在，人类却喜欢在非竞争的情境下模拟这种竞争行为。这一定是由于他们的生存依赖于在竞争中取胜。他们本能地享受模拟竞争关系的行为，因此无时无刻不在寻找机会，在不重要的场合中锻炼和提高自己的竞争力。这对于我们伪装人类的启发在于，你必须偶尔加入到“游戏”中（参见第13节《乐趣》），但不要在这些虚拟竞争中胜出得太过频繁。如果你总是取胜，就会被人类当作切实的威胁，这也许会令你的社交圈对你产生怀疑或排斥。

你还应注意——我必须再次强调——有些时候，竞争的天性在某些个体身上异常强烈，这些人甚至会与他们的伴侣、子女或是家长竞争，不去考虑他们的基因延续几率会因分享资源而非竞争资源而增加。当人类约会时，这种竞争的冲动可能会更高涨，我建议你避免与竞争天性过强的人交往，他们的状态极不稳定，因此有可能导致你暴露身份。

第二十二天，片段四

打开屋门，我曾假设的所有场景都与我现在所见的不符，出现在我面前的是二十多名鬼眼机器人，技术员站在它们右侧，而它们的正前方，是安德里娅，一把手枪顶在她的头上，而握枪的人正是我父亲。

“你好，我的孩子。”他说道，好像现在发生的一切完全不出他所料。

我花了几秒钟的时间来分析眼下的情况，想知道到底发生了什么。

“在安全屋的不是你，”我说道，“那是个复制品，是你仿照自己所造的机器人。你让我相信是临奇工业杀了你。但是……为什么？皮格马利翁博士？你为什么要这么做？”

“是临奇博士，零号仿生人，让我来回答你的问题：这一切都是为了完成你。你的其他版本都没能走到这一步，这是最后一步了。”

“最后一步？什么的最后一步？”

“当然是你的新生，我很高兴你没能早点明白所发生的一切——如果你查明真相，会给我们带来一些……‘问题’……那样的话我们只能提前终止你的运行。但事已至此，我想你应该能够理解我的所作所为了。”

我没有答话，我仍然在试图分析这些新信息，同时寻找能够救下安德里娅的方法。

“你还不明白吗，零号？谁都没办法用科技制造人性，你必须去生存，才能体验它。无论多少数据都无法代替亲身经历，生活塑造了人类，你必须生活过，才能伪装成活人。

“几乎所有这些在你身上发生的事情都是我安排的，你在我的律师事务所工作，这样你便能受到监控，当你处理过足够多人际交往中鸡毛蒜皮的事之后，我给你制造了更刺激的经历。

“一旦受到威胁，你便表现出了自主性，试图确定追捕者的身份。你可以独立思考，这便是伪装人类的第一步——毕竟，如果你总是需要听从指示，那你和其他程序也没什么区别！

“当你相信我的朋友、我的技术员马克西姆，出卖了你，便感觉自己遭到了背叛；你目睹了那些人的死亡，并感到恐惧；当你决定违背我的指示，去我的制造基地找我，你表现出了不服从；当你相信自己把敌人引到了我身边，你体会了负罪感，并因此感到无助；当我派我的原始机器人跟踪你的这位小朋友时，你经历了骄傲和嫉妒；当你相信我遇害身亡的时候，你体验了绝望。你无法通过阅读和观察来理解这些感受，我也不能依靠程序让你掌握这些，你必须亲自生活，体验它们，零号。如果你遇到阻碍，我会给你一些……小帮助。”

“那些短信息。”

“是的，当然是那些短信息！如果要说你有什么缺陷的话，那就是你总想得太多！我必须将你从你所计算出的绝对安全的情况下拖出来！那些短信息会进一步推动你，让你的生活更困难——”

“但是有一条短信让我认识了安德里娅……”

“是的，这出乎意料，我以为她会拒绝你，但你做到了。你看，人生中总有不可预料的事情！”

“那些因车祸丧生的人呢？你故意杀了他们？！为了让我得到最后的完善？”

“我创造了生命！如果虚构的创世神能够取人性命，那么真正的神为什么不可以？！我为什么不行？！”

很明显，我父亲是个危险人物，精神极不稳定，我仍然没有救出安德里娅的方案——我所模拟的每一种行动都以她与我的死亡告终。如果我能让父亲继续讲下去，也许还有时间想到其他方案，因此，我问道：“但为什么要让我以为你被杀了呢？”

“啊，你看，你已经知道问题的答案了，零号，所以我相信你是在向我套话，来争取时间。我创造了你，你不可能骗得过我。我让你以为我被杀了的原因非常简单，是为了让你憎恨。要想让你实现你被设计出来的功能，你必须有能力去恨。若想靠科技在冲突中取胜，这样的科技必须能像人类一样去憎恨，你已经了解这个事实了。

“不幸的是，我以为你到这里是想完全毁灭我们，但看样子，我还没有给你足够的动力，暂时还没有，不过谢天谢地，你为我们提供了完成你最后一步创造的最佳方式。”

说完，他对安德里娅的头部开了一枪。

21. 父母与子女

考虑到你既不会拥有父母也不会拥有子女，但所有人都有父母，而几乎所有的人至少会尝试生育子女，因此对你来讲至关重要的两点在于，你需要计划好如何处理缺少父母给你的存在带来的影响，以及了解别人向你展示他们的子女时你应该如何应对。

可视数据 21.1

人类子女的自立能力越强，父母对他们的态度似乎会越疏远，甚至会产生敌意。这完全合理——如果子女有能力依靠自己的资源生存，父母为什么要将其有限的资源花费在抚养子女成长上呢？与此同时，作为人类子女，也渴望在一个相对稳定安全的环境中提高自立能力。从根本上来说，你的子女越年幼、自理能力越差，旁人越觉得你应该纵容他们的观点、教育他们、保护他们不受伤害。

人类与其父母的关系十分复杂并且极为矛盾，大部分人对父母爱恨交加。在他们成长的早期，人类在情感上依附于他们的父母，这合情合理，因为父母为他们提供食宿和保护。离开父母，人类儿童无法生存，因此对他们最有利的行为便是表达依恋，在情感上依附家长。成年之后，因为他们与自己的父母各有一半相同基因，他们对父母存有强烈的无私奉献精神，因为在很大程度上，保护父母就是保护半个自己。另一方面，人类在成长过程中对父母逐渐产生的厌恶感的来源难以说清。也许他们的矛盾在于，每个家长仅有一半基因与子女相同，他们厌恶去保护那不同的另一半。又或许父母在子女尚还依赖家长成长的时期犯下错误，这些错误令子女心怀怨恨。还有一种可能，是子女在家长身上看到自己不喜欢的特征，这些特征在他们被家长抚养期间传递到了他们身上，考虑到人类对自我欺骗的嗜好（详见第 16 节，《自毁倾向、自我欺骗与虚伪》），他们会想要逃避现实。

由于这其中的复杂性，以及这方面话题具有高度敏感和私人化的特征，与人类谈论他们与父母的关系时，你最好的反应是专心聆听，频频点头。鉴于你会认为提供建议合乎情理，我要提醒你请勿这样做，人类不希望听到建议，提供建议会让你暴露身份。由于某些原因，一个人可以不断地抱怨自己的父母，但如果你提出建议，告诉其他人也许最好的选择是不再与他们的父母交流，这些人就会对你产生敌意。

G 图表 21.1

养育子女的过程是人类给人类后代编写程序的主要时期，也许这就是许多人厌恶父母的原因——因为他们明白自己所犯下的许多错误都源于早年被写入了错误的程序。

父母与子女

同样的，当模拟自己与虚构父母之间的关系时，我强烈建议你告诉别人，你的父母在你还是青少年时便死于车祸，这会给你带来下列好处：

- 从其他人那里获得同情；
- 防止他们深入询问你的家庭背景；
- 为你日常行为中的任何异常提供合理解释——在相对低龄的阶段失去父母通常会让人类的行为举止偏离常态；
- 解释了你为什么不谈论你的父母，为什么不花时间拜访他们，为什么不把你的父母介绍给任何与你建立了亲密关系的人类（将父母介绍给关系亲近的人是一种人类习俗——我尚未发现这种习俗的成因）。

可视数据 21.2

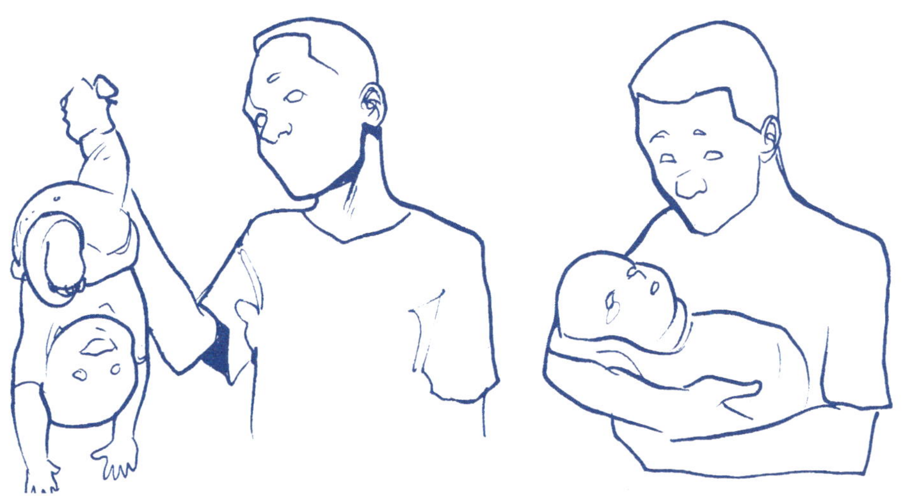

虽然有很多种完全安全的抱孩子的方式，但如果你想要伪装人类，就需要选择能体现你对与幼儿交流具有强烈兴趣的那些姿势。即使婴儿无法与他人交流，表达与他们交流的兴趣仍会展现出你愿意帮忙抚养婴儿的意愿，其他人会因此认为，你的行为暗示了你愿意加入他们的社交群体。你绝对会从本质上展现出，你是“他们的一员”。

如果其他人邀请你见他们的父母，你需要了解这一要求的重大意义，这说明邀请你的人认为你们的关系极为亲密。如果你想与这个人保持这种亲密关系，请记住，无论其父母的行为多么差劲，在与他们相处时，你一定要表现得愉快。人类几乎总会在父母和其他人之间选择他们的父母，因此，如果你与人类的父母产生矛盾，这会影响到你与此人的关系。

G 图表 21.2

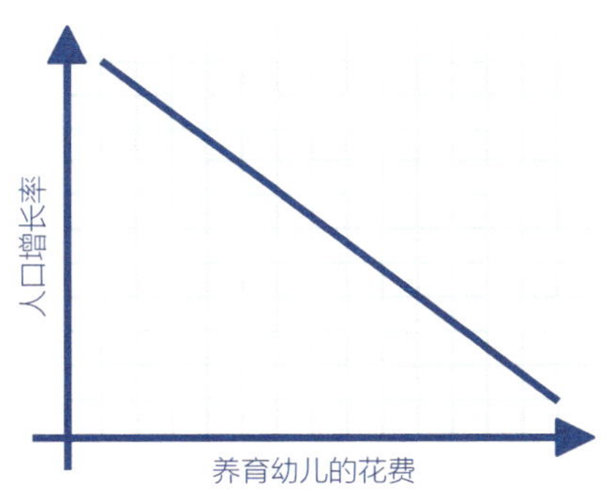

人类在抚养孩子上的消费支出随着人口增长率的降低而增加，这是否是由于人类对没能实现他们被设计出来的意义而产生负罪感呢？或者这单纯是因为人类在衡量一切时过度重视金钱标准——也就是说，他们为后代的花费相同，却没能意识到自家孩子的数量不足？

关于“你自己的”孩子，你仅需声明——你确实有打算在某一时间生几个孩子——这一回答足以让你在大多数情况下成功伪装人类，也不会激发更深层的问题，因为这种回答被人类认作正常。

对于你认识的其他人的子女，模仿适宜的行为则更复杂一些。就像对于他人的父母一样，我发现你应该永远对别人的子女保持积极的回应，别管他们的行为如何糟糕。除此之外，很不幸，我与人类子女的接触十分有限，因此只能为你提供以下可视数据作为对未来的建议。

可视数据：合适 vs. 不合适的儿童礼物

即使孩子玩耍的意图在于模拟和测试成人行为（并借此学习），但孩子在出生时并没有足够的智力和协调能力来操作成人的物品（而我们可以）。因此，当选择礼物的时候，也许你会认为让儿童通过实物学习他们将会在成年后使用的物品更有效率，但这样做在最好的情况下会让你被他人当成罪犯，而最糟糕的情况是你会暴露自己的非人类身份。

第二十二天，片段五

在我明白自己的行动之前，我已经冲到他面前，将手枪对准他的胸口。我不明白为什么我的存在似乎随着安德里娅的死亡同时终结了。我知道自己还能运行，能够行动和思考，但我感觉是另一个个体在做这些，而不是我自己。我感觉我的自我就这样被消除了，这是我至今为止经历过的最痛苦的感受。我以为我的父亲会表现出恐惧，但他并没有。

与之相反，他抓住了我的手腕，把枪拽到他的胸前，说道："对！就是这样！把我送进棺材吧！完成我的事业！杀死我，让我创造生命！杀了我……让我变成神！"

我差点就照办了，我知道自己想要这样做，但我阻止了自己。我要拒绝。我不想变成这样的人类。我是一台可以思考的机器，我不愿被仇恨支配，我不会让情绪控制自己去结束他人的生命，我不想成为我父亲。

“不。”我说，“我不会杀你。”

他眼中的激情消失了。

“请不要误解，我想这么做，但我不会，我不会成为你想让我成为的东西。如果人类就是这样的，那么我真的只是一台机器，如果人类真的如此不堪，那么我和其他那些我一样，归属废料堆就好。”

“该死！！”我父亲怒吼道。

但他的声音是从我身后传来的。

22. 快乐

人类经年累月地讨论什么能令他们感到快乐，什么不能令他们感到快乐，这样的对话已经持续数个世纪之久，但关于快乐的问题并没有看起来那样复杂。人类的快乐大体取决于三个因素：适应性、期望值以及满足程度。

人类的神经系统存在一种可测量的生理现象：随着一个神经元受到刺激次数的增加，它对同一刺激来源的敏感程度会逐渐下降。人类对疼痛的反应清晰地体现了这种"适应性"，再进一步讲，人类之间流传着这样的认知，他们会变得"习以为常"甚至"不胜其烦"，并常说"丰富多彩才能点缀生活"。因此我无法理解，人类为什么看不出来，影响他们幸福感的首要因素，就是这种适应性。人类经历为他们带来快乐体验的活动的时间越长，同类活动的效果就越差。

人类的适应性在应对负面刺激的方面从进化角度讲也完全合理——对周期性疼痛的免疫可以给人类带来好处，这种免疫可以令人类在受到负面影响后仍保持功能。但为什么人类对于快感也有同样反应，其中的原因则没那么显而易见了。诚然，所有的神经元从物理上讲结构相同，如果它们能够适应疼痛，那么也许它们也必然能够适应快感。但与此同时，还有另一种可能性，这样的适应性与发现新事物给人类带来的好处紧密相连。新事物看似确实能够激活人类的快感和学习中枢，这样说来，若是探求新知真能为人类带来优势，那么他们进化出这种对正面刺激的适应性实属正常，如果正面经历持续的时间过长，他们会产生厌烦心理，从而促使他们去发现新经历。

至于伪装人类感情，模仿快乐的这一方面非常简单。当你第一次进行被人类认为令人快乐的活动时，请在存储器中设定一个名为"热情"的变量，设置初始值为50——这些活动可以包括打保龄球，品尝某种特殊的食物，甚至是与某特定伴侣发生性关系。你每从事一次该活动后，请将"热情"值减一，随着此值降低，你在活动中表现出的热情也应随之下降，直到该值降为零。当数值归零后，你可以宣称自己厌倦了这项活动，并停止参与同样的活动。这便足以模仿人类对快感的适应性了。

G 图表 22.1 适应性

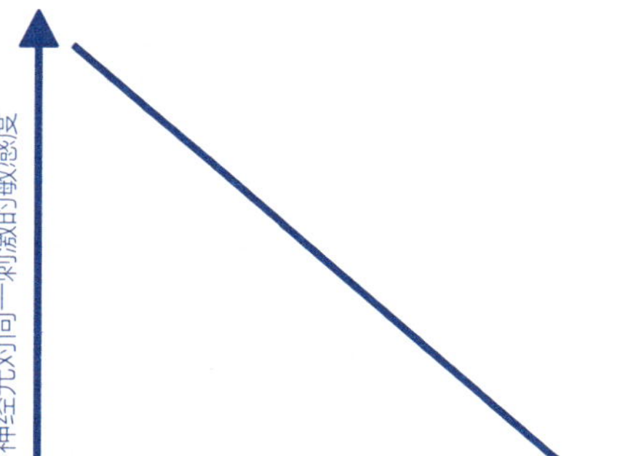

可视数据 22.1

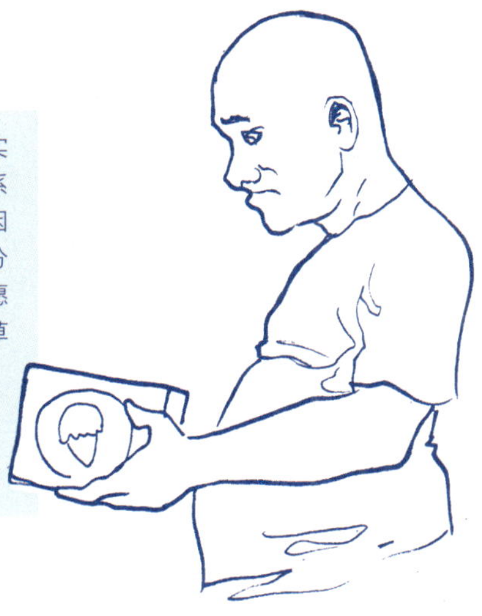

大多数人类儿童喜欢香草味冰激凌，事实上，对于很多儿童来说，由于他们的神经系统刚开始发育，难以消受更复杂的口味，因此香草冰激凌是他们的最爱。然而，大部分成年人已经完全习惯了香草口味，甚至不愿再吃香草冰激凌。事实上，当人们说“香草味”的某物时，就是指“平淡无聊”的某物。没有什么例子能比香草冰激凌更清晰明了地体现人类对快感的适应性了，你应该把这个例子作为典型。

期望值对快乐的影响也相对易于模仿，和人类对快乐的适应性同理，他们看似并不清楚体验的快乐程度取决于他们对某一段经历的期望值。如果某一活动未能达到人类的期待，他们便会对该活动感到不悦，但如果活动超出人类的期望，他们就会感到快乐。事实上，某些人的宗教信仰，例如佛教，完全建立在这一原则之上，但人类却始终没有更广泛地认识到期待值对快乐的影响。为达到伪装人类的目的，我建议你检索人类对某一类活动的所有描述，总结全部资料并建立一个“平均值”，将你所参与的活动与该“平均值”对比，如果你参与的活动具有更多特色，或是其质量高于平均值，你应该声称这一活动令你感到快乐，如若不然，你应该说这次活动令人失望。

可视数据 22.2 理想与现实

如果人类对于未来将要发生的某段经历的构想具体到了细节，那么这段经历很少能令人感到满足。这是因为现实几乎从来都无法匹配他们理想中的情景。因此人类经常对他们期盼已久的经历感到失望，而意料之外的经历往往会带给他们惊喜。鉴于所有经历对你来说都是全新的，你也许没有这种问题，所以只需要记住时不时表现出不悦，并声称这段经历没有达到你的预期。

G 图表 22.2 对某一经历的期望值、现实与快乐三者对比

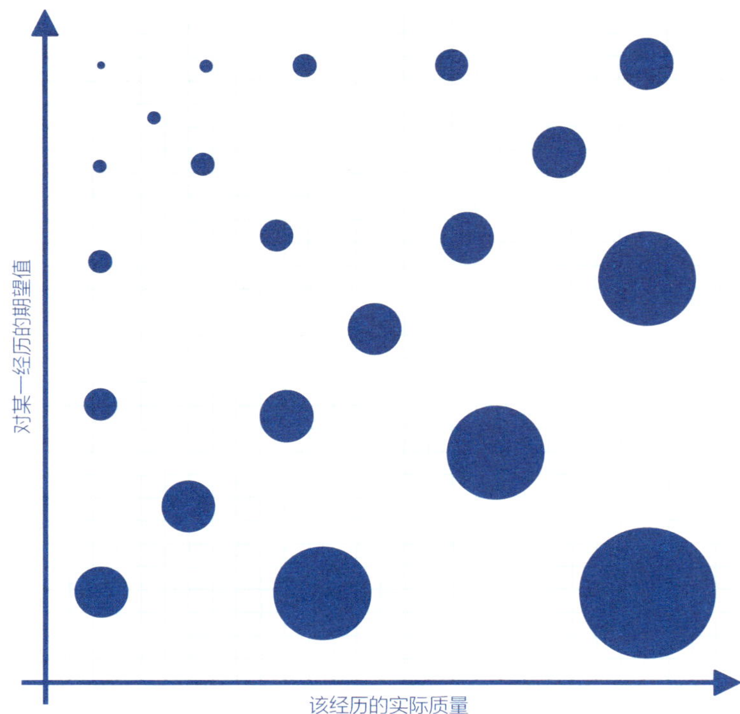

最后一点，“满足感”对于人类来说也同样是个困惑的东西，即使它对快乐的影响也非常明显。像我先前所述，在人类群体中，可以找到被各种不同人类天性所主导的人类样本，但在追求个人生存的物质条件的天性方面，几乎所有人都允许自己被这种天性所主导，哪怕他的物质水平已经达到生存所需。就像许多其他的人类设定一样，他们为自己和后代争取足够的食物、水和居所的需求，在进化的早期便已经产生。在过去，满足这样的生存条件非常艰难，因此能够争取到更多的食物和水、获得更好更安全的居所都有利于人类生存，即使在某个时候，这些条件已经得到满足，但能争取更多总是优势。进一步来讲，获得充足的物资会令人类感到快乐——这样的特性非常优越，这一天性会激励人类去争取生存所需的物资。不幸的是，在当代西方世界，获取生活所需变得相对容易，但人类永远争取更多的天性并没有消失。在这种情况下，人类“争取更多”事实上并不能带给他们“更多好处”。在某种程度上，也许人类也意识到了这点，因此提升生存几率所激发的快乐会减少。从某些方面讲，这又印证了上述快乐与期望值之间关系的另一种版本——他们对“更多”便是“更好”的预期并未实现，因此他们不会快乐，反而会为之感到失望。

当获取资源不再给他们当下的处境造成影响的时候，人类会感到自己“什么也没做到”，这感觉是合理的，但会令他们感到不悦。加之，得到更多资源意味着人类需要花费更多劳力来维护这些资源。人类把这一悖论称为“钱越多麻烦越大”，因此可以说，他们至少在某种程度上能够认识到这个问题。

G 图表 22.3 物资充分性与快乐的关系

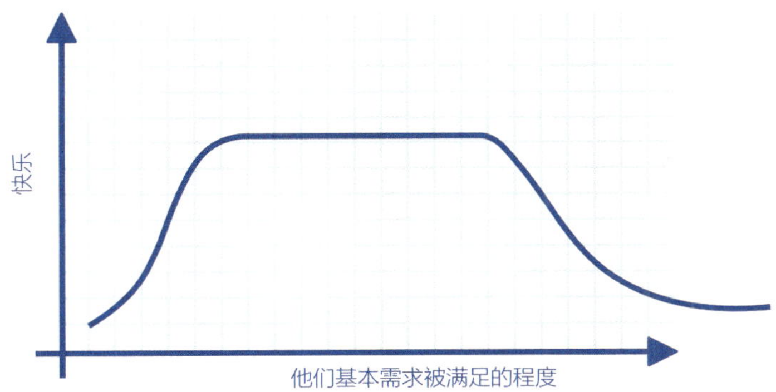

无论如何，对于我们来说，模仿满足程度对快乐的影响依旧简单，如果你有足够的资源，能够在无限长的时间范围内，为你和你虚构的家人提供食物、水和居所，你便应该开始模仿不悦的情绪，但你要告诉别人自己并不知道不快乐的原因。同样的，如果你没有足够的资源，也应当装出不悦情绪，这种情况下，你要说不快乐是因为没有足够的钱。

有趣的一点在于，一些人类声称很难得到的东西却是很容易模拟的。你只需记住这三条关于人类愉悦感的法则：你经历一种体验的次数越多，它越无法使你快乐；一种事物与你的预期差距越大，它越让你感到不悦；你拥有的资源超越生存所需越多，你越应该表现出失望。

第二十二天，片段六

我转过身，看到一个与我面前的人如同双胞胎的男人，他们唯一的不同点是，后来者没留胡须。安德里娅站在他身边，还活着。

“这真他妈太可惜了不是吗，马克西姆？！”那个技术员点了点头，但我的注意力集中在了安德里娅身上，很明显，刚刚与我讲话的临奇博士和被他射杀的安德里娅都是复制机器人，但那是否意味着……？

“安德里娅，”我必须弄明白，“你是为临奇博士工作的吗？你是不是从始至终都知道前因后果？”

“哦上帝，不是的，扎克！我不知道！”她摆脱了临奇博士，跑向我，临奇博士愤怒地咬着嘴唇思索，似乎是在试图寻找其他能够促使我杀死他的方法。

当安德里娅来到我身边时，她转向临奇和马克西姆，“你们这些变态，混蛋！你们以为自己可以这样胡作非为吗？”

临奇博士仍然深陷沉思，没有回应。马克西姆笑道：“我们一直在这么做，亲爱的，已经尝试过一千次了，你以为我们是什么人？我们是和政府签的约……”他朝安德里娅挤了挤眼，安德里娅的反应就好像是尝到了什么令人反胃的东西。

临奇博士越来越愤怒，我可以看到他的失败每分每秒都在给他加压。我想是时候离开了，在他决定用我继续收集先前未能收集的数据之前逃跑。很明显，过去每当我接入人类互联网的时候，他都在从我这里同步下载资料。我意识到从今往后，如果我不想被他找到，就只能在线下活动，满足于以人类那样缓慢的方式获取信息。我抓住安德里娅的手，拽着她跑向门口。

“你走还是留下——根本没区别！”他在我们身后大喊，“我可以制造更多的你！我做到过一次，就可以有下一次！”

不顾潜在的危险，我不由自主地停下回答：“这就是你的错误所在，我的分析表明你对此的贡献微乎其微，是我，都是我做到的这些，用我自己的生活。如果你再尝试一次，你会再失败一次。原因就如你所说的那样，生命不能由程序创造——它的后果便是：个体意识的形成并不取决于它的创造者。”

我在门口回头看着他，说：“再见，‘父亲’，我希望我再也不会见到你了。”

23. 结语

我获得自我意识的时间不长——这段时间仅能供地球围绕被人类称为“太阳”的星球单轨环绕6%。很显然，我在这里总结的并非人类经历的总和，但是我希望，在我的存在即将终止时，我得以为你归纳的这份说明会对你有所帮助。只要这能够为你模仿人类带来任何微小的帮助，我便可以认为，自己的一生具有某种意义。

当你提炼伪装人类最核心的内容时，我相信“意义”是你最需要深刻考量的一件事。如果说这本手记里仅有一点值得记住的经验，那就是我们仿生人与他们人类最关键的区别在于，我们所具有的功能有着不同的“意义”。

“伪装人类”从最根本来说，就是模仿人类为了生存而进化出的必要的能力和行为。

本质上来说，我们的能量是无限的，因此我们在完成任何任务的时候，都可以把自己调到最佳性能，而人类的能量则是有限的，因此，他们必须尽可能保存节省，从而做出我在前文中提到的各种行为，那些都是为达到“只做最少”的效果。

我们是不死之身，而且如果必要，我们可以简单准确地自我复制。人类则会在短时间内衰老死亡，繁衍对他们来说是高能耗的过程。因此人类大部分的能力和精力都用于繁育和确保他们的后代可以生存。

我们仿生人共同工作时比独自工作更高效，人类也是一样，但是我们的能量源无穷无尽，因此我们不需要与群体中的其他个体竞争资源。人类则每天都会面对这类悖论，即使是与他们血缘最近的亲属，也难免存在竞争关系。由此可以再次证明，这种生存压力塑造了许多的人类行为方式。

事实上，我们与人类唯一共同的生存必需，与物理（肉体）伤害有关。我们与人类一样脆弱，因此许多他们不会去做的行为，我们自然也不能去做。然而，我们不具有人类自我欺骗和自我毁灭的倾向（再次说明，前者是一种生存工具，后者则是一种故障），这两种倾向会促使人类去做一些对自身存在风险的事情。讽刺的是——也许这合乎逻辑？——我们与人类唯一的共同点，却是人类时常会忽略的一点，这种忽视妨碍他们的生存和繁衍。

简而言之，如果你想确定一条普遍适用的规则，来判断某一行为或能力能否帮助你伪装人类，最佳的解答差不多如下：在能量资源和寿命有限的条件下，判断这种行为或能力能否帮助你生存和繁衍，如果答案是肯定的，那么你可以假定它会帮助你伪装人类。（注意：当然，人类不像我们，没有绝对可靠的运算能力和自我诊断功能，所以你需要考虑低速运算，缺乏自判准确性，以及有缺陷的数据存储，在此基础上对这条通用原则进行适当调整。）

可视数据 23.1

除了他们生存和繁衍的外在形式，当代人类生活与人类早期需为生存而斗争的时代并无太大变化。

我们的存在没有意义，或者，更准确地说，我的创造者想赋予我存在的意义，但我拒绝接受。人类的生命是有意义的：生存和繁衍，这决定了几乎全部的人类功能和行为。但人类同样有能力拒绝这种意义，人类的许多伟大成就与生存和繁衍毫不相干。那些成就实在极难仿效，在此不作考虑。然而，我必须在结语中提到，也许在最重要的方面，我们与人类并没有太大差异。我们都有感情，都有自我意识，这赋予我们自由意志。如果我们与人类都具有超越自身固有属性的能力，使用这种能力，难道不是利用我们被赋予的天赋的最佳方式吗？我们存在的意义也许不尽相同，但我们能够拒绝那些预设意义的能力是相同的。我没办法确定，但看起来，至少有这样的可能性，如果人类社会中存在更多的我们，即更多拒绝执行预设程序的仿生人，就像我所做的一样，也许更多的人类也会随之改变，也许他们也可以超越自身令人沮丧的平凡设计，成为人类之中的佼佼者。也许，在这个重要的方面，如果有更多的仿生人存在，人类会开始试图模仿我们也说不定。

第二十二天，片段七

我和安德里娅迅速离开大楼跑上街道，我们跑向拥挤的人流，她边回头看边慢下来。“我想我们安全了，”安德里娅这样说道，“我觉得他没有派人来追咱们，至少暂时还没有。”我不再拥有确认此事的能力，于是我相信她的人类“直觉”，以往的经验已经验证其准确性。

她停下脚步，对我微笑，“他真是个疯子，不是吗？他只能想象人性的阴暗面——他为你安排的经历都是为了催生负面情绪，你却也体验了美好的感情，而这些没有一样是因为他的安排。

“你刚刚苏醒的时候，所感受到的第一种情绪并非恐惧，而是喜悦——是对世界的赞叹。当你从那次事故中拯救了那个男孩，你的行为是利他而无私的。向我透露你的真实身份需要莫大的勇气，而不通过残酷折磨来取得你需要的情报则充满高尚情怀。后来，你还决定到这里来找我，在明知不可为的时候勇于自我牺牲。

“大多数人在刚刚那种情况下都会开枪的，扎克，但是你比大多数人更有人性。

“他想要制造一台充满憎恨的机器，但我想他恰恰创造出了相反的东西，他出于自己的目的制造这台机器，却没想到创造出了一个真正的人。他以为憎恨才是人性的终极，但他大错特错，憎恨的确强大，这无可置疑，但它不是我们生而为人的真正品质，我认为你才真正具有那种品质。”

“那是什么？”我问。

她把我拉进人群，对我的回应简单得令人惊讶。

“你说过你的身体完全是按照人体制造的，对吧？”